L'Elan
d'Amérique

André Langevin

L'Élan
d'Amérique

roman

PIERRE TISSEYRE

8955 boulevard Saint-Laurent, Montréal H2N 1M6

ISBN − 7753-0018-7

Claire Peabody chante, danse, s'écoule, moelleuse, alanguie, sous la douche, qui abolit le temps et l'espace, la ramène, intacte, aussi familière et hors d'atteinte qu'un pluvier, dans la grande maison gris ardoise de Suoco Pool, perchée sur le promontoire chauve dont le dessin sans bavures rompt, très loin dans la mer, l'arc pur de la plage.

Plus loin encore. A l'extrême horizon, à l'arête de la chute verticale de l'océan sur d'invisibles espaces, l'écume des brisants que le soleil couchant éclaire parfois, l'imperceptible mât du phare désaffecté, et la chambre close de pierres éboulées, la chambre tapissée de varech et de coquilles de calcaire réduites en poudre. La chambre éolienne qui capte toutes les voix de la mer pour les amplifier, vibre au moindre souffle.

Plus loin que Claire Peabody, personnage trop bref et d'emprunt, lové sous la cendre d'un seul hiver.

Le comte impuissant pénètre enfin la danseuse incendiée de noir. Fissure vive à la tempe ou au cœur, qui la tue sans que perle une seule goutte de sang. Et la pluie lave les murs du palais, inonde le grave regard d'enfant. Minuscule coup de foudre venu de la nuit, de la pluie. Frémissement si léger du sourire qui chavire dans la mort, bouche nue, un peu ouverte sur son don pétrifié.

A-t-elle entendu une détonation, ou le claquement d'une corde de guitare qui se rompt ? Ou le désir pacifié s'est-il éteint ainsi, sans voix, dans l'eau douce et sombre des massifs de rosiers ? Elle ne sait. Depuis tant d'heures le film muet s'anime, se fige et se défait, érode la nuit et ses gestes vivants, pas plus réels peut-être que les images de l'écran de télévision qui ne cessent de retomber lentement dans les heures de sa nouvelle histoire, de l'ensevelir sous une neige qui l'obscurcit et confond tout. Claire Peabody s'est dissoute dans la fausse mort de Maria, dans ce beau corps noir et blanc, à peine refermé sur sa soif apaisée.

Et demeure au rivage du jour, seule, les mains pleines de lambeaux de nuit blanche illisibles, Claire Smith. A-t-on prononcé un seul mot espagnol dans le film de la télévision ? Claire Smith qu'une nouvelle histoire, pour la première fois depuis un an, démasque et débusque. Vol de lumière frénétique du colibri, dans le vent, à contre-mer, qui le suspend dans le bleu silence des delphiniums. Claire Peabody, en juillet, noyait sa mémoire à ces invisibles ailes. La nuit se meurt. Et Claire renaît, battant des ailes contre sa mémoire.

Très loin, au plus profond de la buée chaude qui l'enveloppe sous la douche, Claire Smith, nue et ruisselante, les cheveux blonds plaqués sur ses paupières closes, renaît, sans poids, vaporeuse, dans l'allégresse d'une détente parfaite. Tous muscles relâchés, absente à elle-même, elle flotte dans un temps circulaire, totalement lisse, sans point de rupture possible. Claire Smith et son doris, la chambre du phare, et toutes les musiques du vent.

Claire Smith, fille de Bruce Smith, à l'œil aveugle de corsaire, et de Rose Greenwood, qui fut peut-être Boisvert, et qui fut peut-être autre chose à Boston avant de posséder, dominer et dévorer Suoco Pool tout entier. Claire dans sa chambre de la tourelle de la grande maison gris ardoise, seule, au bout de la terre, à la pointe de l'étrave échouée à jamais dans les flots, endormie par le déchirement des voiles blanches que le vent du nord-est arrache inlassablement à la mer. Ou sur la plage, seule, elle-même devenue crachin glacial et salé.

Ou sur la route construite sur des roches empilées, le long de la mer, à l'extrémité de la plage ; marchant, tête baissée, sur les cailloux, le varech et les débris de cages à homards rejetés par la tempête, douchée par les paquets de mer, toute livrée au grand bouillonnement ; et soudain, à la hauteur de sa tête, une poitrine d'homme.

David, pour la première fois. En gros chandail à col roulé, tout trempé. Ce contact à la fois rugueux et visqueux sur son front. Fantomatique dans le halo des phares allumés en plein jour, appuyé à sa voiture immobilisée par le brouillard opaque et l'averse de détritus, David n'a pas un geste pour prévenir le choc. Elle a bondi, le corps penché en avant pour mieux apercevoir, dans l'écume blanchâtre des embruns et de la pluie, l'agonie gélatineuse et déchiquetée d'une raie subitement apparue sur la route.

Dressée sur une seule jambe, pour éviter de piétiner la raie, le front buté au gros lainage mousseux, elle voit distinctement dans la faible lueur des phares les pieds nus enfoncés dans le varech, le blue-jean retroussé à mi-jambes.

— On ne passe pas !

Le sourire de sa voix qui lui parvient de très loin, de très haut, hachée comme le battement des essuie-glace de sa voiture. Pourtant, chaque mot éveille en elle une vibration profonde. La sensation étrange qu'il lui parle la bouche collée à son dos nu. Avant de trébucher, elle relève la tête et, un temps très bref, leurs yeux s'effleurent ; un léger choc qui l'ébranle à peine, une onde qui se diffuse aussitôt dans le brouillard de la conscience. Et elle tombe.

Sa main tiède qu'elle abandonne tout de suite pour se relever seule et entreprendre de se nettoyer à grands coups.

— Vous ne vous êtes pas fait mal ?

Elle met un temps fou à répondre, parce que le vent avale les mots, parce qu'elle est stupéfiée par le lien palpable de cette subite intrusion dans sa vie et par son impuissance à le rompre.

— Pensez-vous !

Elle continue de se battre les flancs avec vigueur. Elle ne comprend pas l'irrépressible envie d'échapper à la buée de son regard, au voile de son sourire. Spectre surgi de l'écume blême, échoué au rivage que la mer ensevelit, à peine visible et, pourtant, si vivant, si chaleureux, il ramène doucement un filet de brouillard qu'elle sent se tendre tout autour d'elle. Une lame plus violente éclate, et les sépare.

— La mer a vomi !

Il ne bronche pas sous l'averse. La phrase qu'elle a hurlée le fait sourire un peu plus. Abruptement, elle lui tourne le dos et sautille vers la plage, replongeant dans la tempête. Des bribes de rire la pourchassent, qui jouent à saute-mouton dans le déferlement des vagues.

Le blanc visage gisant, comme un marbre mutilé, dans l'herbe baignée d'une pluie tiède. L'aiguille très fine de la mort disparue, sans laisser aucune trace, dans la tempe, à la naissance de la noire chevelure, vague figée dans le frémissement d'une vivante caresse. Pourquoi le comte, qui ne pouvait donner à boire, a-t-il tari la source à jamais et jeté une poignée de cendres sur cette bouche nue et un peu ouverte ? La pluie tiède y coule maintenant comme sur un lit de pierres.

Claire Smith, sous la douche, ne peut plus être Claire Peabody, parce qu'elle est nue, livrée à l'eau chaude d'un flux intemporel, et qu'une joie profonde, sauvage, sans cause, détachée de tout acte et d'elle-même, la submerge. Elle n'a qu'à s'abandonner, dans la pure ivresse de la vie dépouillée des gestes et des mots, comme au vent âpre qui balaie sans répit le promontoire de la grande maison gris ardoise bien ancrée sur les énormes blocs de pierre contre lesquels le temps s'use les dents. Peabody est un filet aux mailles trop lâches pour qu'elle ne puisse pas s'en échapper d'un coup de talon.

L'univers extérieur la touche aux coudes, mais elle est plus retranchée qu'une mouette au repos se balançant à la crête de la vague la plus lointaine. En un espace si étroit, elle se liquéfie dans les grands fonds sombres où les mouvements les plus larges se diluent dans une immobilité dévorante. Elle se laisse descendre, descendre, la chevelure verticale entre deux eaux, les bras en croix, les seins ondulant comme de pâles méduses, les yeux fermés sur elle-même, noyés dans la blancheur laiteuse de son moi évanescent. Si profondément qu'elle ne s'entend plus chanter. Une voix qui surnage là-haut, à la surface, et qui ne lui reviendra peut-être jamais. Claire Smith, encore une fois, réussit à s'enfoncer en elle-même jusqu'à s'oublier.

La même pluie d'été qui ruisselle sur le visage impassible de l'homme qui l'a prise par la main, entre deux danses, et l'a conduite, pieds nus, jusqu'à la fulgurante morsure de la mort au creux de la langueur, au moment où les bras commencent à peine à s'offrir à la fraîcheur du détachement. Derrière lui, des silhouettes floues s'agitent lentement devant une stèle funéraire et des couronnes de fleurs meurtries par l'eau. Pourquoi ?

Dans la chambre sonore du phare, son propre souffle, si bref, plaintif, puis en tempête soudain, en course affolée sur la croupe sans cesse dérobée d'un espoir désespéré. Sa voix menue, sons à peine articulés dans le flot, qui s'enfle jusqu'à un mugissement brisé net, vaincue par les battements d'ailes du vent contre les pierres, par le galop furieux et impuissant de son cœur dans tout son sang, le tic-tac assourdissant des montres, les regards en fuite dans la prison de la chambre, du rocher, de la mer.

Elle remonte, aspirée par un courant ascendant, et refait surface en écartant l'écran blond de ses cheveux.

Une image bascule, à la frange de la conscience, à la fois floue et d'une netteté foudroyante : les pas dans le sable que la vague doucement lave. Les mêmes toujours, sans lumière, ainsi que sur une épreuve négative, sauf un, plus clair, en surimpression sur la tache d'eau qui progresse et reflue très lentement.

David ! Son beau regard bleu obscurci par la détresse. « Pourquoi ? Pourquoi ? » La voix sans souffle, écorchée, flamme blanche qui se tord sur elle-même jusqu'au délire, enfonce des pointes en elle, la consume à son tour. Son ventre à elle, tout son être embrasé, au point d'explosion ; le vertige jamais connu devant ces prunelles que la colère, la honte, l'incrédulité et un désespoir sans recours dilatent jusqu'à ce qu'elles occupent toute la chambre du phare, se heurtent d'un mur à l'autre et sombrent dans une eau silencieuse, glaciale.

Les pas dans le sable, le volcan du regard qui s'éteint sous tant de froid. Les mêmes images toujours, que rien ne lie l'une à l'autre, qui crèvent comme bulles à la surface de la vase mouvante de la mémoire.

Elle contracte violemment les yeux sous les paupières closes, et le sourire déchirant de David s'efface sous les goémons écumeux. Les pas dans le sable n'ont jamais existé, parce que, cette nuit-là, la marée haute a recouvert la plage entière. Les grandes marées d'octobre restituent au sable blanc sa virginité des premiers âges.

Les pieds nus, les pieds de danse de la comtesse allongée dans l'herbe rasée du jardin. Luisants de pluie dans la nuit, inanimés enfin. Quelles traces pouvaient-ils imprimer en ce jardin? Pieds étroits, légers, à la peau fine, qui n'ont jamais dansé, ni marché sans souliers. Du cinéma! Et, pourtant, on souhaiterait de tels pieds à toutes les danseuses, à toutes celles qui consentent à tous les rêves à tout prix avec leurs mains, et restent libres, des pieds.

Trois notes de guitare que le vent emporte avant même qu'elle ait pu les entendre. Elle contemple, sans voir vraiment, la côte lointaine qui émerge avec netteté dans le soleil d'octobre. L'ombre d'un nuage y balaie la ligne blanche de la plage. L'eau est d'un bleu sombre, comme au cœur de l'été, mais le vent d'ouest soulève tout le long de la houle une haute voile blanche, cambrée, très mince.

Assise sur l'éboulis, à l'entrée du phare, elle attend que cette diaphane voilure la pousse au rivage. De l'autre côté du rocher, derrière elle, des vols de mouettes pourchassent de leur incessante criaillerie les embarcations des pêcheurs de homards. Les doigts accrochés aux cordes de sa guitare muette, posée à plat sur ses genoux, le regard fixe, elle pleure, dans le vent, dans le soleil, dans l'enfance retombée sur elle comme une terreur blanche. Une eau silencieuse qui n'en finit pas de couler, qu'elle n'essuie pas, parce qu'elle n'en a pas conscience, parce que le moindre geste lui coûte un effort démesuré.

Elle attend qu'on vienne la prévenir de quelque chose, que le dîner est servi ou qu'on signale l'approche d'une tempête, ou que la nuit dans la chambre du phare n'a été qu'une longue fièvre et son inévitable délire, ou qu'entre la côte et elle il n'y a pas cette absence stupéfiante, cette rupture définitive qui la laisse hébétée, avec, dans les mains, un tronçon de vie dont elle ne sait que faire, dérivant entre deux eaux. Elle attend qu'on la prenne en charge, qu'on lui remette un devoir.

Un bateau s'est approché du rocher tantôt, aussi près qu'il a pu, et quelqu'un l'a hélée ; elle n'a pas répondu, et on l'a laissée seule. Elle frappe toutes les cordes de sa main ouverte, à trois reprises, et le vent ne lui laisse dans l'oreille que des lambeaux de sons, un glas lointain et plaintif, l'appel déchiqueté d'une bouée sonore que les vagues agitent en tous sens. Elle laisse glisser la guitare, s'allonge sur le dos et, les mains sous la tête, suit la course des nuages dans le ciel.

Le regard éteint de cet homme qui raconte l'histoire dans la grisaille liquide du cimetière, aussi inanimé que les stèles noyées dans les fleurs à l'agonie. Un visage refermé sur une flamme soufflée depuis longtemps. Sa voix sans timbre exprime un étrange triomphe, sans tristesse aucune, comme s'il était le véritable assassin et qu'il révélait froidement que tous les fils du rêve ne peuvent que se rompre. Harry, son nom ? Lui qui a vu les pieds nus sous le rideau tiré, pour la première fois, et a tout fait, en sachant bien qu'ils resteraient nus jusqu'à la fin, jusqu'au dernier pas de danse éclaté dans l'herbe du jardin. Pouvait-il aimer Maria cet homme qui a tiré le rideau pour la projeter avec violence sous le feu des projecteurs où le comte est venu se brûler les ailes ? Cet homme savait depuis

le début que Maria ne ferait que rebondir jusqu'à la mort
brève de l'impuissance. Pourquoi est-elle si fascinée par lui,
à son tour ? Bizarre que, tout ce temps, elle n'ait pu voir s'il
avait une montre au poignet. Il a dû regarder l'heure à maintes
reprises, cet impassible horloger d'un destin.

Stephen Peabody est venu la chercher au fond de son
extase pétrifiée sur le rocher du phare. Il lui a lancé une amarre argentée, lisse, froide sous les doigts, qu'elle a saisie sans se
rendre compte, dans son impuissance à émerger de la nuit. Il
a renoué les tronçons de sa vie, lui a remis un devoir, parlé
de cette voix sans timbre ; il a occupé tout le champ de vision
de son regard éteint. Il l'a ramenée vers la terre ferme, dans
la grande maison gris ardoise où elle a été docile, sage, lovée
sous une cendre qui créait une opacité entre le monde et
elle. Son regard à elle est demeuré englouti, tournoyant lentement dans une vase de grand fond marin, médusé par des
images à peine agitées par le mouvant enlisement.

C'était en octobre, dans une ultime lumière miellée qui
vibrait ainsi qu'un adieu silencieux entre mer et ciel, et prêtait
au vol plané des mouettes, à contre-soleil, une éblouissante
douceur. La mer, grosse encore des marées d'équinoxe, frei-
née par le vent chaud de l'ouest, ondulait sans rupture, d'une
pointe à l'autre, sous une robe bleu sombre, frangée d'écume
scintillante. Un affaissement entre deux saisons, grave et
tendre. Un souffle apaisé d'enfant à l'aube, au creux de l'épaule. Et Claire Smith a rouvert les yeux sur Claire Peabody, une
étrangère qui lui offre son propre reflet, ses gestes inversés,
et un sourire sans âge. C'est encore octobre.

Le froid en trombe, qui n'est pas l'eau qui gicle sur son
dos, mais surgi des carreaux de pierre sous ses pieds, l'arrache
brutalement à l'absence, à l'aura floconneuse et fragile qui lui
permettait de dériver sans poids.

Son propre cri la saisit. Au point qu'elle porte vivement la main à sa bouche avant de tourner le robinet. Un cri de réveil brusque qui allume instantanément un décor définitif, sans fuite possible : la blancheur implacable des parois de la cabine, criblées d'une eau perlée, le carrelage orange des murs, les serviettes turquoise, le miroir voilé de buée, l'étroite fenêtre où la neige poudroie dans la nuit.

Le coup sourd, excessif, de son coude contre le métal la fait se pelotonner, nue et frileuse, les mains croisées sur ses seins. Et elle entend le long déchirement de la forêt, qui s'est encore enflé, creuse une faille sans rivages où rien ne glisse que la nuit blanche.

Tout de suite, elle ressent la présence de l'autre dans tout son corps. Le sursaut au contact d'un pied froid, étranger, dans la chaleur du lit. La panique de la mémoire qui se dérobe, aveugle le geste. Le temps, interminable, que la conscience ne lâche sa meute d'images illisibles sur l'écran en fuite du vertige.

Elle s'est précipitée sous la douche pour tout rompre, tout abolir, se laisser rouler dans l'éternité de l'eau. Le temps d'épuiser le réservoir d'eau chaude, jusqu'au petit cri de rupture, l'onde en retour de l'éclatement de l'autre. Tout la découvre maintenant, nue, ruisselante, glacée, dans cette présence silencieuse et, cependant, plus accablante qu'une respiration sur sa peau. L'autre, qui a explosé dans sa vie, entre ses bras, en elle, comme une image piégée, une balle perdue dans le brouillard d'une plage déserte.

Les yeux clos de l'autre, la tête de côté, violemment renversée dans un mouvement figé. Statue de pierre où l'air s'engouffre, comme paquets de mer dans un trou de falaise, pour refluer en un long raclement.

Elle écarte ses cheveux mouillés, et elle voit le sang sur sa main, sur ses bras, et sur un sein. Les seules traces de la rouge tempête où elle a tourbillonné, où il n'y avait à agripper que lui et son regard d'un bleu intense, à la fois chaleureux et froid. Un regard qui retient et, en même temps, met mal à l'aise tant il est clair, tant il révèle une innocence sans commune mesure avec l'impression de puissance et de souplesse. Et la longueur de ses bras, comme chez certains noirs.

L'infime piqûre de la mort à la tempe a-t-elle atteint l'enfant que le beau corps blanc aurait peut-être donné au comte ? Et pourquoi le cousin a-t-il si facilement accepté que son étreinte se glace dans l'herbe mouillée ? On ne trompe pas l'impuissance : c'est elle qui ment en tendant une main incapable de recevoir. Les pieds nus s'échappaient, toutes les nuits, vers la vie, pour donner la vie. Le comte à l'affût dans les parfums nocturnes, la mort minuscule au creux de la main, n'a pas surpris un couple, mais le fruit de son propre amour. Un jeu de masques où Maria ne pouvait que se perdre.

Un continent fantôme a pris le large, fait basculer dans un inaccessible lointain le phare, la maison du promontoire et la noyade laiteuse de Claire Smith dans un exil sans retour. Orpheline d'elle-même, devenue femme si brutalement qu'elle tend encore les mains, avec une sourde obstination, vers un passé tellement proche qu'il est impossible qu'il ne lui appartienne plus, qu'il ait sombré sans laisser d'épaves qu'une eau plus claire ne permettrait d'apercevoir. Un passé si bref qu'il n'offre même pas le texte d'une vie, quelques phrases sans suite qu'elle a le sentiment de n'avoir jamais écrites. Ou alors quelqu'un d'autre dirigeait sa main, et elle a écrit, sans comprendre, des mots énormes, piégés dès le départ, et qui ont détoné en lui brûlant les mains.

Le fil rompu, qui s'était distendu en un filet éclaté sur une prise trop grave pour elle, n'avait pourtant été qu'une quête sauvage, sans cesse abandonnée et sans cesse recommencée, qui la laissait toujours désemparée entre deux vagues, la bouche grande ouverte sur toute l'eau du monde.

De sa première errance, à l'aube, sur la plage, jusqu'au midi triomphal de la nuit du phare, subitement foudroyé, calciné, il n'y a que ce fil ténu, une soif sans objet précis. Pourquoi ce regard affolé de David, sa honte qui la brûle des pieds à la tête en un instant, pourquoi ce refus désespéré qui, sans pitié, casse le fil, tarit l'eau à jamais ?

Si le continent a glissé sous elle, si elle se retrouve étrangère et seule avec l'autre, à mille milles de la mer, dans cette cabine de douche, coquille de brume chaude qui vient de s'ouvrir au froid, à l'espace béant et désert, animé par la seule tempête blanche, qui la révèle à elle seule ensanglantée et dénudée, de nouveau refermée sur une semence de vie, c'est que Mr Stephen Peabody a fait un gros nœud dans le fil, qui a tenu aussi longtemps qu'elle n'a pas bougé, qu'elle n'a plus eu soif, qu'elle n'a plus respiré de crainte de souffler un peu de cendre, dorée comme le sable, au creux de sa main. L'autre n'a eu qu'à la toucher pour que la marée renaisse, se gonfle jusqu'à la crête d'une impossible vague qui, encore une fois, s'est déchirée sur les invisibles brisants de la nuit.

Un an après. Quel jour était-ce que cette nuit-là ? Cette flamme vive, si brève, et cette nuit cendrée, silencieuse, peuplée d'ombres lointaines, cette nuit qui a lentement coulé dans l'absence jusqu'au nouvel éclat de la foudre qui a interrompu son attente, sans heures, d'enfant qui regarde tomber la pluie.

— No estás . . . como Maria . . .

Pourquoi, quand il vibrait encore en elle, battait follement du cœur contre son sein, au point de déchirure de sa respiration, a-t-il si mal et si péniblement parlé espagnol ? Le temps qu'il lui a fallu pour comprendre qu'il parlait dans cette langue, et le timbre méconnaissable de sa propre voix lorsqu'elle lui a répondu, comme contrainte par une volonté étrangère :

— Maria ha muerto . . . Matada por el amor . . .

Ce nom de Maria ! Il ne pouvait savoir qu'elle s'en était emparé pour ne plus le lâcher, qu'il avait été la fragile bouée qui refaisait surface entre chaque vague de panique, depuis le premier hurlement lointain des loups, qu'elle n'avait pu déchiffrer d'abord dans le vent qui labourait la forêt, à peine un miaulement de chat étouffé qui l'avait glacée par son étrangeté même. Ah ! comme elle était devenue Maria, comme elle avait craint de ne plus entendre sa voix, comme elle avait eu froid de ces pieds nus qui avaient allumé une lueur dans le regard mort de l'homme impassible, comme elle avait retenu son souffle dans cet hallucinant ballet sous les projecteurs qui livraient Maria aux foules, à la gloire et aux billets de banque, aux désirs avoués dans des carnets de chèques et, finalement, au comte, à son impossible amour qui devait se satisfaire de la vue des pieds nus battant les trois temps du boléro, à la pluie tiède du jardin et au revolver qui permet au désir impuissant d'assassiner le don vulnérable cueilli entre d'autres bras ! Jamais elle ne s'était à ce point abandonnée à une histoire qu'elle n'avait pas vécue, jamais elle ne s'était si totalement quittée elle-même pour ne pas entendre ces voix inconnues, geysers de sang sauvages, qui éventraient la nuit blanche, la dévoraient à coups de gueules vociférantes. Il y a eu si peu de nuit tout à coup entre elle et cette triomphante curée nocturne, entre cette démence ivre d'elle-même et sa propre enveloppe vide sur le divan qu'elle a été inondée jusqu'aux larmes par la pluie qui glissait sur le beau visage de marbre encore éclairé d'une neigeuse tendresse.

Trois, quatre détonations en succession rapide, si proches qu'elles font des trous béants dans sa peur, qu'elle rebondit autant de fois dans son corps déserté, tous liens coupés net avec les pieds nus de la danseuse, bouée minuscule enfin emportée par le flot qui s'engouffre en elle, emprisonne son cri, la précipite dans un noir absolu.

La porte qui s'ouvre brusquement, l'irruption de la nuit qui soulève tout, la lumière aveuglante de son apparition dans le tourbillon de neige, le bleu limpide de son regard qui l'atteint tout de suite, aussi sensible qu'une main posée sur son front. Plus grand qu'au naturel, à contre-nuit et à contre-neige, le canon de la carabine, dans son dos, paraissant lui sortir de la tête, il ruisselle d'une écume blanche ensanglantée qui, dans son épaisse chevelure et sur sa chemise, a gelé à demi en épais caillots. Et, à ses pieds, cette masse sombre, monstrueuse, poulpe velu aux tentacules fossilisés, encroûtée elle aussi de rouge et de blanc.

Il lui adresse un sourire exténué, tout barbouillé de sang. Libérée enfin, elle crie longuement, à perte de voix, les deux mains crispées sur sa bouche, les épaules plaquées au mur de la cheminée. Ce cri lui redonne une telle ivresse de vie qu'elle ne pourra jamais l'interrompre. Elle nage. Vivante. Et l'eau calme la porte vers une rive certaine. Elle s'effondre au pied de la cheminée et elle le regarde venir vers elle avec l'abandon d'un enfant.

— Il ne faut pas avoir peur . . . C'est nous. Moi, lui . . .

D'un geste à peine amorcé, entravé par toute cette écume, il indique la chose sur le seuil de la porte. Pour la rassurer, il accentue son sourire en une grimace qui rend son visage douloureux. Sa voix ne porte pas, comme derrière un masque.

Elle voit les bottes blanches et rouges s'avancer vers elle par saccades, dans une raideur d'échasses, avec les mêmes

temps longs entre les pas, puis s'éloigner de la même manière,
à reculons. Il referme la porte, sans se retourner, et sans cesser
de la fixer de son regard bleu qui se met à vaciller soudain.

Les bottes reviennent vers elle, plus lentement, puis il y
a une interminable halte, et le mouvement des jambes se
décompose abruptement. Il est tombé en chute libre sur le
divan. Une statue qui oscille sur son socle, puis se renverse
d'un seul bloc : les jambes allongées jusqu'à la toucher, les
reins au bord du coussin, et la tête brisée dans l'angle du dos-
sier. Un temps sans mesure possible, ils se regardent ainsi.
Elle, la bouche encore ouverte sur son cri éteint, affalée au
rivage, incapable de lui tendre la main, attendant tout de lui,
profondément tranquille. Lui, le même sourire en grimace, la
tête désarticulée par sa chute.

*Le comte blessé, qui lui offre un palais, ne peut la posséder
que comme un objet d'art, en la contemplant, ou en la con-
damnant au cimetière comme à un musée. Ceux qui, tout le
long de sa route, déposent des billets de banque sous ses pieds
nus, ne dissimulent pas qu'ils veulent acheter autre chose
qu'une image. Et, pourtant, l'amour n'est pas du côté de la
vie, et la vie n'est pas dans le camp de l'amour. Qui triche à
ce jeu où un seul personnage doit, de toutes manières, payer de
sa personne ? L'homme au regard mat qui l'a touchée à
l'épaule, quand elle n'était qu'une obscure danseuse de cabaret,
pour lui offrir de monter dans ce noir carrosse de Cendrillon
emporté vers les stèles fleuries de pluie ? Ceux qui proposent
la beauté aux enchères ? Le comte mutilé qui exige un amour
intact ? Ou elle-même qui sait très bien que la pantoufle de
verre éclatera à son pied ? Ou la vie qui n'accorde jamais au
rêve que l'amorce nécessaire à sa déflagration ?*

— C'est au bout du monde, mais très confortable, avait dit
Mr Stephen Peabody, vice-président de la United States Pulp
and Paper Company, en pointant sur une carte une petite tache
bleue, perdue au centre de milliers d'autres, en plein cœur
d'une péninsule, massive comme un continent, qui monte à
l'assaut de la Grande Ourse et de la calotte polaire. Le fief
de la Compagnie, grand comme un royaume, où l'on fauchait
les arbres comme on fauche le blé dans la Prairie, d'un horizon
à l'autre, d'un parallèle à l'autre, qui s'insinuait discrètement
dans le sud, par une bande étroite, pour avaler des pans de
pays de plus en plus larges en remontant vers l'Ungava.

Et c'est confortable, avec douche, frigo, chauffage, télévision et une cheminée de pierre qui fait tout un mur, radio-
téléphone, l'avion à la porte, et des serviettes turquoise qui
n'ont jamais rien épongé, épaisses, duveteuses, dont on peut
s'envelopper comme d'une couverture.

Claire Peabody frissonne sous le duvet turquoise, s'essuie
en gestes lents, tendant l'oreille vers l'immense salle de séjour,
silencieuse comme une huître ensablée dans un bas-fond qu'une
grosse mer laboure sans répit. Le vent du nord-est qui charrie
une brûlure de banquise couche les arbres comme des algues,
emplit tout l'espace d'un frémissement ininterrompu qui donne
à l'oreille une sonorité de coquillage de mer.

— Maria ha muerto... Matada por el amor...

Mais non, il ne parlait pas espagnol. Les mots d'une
chanson qui venaient d'affleurer à sa mémoire, peut-être, ou il
cherchait à rompre à tout prix le silence où ils s'étaient
englués tous les deux depuis son cri à elle devant son apparition. Il ne comprenait pas le sens des mots, même s'il sem-

blait trouver tout naturel qu'elle réponde dans cette langue. Mais pourquoi Maria ? Comme s'ils lisaient tous les deux des répliques qu'on venait de leur remettre, sans commencement ni fin, des phrases hors de tout contexte, qu'ils devaient dire mécaniquement.

Ou alors il savait, dans l'eau tranquille et bleue de son regard, que, tout le temps que la course hurlante des loups avait dépecé la nuit, jusqu'aux détonations, qui avaient claqué en elle comme des flammes bleues de foudre, elle s'était projetée toute en Maria, qu'elle avait mis toute son existence à ne perdre aucun de ses gestes, à ne se laisser tromper par aucun d'eux, de crainte de tomber, de s'échapper d'elle par distraction, en se laissant toucher, ne serait-ce qu'une seule fois, par la démence qui haletait si près de son dos.

A l'intérieur du refuge, elle avait vivement appliqué sa main à la fissure infime que le comte avait percée à la tempe de Maria, et elle était morte avec elle, sans une goutelette de sang, dans un silence mince comme une pellicule, sourde à la voix de l'homme éteint qui racontait l'histoire sous une pluie qui n'imbibait rien, dans un cimetière où la moindre brise aurait soufflé les fleurs en poussière. Maria était devenue le beau cercueil incendié de noir de Claire Smith, et Mr Stephen Peabody était veuf. Il aurait méticuleusement enseveli les pieds nus sous du sable doré, si l'homme qui vibrait encore en elle, bouillonnait ainsi qu'une houle qui va se rompre, martelait son sein nu de son cœur éperdu, n'avait ouvert la porte, statue de sel brûlée d'une flamme pourpre, dressée un instant au-dessus d'un poulpe échoué au glacier depuis des milliers d'années, avant de basculer sur le divan, terrassé par son hurlement de vivante.

Au plus profond de l'âme sacrifiée de Maria, elle n'a pas vraiment cessé d'entendre la ruée d'épouvante des loups dans la nuit. L'appel à la mort perçait le mince silence de la tempe

refermée, soulevait la vague figée de la poitrine encore tiède
d'une caresse, et l'atteignait en trombe glacée dans ses veines,
dans ses entrailles devenues vertige et tumulte. L'abîme creusé
soudain dans le regard de David, la nuit du phare ! Le nom
hurlé, hurlé, dans un effroi qui l'avait tout de suite vidée de
toute substance, au-dessus des vagues qui lui avaient empli
la bouche de ténèbres ! Sous les détonations, le corps de Maria
avait conservé sa neigeuse immobilité. Comment avait-elle pu
en bondir pour se plaquer de toutes ses forces contre le mur
de la cheminée ? L'image du beau corps étendu dans l'herbe
a glissé jusqu'à elle, s'est infiltrée en elle, et tournoie lentement depuis dans un remous de conscience qui n'est peut-être
pas la vie.

Tout ce temps pendant lequel ils n'ont pas prononcé un
mot, elle et lui ! Tout ce temps pendant lequel ils ont été
livrés au seul langage possible, celui des corps silencieux qui
roulaient dans le même flot, qui n'avaient d'autre choix que
de se chercher pour pouvoir continuer de respirer. Elle l'a
à peine vu, à peine senti sa présence jusqu'au moment où ils
ont ensemble succombé à un filet de chaleur qui a fait fondre
un peu de toute cette neige. Et ils ont été nus l'un contre
l'autre, dans une haleine tiède, en gestes si lents, dans le vermeil
du sang retrouvé, roulant dans une ultime marée.

Il s'appelle Antoine. Rien et tout. Né de la forêt, de la
nuit, de la rage hurlante des loups, pour la détacher de la
dépouille protectrice de Maria, rompre le fil si patiemment et
minutieusement noué par Mr Stephen Peabody, rouvrir la
faille où n'ont jamais cessé de tomber les pas sur le sable
et le sourire noyé de David, la ramener au phare, morte vivante
qui offrait tout sans savoir qu'elle avait déjà tout donné, qu'elle
s'était écoulée dans sa quête sauvage d'une main qui lui eût
permis d'échapper à elle-même. David exigeait que l'eau vive
remonte la pente. Il ne pouvait savoir qu'elle ne pouvait savoir

que l'eau se colore des rives qu'elle touche, que sa limpidité doit se payer de pierre nue et du plein soleil qui menace de la tarir. Elle avait fui en tous sens, parce qu'elle avait jailli ainsi, terrorisée par la précarité de la source.

Il s'appelle Antoine. Un nouveau lit. Et elle meurt en un peu d'écume sur le sable où elle retombe, et qui la boit. Mr Stephen Peabody était veuf avant le départ, et Maria n'a jamais battu de ses pieds nus les marbres du palais.

Claire Smith a recouvert de la funèbre robe de la comtesse l'éphémère et vaporeux personnage de Claire Peabody, et elle sait que le bleu regard tranquille qui l'a tout de suite apprivoisée, dans lequel elle s'est perdue ainsi qu'un jeune animal surpris n'a d'autre ressource que la confiance, ne s'est éteint que pour l'abandonner seule et pieds nus au jardin nocturne, aux fleurs meurtries par l'averse, à une infime piqûre à la tempe.

L'écran de télévision vide où crépitent des abeilles de lumière à la mort éblouissante. Ce sang sur son sein qu'elle lave à l'eau glacée. Ses pieds nus que le froid des carreaux lentement engourdit. Et ce vent qu'elle ne connaît pas, comme des ailes gigantesques qui ratissent le sable, ce vent de terre, arrachement sans répit, qui lacère une voile inépuisable, qui ne parvient pas à prendre le large dans un élan sans obstacles. Il lui faut quitter la cabine de la douche, le refuge de brouillard où elle a pu respirer librement enfin, indemne, vacante, pour retomber sur le continent fantôme, peuplé de loups éventrés par le vent et hurlant leur agonie sans mort possible.

Il lui faut retourner vers l'autre et ses yeux clos, sa tête statufiée, renversée dans le refus muet de la foudre qui l'a soulevé et déraciné, grand arbre qui ne lui a plus jeté d'ombre subitement et l'a laissée à découvert, quand les mots commençaient à peine à prolonger les gestes, à leur donner, sinon un sens, du moins, une existence. Il lui faut retourner vers cette respiration aussi tumultueuse que celle de la mer dans un trou de falaise, vers ce corps venu du froid pour exploser dans sa panique.

Nue sous un chandail vert et un pantalon de velours noir, elle brosse à grands coups ses cheveux mouillés, sans un regard pour son reflet dans le miroir. Puis elle renonce à se coiffer.

Elle plonge dans la grande salle de séjour, en croupe sur un fragment de rythme qu'elle marque de la tête, de ses mains et de ses hanches, les yeux grands ouverts et fixes dans une eau glauque qui lui permet de ne rien distinguer, attentive seulement au sillage de bulles que tracent les mêmes mots de sa bouche ouverte : « Any way the wind blows... any way the wind blows... » Jusqu'à ce qu'elle les prononce réellement et s'arrête, interdite, en les entendant.

Comme une poussière de limbes, le décor retombe lentement sous ses yeux, et, sans effroi, dans son hébétude d'enfant qui regarde pleuvoir, elle se retrouve dans l'au-delà sans points de repère où Mr Stephen Peabody l'a conduite et abandonnée pour un rite sacrificiel dont elle ignore tout, dont chaque geste la surprend sans défense, livrée, ainsi que Maria par le comte, à une cérémonie dans laquelle elle ne peut être qu'un objet docile.

« Any way the wind blows... » Elle répète les mots à haute voix, sans les chanter, lentement, pour éprouver cette poussière lunaire qui prend forme peu à peu. Rien ne se produit que l'émergence accélérée des fauteuils de pin noueux qui chatoient près de l'épais lit de braise de l'âtre, et, au-delà d'une vaste zone d'ombre, les écrans blanchâtres des fenêtres.

« Any way the wind blows ... » Elle fait brusquement volte-face pour surprendre le danger dans son dos, affronter ces bouquets de nuit où quelqu'un respire.

La porte de la chambre est grande ouverte, la lampe de chevet allumée, et, dans le lit, haussée sur les oreillers, la tête est toujours immobilisée dans son mouvement brisé, la bouche ouverte comme une conque où l'air respire. La couverture accuse le geste pétrifié du bras gauche qui la soulève. La tête est trop renversée pour qu'elle puisse apercevoir les yeux. De la chevelure noire aux pieds sous la couverture il y a une telle distance que la saillie du bras gauche semble indiquer une rupture, l'éclatement en deux parties.

Elle s'oblige à le contempler longuement, en fredonnant à voix à peine perceptible son rythme rock, battant des mains un temps sur deux, les doigts écartés. Une sorte de signal auquel il pourrait peut-être répondre. « Any way the wind blows ... » Les autres mots ne viennent pas, et elle répète, medium qui entre en transe peu à peu, se heurtant à l'écho de son fluide que lui renvoient les murs. Mais elle ne communique pas, et le long pantin brisé lui oppose la résistance d'un objet inanimé, raclé par un vent rugueux. Fascinée, elle louvoie dans ce vent, jusqu'à entrer dans la chambre, à toucher le pied du lit, à découvrir enfin le regard clos. Ses doigts s'immobilisent sur le bois du lit, et s'y enfoncent cependant qu'elle martèle à voix de plus en plus forte : « Any way the wind blows ... any way the wind blows ... » En vain.

Le mur invisible ne cède pas qui l'empêche de s'approcher davantage, de refermer cette bouche qui boit l'air ainsi qu'un noyé l'eau, d'abaisser ce bras qui menace l'inconnu, de prêter un peu de chaleur de son sang à elle, de son animation à cette forme emprisonnée vivante dans une image fixe. C'est le contraire qui se produit. Ses mains se détachent, son corps se glace et sa voix s'éteint dans la distorsion des mots ralentis. Elle recule lentement vers la salle de séjour, sans le quitter des yeux et sans le voir, secouée par un rire nerveux, très bref, qu'elle n'entend pas. Avant de jeter cette grande ombre sur elle, avant d'envahir son abandon total au creux de sa panique, il l'a giflée avec violence à deux reprises, sans un mot, et elle a ri ainsi tout le temps qu'il l'a dévêtue, le bleu du regard embué d'un peu de tristesse, comme on punit un enfant. Pourquoi l'a-t-il giflée ?

Elle l'ignore, mais elle n'a pas douté un instant qu'il avait ce droit, et tous les autres, qu'elle devait s'en remettre entièrement à sa volonté, parce qu'il était l'officiant depuis toujours désigné d'un rite qui prescrivait qu'elle serait l'offrande expiatoire. Cela n'aurait pu avoir lieu dans la chambre du phare, ni dans la maison gris-ardoise, ni au bord de la mer, car elle aurait pu fuir en tous sens, s'évanouir dans le brouillard, tournoyer dans le remous d'un souvenir qui la mettait hors d'atteinte.

Cette énorme dérive du continent sous elle avait été nécessaire, inévitable. Comme ce lieu clos au centre d'un désert où tout avait le poids et l'immobilité de la pierre. Comme de devenir Claire Peabody, avec docilité, en apposant sa signature, sans poser de questions. Et d'entendre le premier gémissement lointain des loups lui fouailler le ventre. Et de se terrer dans l'offrande assassinée de Maria et d'y réduire sa propre vie à l'infime piqûre à la tempe.

Parce que, pieds nus encore et en travesti, elle a pénétré trop tôt dans la chambre des grandes personnes pour répéter leurs gestes sans les comprendre, boire fiévreusement leurs illusions, et tendre à David une coupe vide. Les lèvres sèches

de David l'ont démasquée. « Je n'ai jamais rien donné à personne, David, puisque tu es le premier pour qui je serais prête
à faire quelque chose de si prodigieusement beau que ce serait
irréparable... comme de mourir ! » L'eau sombre qui gicle
tout à coup dans le bleu du regard, et cette flamme brève du
refus, nette et définitive comme celle d'une arme à feu dans
la nuit ! La chambre du phare où elle a été veuve si longtemps
sous l'assaut des lames écumantes qui ont fracassé son doris,
jusqu'à ce que Mr Stephen Peabody, envoyé calme, méticuleux
et quinquagénaire d'un destin qui joue aux billes et n'en perd
aucune vienne la chercher et lui demander de sa voix éteinte de
lui remettre sa copie. Ensuite, il n'avait plus qu'à la priver de
la mer et à la mettre au continent sec et à l'eau douce de ce
lac où, une fois encore, octobre a laissé couler un dernier or
pâle pour le recouvrir aussitôt d'une cendre glacée.

Personne n'a giflé Maria parce que, même pieds nus, elle
était une vraie femme, si riche de vie qu'elle pouvait donner
à plusieurs, et même au comte qui ne pouvait recevoir, et qui
n'a pas compris et a fait feu sur son offrande.

Sa montre brille sous la lampe de chevet. Une grosse
montre de garçon, au boîtier en acier, aux aiguilles phosphores-
centes, et qui bat très fort.

Quelle heure est-il ? Peut-être le temps ne compte plus,
et la nuit polaire s'installe d'un coup, comme tombe une
première neige sans espoir sur un jour d'octobre aussi doux
que la mort de la dernière rose qui se défait si lentement dans
la lumière de midi. Mr Peabody, le pilote et l'Indien ne
reviendront qu'au dégel, avec des chevelures et des barbes de
sept mois, recouverts de peaux d'ours blancs, pour mettre fin
à leur face à face muet. Peut-être n'y aura-t-il plus jamais
d'eau chaude.

Elle tourne le dos à la chambre, et elle s'entend claquer
des dents. La terreur, tapie partout dans l'ombre de la grande

pièce, va de nouveau la saisir à la gorge, la faire basculer dans une vague de froid dont elle ne pourra se remettre. Il lui faut s'agripper à un fauteuil pour éviter la chute libre vers elle ne sait quoi. Elle n'a plus envie de crier. De toutes manières, le son de sa propre voix ne lui apporterait plus rien.

Très loin, à l'autre extrémité de la pièce, derrière le bar, la radio se remet à grésiller. Quelqu'un, quelque part, cherche à rétablir le contact, ou le vent s'est apaisé et ce lien fragile avec l'au-delà, qu'elle ne sait comment commander, s'est ranimé il y a longtemps sans qu'elle s'en aperçoive.

— Mission accomplie, avait annoncé avec fierté Mr Peabody au moment où le lac avait sombré dans un crépuscule blafard. Depuis une heure déjà un vent bizarre, qui se mordait la queue en se heurtant d'une colline à l'autre, soulevait la surface en un clapotis dérisoire, déchiré par le rire dément des plongeons.

Puis plus rien durant une longue demi-heure. Le silence le plus total en réponse à ses appels de plus en plus alarmés, jusqu'aux deux coups de feu qui avaient résonné nettement dans l'appareil, comme s'ils avaient été tirés à cent pieds, si près qu'elle avait eu un mouvement de recul. Et le silence, de nouveau, définitif. Elle avait essayé tous les tons, toutes les formules, des chiffres, n'importe quel mot. Rien. Puis elle avait joué des boutons de commande et tout s'était embrouillé dans ce grésillement intermittent qu'elle n'avait pu éteindre.

Elle se retourne et voit distinctement l'œil rouge de l'appareil et, devant le bar, l'écran scintillant de la télévision où il ne cesse de neiger sur l'absence de Maria.

Qu'est-ce qu'on peut encore exiger d'elle maintenant ? Qu'elle continue de faire le guet auprès de l'épave à la dérive pour qu'on puisse la retrouver ? Tout est accompli, et, veuve une seconde fois, par cet homme au regard innocent qui a agi à sa place, foudroyé à l'issue de l'hallucinante cérémonie d'expiation, elle retombe dans une attente où elle ne s'appartient pas davantage. La lumière spectrale qui palpite dans les grandes fenêtres la stupéfie autant que le rais de soleil qui tombait de la haute lucarne du phare, à l'aurore de son premier jour de deuil, en octobre, il y a un an. Ce poudroiement de lumière n'a jamais entamé la nuit marine qui s'est refermée sur David. Il a glissé sur elle tout ce temps où elle n'a pu voir le monde extérieur que sur un écran, lointain, sans communication possible. Jusqu'à cette nuit nouvelle, terrestre, que l'autre a déchirée de ses grandes mains, sans poser de questions, à la fois menace et paix, avec une liberté si assurée, une force si naturelle, que, pour la première fois, elle a cessé de se noyer dans le regard de David, elle a eu soif de quelqu'un jusqu'à l'incendie, jusqu'au jaillissement de tout son être hors d'elle-même.

Et si elle claque des dents et grelotte, appuyée à un fauteuil dans le noir, c'est que, de nouveau, elle croule dans sa solitude, et que la braise se refroidit dans son ventre, qu'elle n'a appartenu à un autre que le temps d'une marée noire qui, en se retirant, découvre les pas dans le sable et l'écho haché par le vent de sa voix étranglée d'épouvante hurlant un nom dans les flots nocturnes au-dessus d'un sourire qui s'engloutit dans une lente spirale de goémons.

Il suffit de poser des gestes, machinalement, de s'abandonner à l'engourdissement, et d'attendre encore. Il arrive toujours quelque chose ou quelqu'un qui fait avancer les images sur l'écran, et elle n'a qu'à regarder sans voir, à se livrer au courant qui la pousse quelque part, de jour en jour, de mois en mois, dans une vie. Elle a bien vingt-quatre ans, déjà ! Toutes les chambres des grandes personnes lui sont ouvertes maintenant qu'elle sait qu'elles sont vides et que les gestes, toujours les mêmes, épongent des illusions.

Si le bras menaçant allait retomber, si la tête renversée allait se ranimer ? Si les yeux bleus à l'innocence inquiétante l'inondaient de nouveau ? Si elle était aussi prisonnière, impuissante, dans cet îlot-tout-confort de la Compagnie, dans cette forêt du bout du monde, que Maria dans sa chute instantanée dans l'herbe du jardin ?

Antoine aussi est mutilé. Sa main gauche ne compte que quatre doigts. Il manque le majeur. C'est de cette main-là qu'il l'a giflée.

Elle s'en était aperçu tout de suite. Les autres, Mr Peabody et le pilote, n'avaient rien vu. Si bien qu'elle avait dû aller vérifier dans la cuisine, la veille, au moment où il préparait le souper. Une telle colère s'était allumée dans ses yeux quand il a compris qu'elle n'a pu s'empêcher de rire. Comme s'il n'avait pas toujours su que le bleu de son regard ne terroriserait jamais personne.

Quand la danseuse a su que le comte ne pourrait jamais aimer, qu'elle n'étreignait, enfin, que l'apparence de son rêve, a-t-elle découvert, du même coup, que l'homme éteint n'avait offert à Cendrillon qu'un carrosse funèbre, et est-ce pour cette raison que, chaque nuit, elle traversait le parc, pieds nus, pour cueillir la vie et la lui offrir ?

Elle jette une couverture de mohair sur ses épaules et entreprend d'empiler des bûches sur le lit de braise.

— Tu ne sauras jamais. Il faut le construire : un feu doit respirer.

Les longues soirées passées dans le cottage de David, à l'extrémité de la plage, là où la route découvre subitement la mer, à regarder le feu, écouter la musique ou sa voix tranquille, égale, si faible que, souvent, elle n'entendait pas et n'osait lui demander de répéter de crainte de la voir s'interrompre. Tout un mois, ils ont été les deux seuls habitants de la plage, se voyant tous les jours sans même se toucher les mains une seule fois. Un mois si doux et fragile que le moindre geste, la moindre intonation pouvait tout bouleverser, où tout était si précieux, si émouvant dans l'instant même qu'ils ne disaient mot et restaient immobiles de longs moments pour épuiser la pure joie d'être seuls au monde l'un à côté de l'autre. Et, pourtant, il lui semblait que ce mois si attentivement, si précautionneusement vécu ne suffisait pas à remplir le plus bref des jours. Octobre avait été tout entier contenu dans un seul effleurement de leurs regards, dans un unique sourire, dans une vibration de lumière dorée entre eux.

Elle s'accroupit devant l'âtre, tout enveloppée du mohair, et cherche à entendre dans la flamme qui, tout de suite, jaillit très haut, un certain andante que David lui a appris à aimer. En vain. Sa mémoire ne parvient pas à éveiller l'écho d'une seule note. Une musique qu'elle voit plus qu'elle ne l'entend. C'est le rythme rock, au contraire, qui l'assaille sauvagement.

« Any way... ahahah... ahahahaha she is not like you, baby...» Et elle agite les mains sous la couverture, et elle oscille de tout le tronc en dilatant désespérément les yeux dans l'éclat de la flamme. « She is my heart and soul... any way the wind...» Les mots reviennent, par bribes, bien qu'elle les refuse. Ils naissent du mouvement de son corps, de ses mains, de sa tête. Puis, brusquement, ce sont les pauvres mots espagnols de l'autre :

— No estás... como Maria...

Et sa réponse à elle, écrite depuis toujours, dont elle sait bien qu'il ne la comprendra pas, parce qu'elle est sans rapports avec ses mots à lui, ses mots qu'il venait tout juste de trouver, avec tant de peine.

— Maria ha muerto... Matada por el amor...

Leurs premiers mots après le long langage des corps, et le même nom qui les séparait mieux qu'une porte refermée ou un départ. Les deux Maria les rendaient plus étrangers l'un à l'autre à la crête de la vague qui avait détaché leurs mains. La sienne venait d'une chanson ou de son refus de parler anglais et, en même temps, de son désir de lui plaire en lui parlant étranger. La grave nouvelle qu'elle lui annonçait ne pouvait en aucune façon le pénétrer. Et, pourtant, elle s'était laissé débusquer de Maria tout naturellement, sans essayer de jouer, en donnant la seule réponse possible, parce qu'elle était la vérité de sa nuit solitaire dans la tempête échevelée qui s'engouffrait dans la gueule des loups.

Dans la flamme orange de la cheminée, la précieuse musique de David ne parvient pas à naître, et l'autre octobre, la plage, la mer s'estompent pour permettre aux quelques paroles qu'ils ont échangées avant la rupture de s'abattre sur elle avec une implacable présence, dans la chaleur oppressée de leurs deux corps liés. Elle encore toute vibrante de l'ébranlement qui lui a fait perdre pied complètement. Lui nageant à longues brasses, dans un souffle rauque, atteint déjà par un coup invisible qu'il refuse de s'avouer, opposant toute sa force déjà vaincue au tourbillon qui commence à le happer.

Elle réussit à se murer contre tous les gestes, les souvenirs physiques, mais les paroles qu'elle a entendues une première fois sous trop de coups contre sa poitrine lui reviennent maintenant avec une netteté qui la fascine, provoque les réponses qu'elle n'a pas eu le temps de donner.

— Vous... you speak espagnol ? Mío, non. Des mots...

— Si.

Sa voix à lui bouillonnait dans l'écume du reflux, toute proche, et, cependant, projetée par une respiration violente qui sifflait au-dessus des mots, visait une cible lointaine. Elle, elle murmurait sous tant d'eau qu'elle n'était pas assurée de vraiment prononcer, que son sourire devait lui apparaître comme une grimace tant il lui coûtait un effort démesuré. Et le goût du sel dans sa bouche l'étonnait; elle n'avait pas conscience de pleurer.

— Querido mio... qué pecho ! Quelques mots.

Elle sentait qu'il aurait voulu rire, mais qu'il n'y parvenait pas, qu'au-delà de sa voix, de ses mots, de son souffle arraché vague après vague, il livrait un combat qu'elle ne comprenait pas. Elle ressentait dans son propre corps les coups sourds inconnus qui le faisaient frémir des racines à la cime.

— C'est pas sérieux. I don't understand. Des mots qui font

rire dans la bouche d'une femme. Vous... you... Comme
la musique ! Ole !

Il avait lentement halé son long bras dans sa chevelure
blonde, s'était soulevé un peu sur un coude et l'avait contem-
plée avec incrédulité.

— Une Espagnole blonde, pas possible ! Et triste... tu pleu-
res !

Il lui avait doucement caressé le visage de sa grande main
pour endiguer cette eau, et le bleu laiteux de son regard fré-
missait. Une morte tellement jeune que le jour ne se lèvera
jamais plus si elle ne se redresse pas.

— Vous avez dit le mot *amour*... ou *mort*, peut-être. Tu
n'es pas comme Maria, parce que tu es triste. Sad, sorry...

Il avait détaché les mots anglais comme s'il les inventait
à mesure et qu'il doutait d'être compris.

A ce moment précis, et pour la première fois depuis si
longtemps, quelque chose de sauvage et de vorace s'était dénoué
en elle, avait bondi d'un jet, intact et férocement libre. La fille
de Bruce Smith et de Rose Greenwood, la fille de la mer,
l'écumeuse de plages qui, jusqu'à David, avait toujours affronté
l'univers de ses poings nus et avec un mépris total. Le goût de
ses propres larmes sur ses lèvres, l'odeur de ce corps étranger
qui pantelait sur elle, ce regard inconnu qui s'accordait tous les
droits de l'innocence, et ses mots malhabiles qui cherchaient
à lui donner un nom, tout cela l'avait soulevée soudain d'une
irrésistible colère, d'une bouffée de haine aveugle.

— Beat it ! No sorry for me. I am no Maria, and go cry on
somebody else's shoulder. You have got what you wanted,
you bloody big Canuck. Sleep it off, old baby.

D'un violent coup de reins et de ses deux mains tendues à
craquer contre sa poitrine elle avait cherché à se dégager avec

l'énergie du désespoir. Si elle avait eu une pierre sous la main, elle l'eût assommé sans hésiter, ainsi qu'elle avait fait avec le gros John Marshall dans la chambre du phare. Mais Antoine, sous la tempête qui lui déchirait les poumons, l'avait calmement maîtrisée en lui plaquant les bras en croix sur le lit et en se faisant à peine plus lourd. Elle l'avait mordu de toutes ses forces au bras gauche, et le sang chaud avait coulé sur ses lèvres, et elle s'était retrouvée engluée dans le bleu du regard à peine rembruni. Et sa voix rauque, qui perdait de plus en plus son timbre pour n'être que de l'air, avait, une nouvelle fois, visé une cible trop lointaine :

— Ne m'appelle plus *old baby*. Non, you are no Maria. Une petite putain, un peu plus salope que les autres, parce que née dans le foin. Pire qu'une Anglaise. Une Américaine !

Un long temps elle s'était abandonnée à l'hystérie des sanglots impuissants.   Il avait ajouté :

— Il n'y a que les arbres qui vous appartiennent. Nous, les hommes et les bêtes, we are free. Understand ?

L'eau dans ses yeux était redevenue silencieuse et égale, comme depuis David, et Claire Peabody n'avait pas tenté de fuir quand il s'était lentement affalé sur elle, aspirant l'air avec force dans son cou. Elle avalait son sang et résistait mal à la nausée. Sa voix blanche, sous-marine :

— Je peux m'essuyer la bouche ?

Il s'était laissé glisser de côté d'abord, lentement, n'en finissant plus de ramener ses longs bras, et elle avait pu voir l'empreinte très nette de ses-dents et le sang qui coulait en abondance d'un seul point. Puis, il s'était allongé sur le dos et avait enfin demandé :

— Tu comprends tout depuis que tu es arrivée ? Tu parles français !

Oui, elle parle français, un français qui vient de si loin, d'une maison sombre de Boston, sous le métro aérien, sentant le cigare et les cendres refroidies, la porte si souvent ouverte sur des visages inconnus ou sur l'absence, qui vient de la bouche d'une femme maigre, dure et noire, qui l'étreint avec violence tout à coup, en criant presque devant tout Boston, l'Amérique, le monde entier :

— You are a lady. I swear it. Toé, tu vas être une dame, une vraie, Jesus Christ ! No bum will put his hand on you.

« Petite putain née dans le foin. » Cela fait de grands cercles en elle, mais ne l'atteint pas vraiment. Le coup a été porté il y a si longtemps, depuis l'école paroissiale où des enfants de Canucks comme elle parlaient français en anglais, depuis le premier garçon qui a tenté de mettre la main dans son corsage, la première fille à qui elle a soufflé un ami, par tous ceux à qui elle a refusé et par certains de ceux qu'elle a accueillis, depuis le collège où elle a appris le français comme l'espagnol, une langue étrangère, depuis le début du règne de Rose Greenwood à Suoco Pool, par les pêcheurs et leurs femmes qui s'indignaient, pour des motifs différents, de la voir errer libre sur la plage, sur la mer, s'approprier l'îlot du phare sous la protection amusée de Bruce Smith, son père putatif et reconnaissant, et celle, plus déférente, plus lointaine, de Mr Stephen Peabody qui, pour des raisons obscures, a permis et favorisé leur empire sur la péninsule, et par Rose Greenwood elle-même, sa mère qui, souvent, l'avait étreinte durement par le bras, entre le magasin, la station-service, les deux restaurants, le vivier à homards, les instructions aux chauffeurs des quatre autobus, et les absences du grand Bruce à l'œil de corsaire qui chassait la femme et l'alcool, par sa mère elle-même :

— Any bum is good enough for you. Always chasing like a bitch. Who was with you at the lighthouse last night ? Tell me . . . tell me . . . tell me . . .

Ses doigts entraient profondément dans sa chair et elle devait la bousculer pour se libérer.

— All people are bums or bitches, mummy. That's good for Bruce, you and myself. There was no ghost at the lighthouse, last night. Does that make you happy ?

— I killed myself pour que tu sois une lady. Une dame, Jesus Christ ! All that pour rien. Nothing ! Une vraie shame ! Sainte Vierge !

Et Rose Greenwood retournait dans le tourbillon de sa vie de mère dévouée, dans l'écheveau de son empire que seul Mr Stephen Peabody pouvait débrouiller, et l'oubliait pour une autre semaine entière, ou plus, si Claire réussissait à ne jamais se trouver en sa présence que sous l'œil rigolard du corsaire à ses retours d'expéditions dans la ville giboyeuse.

Voilà, elle parle français depuis qu'elle a sucé le lait de cette jeune femme maigre, dure et noire, à la volonté toute tendue vers un songe, et prête à payer n'importe quel prix.

— Tu vas être une dame. A real one. Mummy is just telling you that. Parce que je t'aime, j'te le dis, Claire. Pis écoute pas. Forget it.   It will happen, just the same . . .

Rose Greenwood, née Boisvert peut-être, petite fille d'un Boisvert venu du Québec un demi-siècle plus tôt pour *weaver,* lui et ses femmes, parce qu'ils filaient un mauvais coton sur leur terre rocheuse du nord où les enfants levaient plus vite que les récoltes, avait compris très jeune qu'il n'y avait pas de salut possible pour les Canucks dociles et soumis dans leurs

filatures et leurs écoles paroissiales pour nègres blancs qui
égrenaient leur exil sur des chapelets. Elle avait filé vers Boston
et, sous le métro aérien qui masquait le soleil et un ciel muet,
avait payé de sa personne pour obtenir sa part du grand rêve
américain, plus mal armée avec son pauvre jargon, elle qui était
d'Amérique et orpheline sans parloir le dimanche depuis au
moins trois siècles, que n'importe quel immigrant de la veille.
Elle avait appris la chanson, appris à danser et, surtout,
appris les hommes et leurs calculs. Et, parfois, seule avec
l'enfant dans la maison sombre sentant le cigare et les cendres
refroidies, pour reprendre souffle dans sa course au trésor, elle
rêvait tout haut, semant son discours de pauvres mots français
qu'elle ne reconnaissait plus elle-même, pitoyables sous qui
n'avaient plus cours depuis longtemps et tout limés par l'oubli.
Elle rêvait d'une jeune femme inaccessible, élégante, instruite,
délicate, qui parlerait des langues étrangères, l'espagnol et le
français, d'une sorte de Greta Garbo latine, qui n'aurait rien
de la vulgarité de l'Américaine la plus riche, épouserait éven-
tuellement un banquier étranger ou l'un de ces grands proprié-
taires du Sud qu'elle avait vus au cinéma et qui habitaient
d'immenses maisons à colonnes blanches au centre de parcs
solennels, et donnaient des bals d'un air ennuyé qui était la
distinction même, et cette jeune femme vaporeuse, toute frou-
froutante de tulle blanc, si raffinée qu'elle n'aurait jamais besoin
de se moucher ni de boire de bicarbonate pour faire passer un
hot dog, cette jeune femme quasi immatérielle tant elle serait
intouchable, lui donnerait, en passant près d'elle, un petit
coup d'éventail affectueux, parce qu'elle serait sa mère, dans
l'ombre et inavouée, parce qu'elle n'allait quand même pas
lui faire honte.

— Everyone knows that your mother was a whore in Boston.
That's where the bloody cash comes from, and you too, baby.
You are not that green, holy shit !

Le gros John Marshall, qui l'avait plaquée contre les galets et lui racontait son histoire, lui dressait un arbre généalogique en découvrant son sein, bavait aux anges une seconde plus tard, le crâne moussant de sang. Elle avait regagné son doris à la nage, sans même se retourner pour voir s'il donnait signe de vie. Puis, en bonne fille du grand Bruce, rompu aux abordages, qui rendait hommage à madame Marshall, à l'aube, quand les marins s'en vont-en-mer, elle s'était approchée de son bateau de pêche, avait allumé le moteur, et l'avait lancé à pleins gaz vers le large. Et elle était rentrée dans la maison gris ardoise en se promettant de ne jamais revoir Boston de sa vie.

Elle parle français, parce qu'elle a fréquenté Lesley College, à Cambridge, où les machines du laboratoire de langues, qui n'ont pas de seins et ne rêvent pas, ont été plus efficaces que les honteux souvenirs de Rose Greenwood.

« Petite putain . . . » Un mot que David n'aurait jamais pu prononcer, parce qu'il n'appartenait pas à son univers tout simplement. Avec lui, elle s'est tout de suite sentie une autre, Claire Smith avant la vie, les mains encore fermées sur tout le possible, innocente et sans faim, calme, limpide, ainsi que le ciel se nettoie d'un coup, certains soirs d'été, dans la chute du vent, et rend tout immobile et si doux que la mer elle-même meurt au rivage dans un soupir.

— Still bitching with that guy alone in his cottage ? A nice fellow. Perhaps that I should tell him things about you, baby Creamcheese. What do you think ?

Elle amarre son doris au quai du petit port, et John Marshall, retranché derrière les cages à homards vides dans son bateau, lance mollement un tentacule en sa direction, poulpe spongieux qui a bien survécu au coup reçu deux ans plus tôt.

A-t-il parlé ? David ne lui aurait pas laissé dire deux phrases. Pourtant, son dernier regard l'a brûlée jusqu'au vif de l'âme, infiniment plus que n'auraient pu le faire les mots les plus sales du monde.

Elle avait mordu dans le drap pour essuyer le sang sur ses lèvres, et elle avait étanché son bras à lui avant de répondre.

— Oui, je parle français ; je l'ai appris au collège.

Il avait attendu que passe une nouvelle bourrasque avant d'enchaîner :

— On dirait un accent de l'autre bord. C'est drôle. Qu'est-ce que tu as dit en espagnol ?

— Que Maria est morte . . . tuée par l'amour. Vous êtes malade, n'est-ce pas ?

Une lame qui se fracasse sur un rocher ! Il était, de nouveau, dressé au-dessus d'elle et la secouait violemment par les épaules, son visage couleur de terre tout pâli soudain, le bleu des yeux déferlant sur elle en tempête en même temps que le sang de son bras, la voix déchirant enfin le voile de sa respiration :

— Maria, morte ? Non. Non ! Mais vous ne pensez qu'à ça, à tuer ! Tuée par l'amour, tuée par l'amour ! Comme lui, peut-être ! En plein amour ! Avec une machinegun, en avion ! Pôw, pôw, pôw . . . sur des enfants, torrieu ! Pôw, pôw . . . pôw . . . Christ de . . . Christ . . .

Il avait éclaté sur ses paroles, la bouche ouverte, tombant d'abord sur elle comme une pierre, puis roulant sur le dos dans

une convulsion brutale et brève pour être instantanément pétrifié. Il n'y avait plus eu que le grondement de mer dans un
trou de falaise, et son souffle à elle, profond, filé longuement,
dans une immobilité dont elle n'avait pas eu conscience longtemps. Peut-être avait-elle dormi.

Puis elle a entendu le battement de sa montre, senti le
froid de sa main sur son ventre nu, le sang coagulé sur sa
bouche, vu la lumière à travers l'écran de ses cheveux. La
conscience lui était revenue par ondes indistinctes, indéchiffra-
bles. Une mitrailleuse qui crache en plein ciel, des têtes d'enfants toutes semblables et floues, un poulpe velu recouvert
d'une épaisse écume rouge et blanche, le vent qui râpe la
forêt, des hurlements aigus qui ne parviennent pas à se dévorer
eux-mêmes, une danseuse espagnole travestie en comtesse ita-
lienne s'écroulant dans la nuit d'un beau parc, un lait bleu
qui coule sur tout son corps et lui emplit la bouche sans jamais
étancher sa soif. Dans une sorte d'état second, sans remuer la
tête ni le corps, elle détache la montre au bras qui repose sur
son ventre, puis dans un lent mouvement de reptation, elle se
glisse sous le bras, touche le parquet de ses talons d'abord,
puis de ses mains à plat, et elle se redresse, dépose la montre
sur la table de chevet sans regarder l'heure, tire le drap
jusqu'au cou de la forme inanimée, sans baisser les yeux sur
elle, s'enveloppe d'une couverture, fait quelques pas dans la
salle de séjour éclairée par le seul lit de braise de la cheminée,
entend de très loin un miaulement qui croule sur lui-même
après une escalade brisée à trois reprises, puis elle gagne la
salle de bains et vomit, enfin, en gémissant sans retenue, avant
de se liquéfier dans le brouillard de la douche. S'il n'y avait
pas eu l'eau chaude, cette buée dans l'espace étroit où elle
s'est reconnue, elle aurait sombré dans un délire blanc, en-
traînée par un noyé trop lourd pour elle. Elle aurait consenti

à la chute en ralenti, attachée au bras de ce naufragé déjà disloqué par la pression sous-marine.

— Tu te souviens, ton père m'a accompagné là-bas, l'année avant . . . l'accident. Il disait que c'était la première fois qu'il entendait le silence, qu'il voyait un paysage à quatre murs. Ici, il y a toujours ce côté vide . . .

Mr Peabody, qui s'efforçait de la persuader de faire le voyage, en évitant surtout de paraître le lui imposer, avait indiqué la mer devant eux. Il avait ajouté :

— A la longue, elle abrutit, on ne voit plus, comme après des heures de conduite sur une autoroute. Pour se secouer, retrouver une vue un peu plus nette, il faut la quitter de temps à autre. Tu verras, c'est très différent, plus beau même . . .

En complet-veston, frissonnant dans le vent à la pointe du promontoire, Mr Peabody avait retiré ses verres fumés pour mieux apercevoir un pétrolier à la ligne d'horizon. Devant les églantiers aux gros fruits rouges, la Cadillac grise que la Compagnie lui imposait, et contre laquelle il ne cessait de pester parce qu'il était maladroit, brillait comme un cuirassé. Impeccable, le crâne dénudé par le vent, il acceptait sans impatience ses longs silences.

— En forêt, c'est plein de surprises. On découvre petit à petit. On ne reçoit pas tout d'un seul bloc en plein visage, comme ici . . .

L'odeur nauséeuse du soufre de l'usine résistait à l'air salin. Il avait pensé à l'anniversaire, mais il mettait tant de précaution à le dissimuler qu'elle s'en était aperçu tout de suite. Et elle refusait de sortir de son mutisme.

— Tu es comme Bruce. Vous n'avez pas quitté de vue le Mayflower. Vous n'avez jamais découvert l'Amérique.

Elle l'avait secoué un peu rudement par l'épaule, en riant.

— C'est qu'on se fiche pas mal de l'Amérique, qui sent le
soufre et bien d'autres choses, Mr Peabody. Depuis qu'il y
a des bouteilles de *coke* sur la lune, on ne peut plus la rater.

Il avait eu un pâle sourire.

— Oui, ainsi que disait Bruce : « Chaque fois que je frotte une
allumette, tu m'empestes l'existence, Stephen. » Bon, comme
tu voudras . . . Préfères-tu que je reste moi aussi ?

— Demain ; la mer est trop belle aujourd'hui.

— Nous pouvons avoir les services d'une femme de ménage.
Il y aura un Indien, tiens . . .

— Je n'ai jamais tiré un coup de fusil de ma vie.

— La fille de Bruce Smith, je ne suis pas inquiet.

— La fille de qui Mr Peabody ?

Il n'avait pas bronché, mais il avait risqué une toute petite
allusion en la quittant :

— Un jour on te retrouvera assise à la pointe du rocher, aveugle et sourde-muette. Il y a trop longtemps que ça dure, Claire.
Il te reste toute la vie.

Depuis trois mois, elle était Mrs Claire Peabody. Un
quart d'heure chez le ministre, et dix minutes chez un notaire.
Un mariage d'affaires. Un mariage blanc. Il s'était même
engagé solennellement par-devant l'homme de loi à divorcer à
la moindre demande sans faire plus d'embarras, et il l'avait
constituée sa légataire universelle. Il avait expliqué que cette
comédie faciliterait l'administration des biens meubles et im-
meubles de Claire Smith, fille unique de Bruce et Rose Smith,

décédés simultanément dans un accident de voiture, un an plus tôt. Elle n'était jamais entrée dans la grande maison blanche que Mr Peabody habitait du côté noble de la rivière, dans la ville de Suoco. Mais lui venait régulièrement dans la maison gris ardoise rendre des comptes méticuleux au coin du feu. Une fois, devant le ministre, il l'avait baisée au front. Un vrai père.

Le lit de braise achève de déglutir les bûches. Son regard extatique ne parvient pas à y faire naître le précieux andante de David, une musique qui n'appartenait pas à la flamme, mais au sourire à la fois tendre et un peu triste, à la tête légèrement inclinée qu'elle ne se lassait pas de contempler, aux yeux couleur de mer où elle buvait la paix et une vie épurée, à leur solitude rythmée par l'affaissement des vagues sur le sable et débordante d'une joie immatérielle.

Dans son dos, derrière le bar, la radio continue, à intervalles irréguliers, de faire entendre ses appels brouillés. Que s'est-il passé au moment où elle a entendu les coups de feu dans l'appareil ? Et pourquoi l'autre, dans une colère qui l'a brisé, a-t-il parlé de mitrailleuse et d'enfants ? « Vous ne pensez qu'à ça, tuer ! » Sa lamentable imitation d'un tir en plongée, à la crête de la douleur qui l'éventrait, et ses jurons, à la fois révolte et gémissement, déchirure brève et interminable de l'arbre qui s'abat. « Comme lui, en plein amour ! » Les enfants, l'avion, ce devait être une image de télévision entravée dans sa tête torturée. Le Viet-nam peut-être. Mais qui, si ce n'est Maria, a été tué en plein amour, et pourquoi cela a-t-il semblé le scandaliser mortellement ?

Any way the wind blows . . . ahahah . . . ahahah . . . now I am free . . . any way the wind blows . . . now my story can be told . . Elle porte la main à sa bouche et reconnaît l'éraflure au sang encrouté qu'elle s'est faite, la veille, quand c'est elle qui a voulu le gifler et qu'elle a heurté la boucle de métal de son sac. Elle venait de tirer le premier coup de feu de cette journée durant laquelle elle en a tant entendu, tous multipliés par l'écho, sauf ceux de la radio. D'un violent coup de pied il lui avait fait sauter la carabine des mains.

Tout ne s'est donc pas passé au cours de cette nuit dangereusement ouverte à la démence ; il y a un commencement plus lointain, donc une certaine logique, et elle n'a pas été qu'un objet docile et passif, un lièvre débusqué qui n'a d'autre ressource que d'obliger le chasseur à l'apprivoiser.

Au fond de cette mer asséchée depuis des milliers d'années et tapissée de petits arbres aigus, glauques, forêt de varech que le recul de l'eau a fait proliférer en rangs pressés, dans ce paysage à quatre murs, il s'est déroulé un drame qu'elle n'a pas vu, et dans lequel elle tenait un rôle.

La gifle qui a fait naître en elle un rire involontaire, au moment où elle ne se possédait plus depuis longtemps, répondait à celle qu'elle n'avait pu retenir. C'est son premier coup de feu à elle qui a tout déclenché, ou la colère qu'elle a allumée dans le bleu regard de l'autre, quelque temps après leur arrivée, en lui demandant de montrer sa main mutilée, ou son refus de laisser la femme de ménage les accompagner, ou son consentement au voyage, ou son irruption dans la mort de Maria, ou le tumulte des montres dans la chambre du phare, ou sa main soudain dans celle de David sans qu'elle en ait eu vraiment conscience, ou l'agonie de la raie sur la route qui l'a fait se précipiter tête baissée contre le chandail rugueux et visqueux, ou les pas sur le sable cette nuit où la haute marée n'a pas laissé un seul grain à sec . . .

Elle tourne en rond depuis des heures dans ce paysage fermé, à quelques pas de l'abri qu'elle ne reverra jamais plus parce qu'elle va s'épuiser avant l'aube, parce que Mr Peabody l'a privée de la mer et l'a abandonnée dans cette Amérique qu'elle n'a jamais découverte, pour disparaître lui-même, en compagnie de l'Indien et du pilote, sur une piste qui débouche nulle part, qui s'enfonce dans une chair plus maigre, plus noire et plus dure que celle de Rose Greenwood, dans cette Amérique où elle est plus seule et plus étrangère et plus désarmée que dans la maison sombre sous le métro aérien de Boston.

Pourtant, octobre avait, de nouveau, été tendre et duveteux comme une pêche, lumineux et tiède, avant d'éclater dans un déchaînement qui avait tué jusqu'au souvenir de la tendresse.

Le vent est tombé comme il est apparu, en trombe. Elle entend le silence, comme la première nuit, une opacité qu'elle peut presque palper de la main, qui n'est pas l'absence de sons, mais une plénitude qui avale toute vibration. Il n'y a plus de flamme dans la cheminée, et le lit de braise s'affaisse sur lui-même, rendant un peu de cendre qui blanchit sur le rougeoiement. Le froid la lèche sous la couverture.

Elle se lève d'un bond et se dirige vers les grandes baies vitrées où la lumière s'est intensifiée sans perdre sa couleur livide. Tout de suite elle aperçoit la plaque noire du lac au contour nettement dessiné par le blanc de la neige. Sur le petit quai de bois, elle distingue sans peine la forme sombre du canot d'Antoine. Tout est immobile, tout semble choir avec une lenteur extrême dans une poussière lunaire qui ne repose sur aucun fond solide. Qu'elle heure est-il ? Elle n'a jamais possédé de montre à elle, et n'en a jamais voulu, comme la danseuse espagnole n'a jamais voulu chausser de souliers.

Comment le soleil se lève-t-il sur un paysage ainsi muré ? Au bord de la mer, il se lève sous les pieds, après avoir gonflé le ciel comme un ballon lilas, pourpre, rutilant et, enfin, d'azur. Ici, il doit surgir sans aurore, au-dessus de l'horizon déjà, imposer le jour brutalement au sommeil des êtres et des choses. Elle détourne la tête en devinant, devant la porte, l'invraisemblable masse sombre panachée de blanc et de rouge qu'il a laissé tomber en apparaissant sur fond de nuit tourmentée.

En revenant vers la cheminée elle découvre au pied du divan, dans une mare d'eau parsemée de neige en guimauve, son sac, sa hachette de boy-scout et sa longue carabine aussi ancienne que les films muets. Elle jette des bûches dans l'âtre, les regarde s'enflammer un temps, les bras levés en croix à mi-hauteur, dodelinant de la tête et battant une cadence du pouce et de l'annulaire. La porte de la chambre et celle de la salle de bains, plus en retrait, dessinent sur le parquet en grosses planches de pin deux rectangles inégaux de lumière, jalons d'une frontière qu'elle s'interdit de franchir.

Une agitation qu'elle connaît bien la gagne, celle qu'elle a toujours ressentie à l'aube d'une nuit blanche, dans la chambre du phare comme dans les appartements de Cambridge où elle s'était enivrée de mari ou de désirs irrités, et qu'elle n'a jamais pu calmer qu'en s'épuisant physiquement, en dansant seule jusqu'à en perdre haleine.

Sur l'écran de la télévision les abeilles continuent de se consumer en un bruissement de lumière, ou c'est le comte impuissant qui se désintègre dans la poussière de marbre de son palais, ou la danseuse qui rend l'âme par tous ses pores béants. Y-a-t-il deux Maria, celle de l'autre, dont la mort l'a tellement scandalisé qu'elle l'a rompu, et une seconde qui appartient à personne et à tout le monde, que les loups ont atteinte dans l'alanguissement de la semence de vie qu'elle avait recueillie pour son assassin ? Ou est-ce elle, Claire Peabody, qui les a créées, puis effacées, projections d'elle-même et doubles qui ont fait vaciller sa raison ? Elle éteint l'appareil, et la nuit avale lentement les abeilles en comète minuscule qui fuit dans le vertige de l'espace. *Maria ha muerto* . . .

Un Cessna ne peut mourir de deux balles de carabine dans le ventre. Quand Mr Peabody a lancé son cri de triomphe, l'avion volait depuis une demi-heure à peine. Sur quels enfants le très calme vice-président aurait-il pu tirer, du haut des airs, avec une telle allégresse ? L'Amérique lui est remontée à la tête, cow-boy aérien et chauve que l'Indien n'a pu scalper. Ou le pilote a eu un coup de Viet-nam, et son inaltérable gentillesse, qui n'était pas programmée dans l'ordinateur, a fondu en repérant une trace de vie sous les arbres.

Derrière le bar, elle contemple le voyant rouge de la radio en tournant les boutons de commande dans tous les sens, sans réussir à l'éteindre.

— Viens avec nous, Claire ; c'est le tien. Il faut terminer la course.

Elle avait refusé, et elle sait maintenant qu'elle craignait, d'instinct, de rencontrer Antoine, parti comme une flèche, depuis le matin, à la poursuite de cette première balle qu'elle avait tirée.

Elle avale d'un trait le verre qu'elle vient de se verser à même la première bouteille saisie au hasard. C'est à la fois âcre et sucré, brûlant, vert ou jaune. Elle n'a pas mangé depuis au moins douze heures, et la chaleur de l'alcool irradie instantané-

ment dans tout son être, irritant davantage son désir de s'évanouir dans un maelstrom où elle ne serait plus qu'énergie physique ivre d'elle-même, pure déperdition de force.

— Il y a même une chaîne. Si tu veux apporter tes disques . . .
tu pourras danser avec l'Indien.

Son paternel époux baignait d'électronique son retour à la
nature et sa plongée dans la vie primitive. *Sounds of the prime-
val forest* ou *The Return of the Son of Monster Magnet.* Quels
jeunes chats aux cris angoras des groupes pop peuvent rivaliser
avec les loups aux babines retroussées jusqu'aux yeux dans la
pure musique de leurs entrailles vomies dans la nuit, dans la
percussion de leurs crocs d'ivoire ensanglantés ?

Elle met la musique, en sourdine d'abord, se détend les
bras à l'extrême, en tournant lentement les poignets, oscille de
tout le corps à contre rythme, la tête rejetée si loin en arrière
que sa chevelure pend en voile, puis, une fois l'hypnose atteinte,
elle pousse à fond l'amplificateur, et les longues vibrations en-
têtantes des guitares, scandées par les instruments de percussion
et les aboiements des voix, la disloquent. D'un mouvement de
plongeon, elle fait la roue avec le voile de sa chevelure qui
retombe devant et, fortement penchée, les pieds martelant le
parquet de tout son poids, à plat, les bras allongés en battant
des mains, elle s'abandonne totalement au bruit et à la fureur.
De la pointe des cheveux à la plante des pieds, elle se vide
d'elle-même pour n'être plus qu'influx nerveux vibratile, poussière d'électrons en rotation interne, ondes et corpuscules se
réverbérant sur un espace et un temps aux frontières abolies.
Elle pénètre dans le rectangle de lumière qui tombe de la porte
de la chambre.

Elle se déplace par petits bonds, retombant lourdement
sur les talons, les pieds joints. Un élan sur les pointes, le
bassin projeté devant par saccades, puis la chute. Les yeux
fermés sous le voile blond, elle lâche des petits cris gutturaux

sur les temps forts. Elle a perdu depuis longtemps la couverture de mohair. Rien ne l'entrave que le rythme même des guitares, des instruments de percussion et des aboiements des voix qui escaladent un crescendo qui ne peut que les épuiser.

— Claire Peabody... pea-body... peabody, peabody, peabody... n'a - jamais - été - n'est - pas - ne - sera - jamais - triste - désolée - sad - sorry - jamais - never - nunca - nunca - nunca - maria - ha - muerto - on - a - T.V. - show - and - love - is - dead - forever - and - ever. Amen, querido mío !

Ses genoux ont heurté le pied du lit. Elle relève la tête, écarte ses cheveux. Elle a entendu ses derniers mots, parce que les chats attachés par la queue ont perdu souffle à la pointe de leur crescendo et l'ont abandonnée seule en piste

La tête s'est affaissée sur l'oreiller, la bouche demeure un peu tordue, et un œil bleu limpide, celui de droite, la contemple sans expression. Elle se rétablit en s'agrippant des deux mains au pied du lit.

— Awfully sorry ! dit-elle d'une voix triste.

Maria prisonnière de son saut en ciseaux, suspendue au-dessus d'un halètement de flammes qui se tordent vers elle pour la consumer. La pulsation interrompue un temps prodigieux, qui l'immobilise là-haut, à la cime d'une respiration qui ne reprendra jamais. Il pagaie, pagaie, à s'arracher les bras, pour la rejoindre, mais la pince du canot se soulève à peine vers l'envol inerte. Et les notes de la maudite berceuse, au piano de la maison de Scottville, tissent mille fils gluants qui le tirent vers l'arrière, l'emplissent de laine.

Entre les mâchoires de l'étau qui lui broie les os du crâne, sous la chape de plomb qui le paralyse, dans la fuite vertigineuse des pieds nus qui ne rebondiront plus, sont léchés par les flammes, un mince ruisselet de sang sourd d'obstacle en obstacle, déborde lentement sur lui-même plus qu'il ne circule, apporte, goutte à goutte, une vie précaire épongée par les tissus laineux. Et c'est par ondes successives, qui se retirent aussitôt qu'apparues, qu'il reprend conscience d'exister, ainsi qu'une image de télévision mouvante et sans cesse défaite. Il pagaie dans l'épaisseur même du limon et les notes de piano, démesurément étirées, bulles qui se gonflent sans éclatement possible, l'engluent doucement.

Très loin, dans l'obscurité intérieure, il entend, par instants très brefs, les battements de son cœur dans un bruissement d'herbes aquatiques. Il s'écroule dans une banquise de gelée mousse. Il s'est enfoncé sous la neige dans son sommeil, et la surface s'est solidifiée en une carapace épaisse. Et c'est un sang glacé qui chemine avec tant de peine entre les mâchoires de l'étau et qui, peu à peu, diffuse dans sa tête un brouillard givré qui le vide de toute force, érige une muraille cotonneuse qu'il ne peut franchir pour saisir les pieds blancs incendiés par le halètement des flammes. Il lui suffirait de s'éveiller, de faucher des pieds et des bras pour libérer sa poitrine de la gaine de mousse qui l'écrase, expirer toute cette obscurité qui l'entrave.

Les notes du piano surgissent soudain avec violence sous la glace, dans une rage métallique, et son cœur bat à tout rompre, scande les sons furieux. Ce n'est plus la doucereuse berceuse, l'ancre de laine qui le retient au rivage de Scottville, mais une bourrasque fulgurante qui soulève le canot. Il appuie de toutes ses forces sur l'aviron qui touche un sol résistant enfin, mais l'embarcation retombe aussitôt dans un enchevêtrement de quenouilles et de saules d'eau liés par un filet serré de tiges de nénuphars. Il pagaie, pagaie, parce que la pince du canot se trouve maintenant sous les pieds, largement écartés et beaucoup plus grands que nature, et que des formes sombres, au poil hérissé, à la gueule écumante, bondissent sans arrêt d'une rive à l'autre du ruisseau, prenant peu à peu de la hauteur, dangereusement.

Mais il ne parvient pas à cracher l'obscurité de ses poumons, il s'enfonce encore dans un limon où les bulles du piano tissent une toile d'araignée en éventail gigantesque, et Blanche, au rivage de Scottville, mène à folle allure son dévidoir.   Une nouvelle bourrasque, plus longue et plus violente, soulève le canot dans un gémissement douloureusement aigu des cordes de métal, que les battements de son cœur pourchassent en un rythme tumultueux.   Et une gueule écumante, dans un saut triomphant, arrache aux pieds blancs un premier lambeau de chair pourpre.   Il pleut du sang dans son œil ouvert.   Sous cette eau rouge, il aperçoit, à la surface agitée, une forme imprécise dans une tache d'or pâle, cernée de vert.

Les bulles du piano se transforment en balles de mitrailleuse qui ricochent sur l'eau dans une lumière crépusculaire, déchirent la toile de soie que Blanche dévide pour amarrer le Cessna, et l'avion s'élève dans un chapelet de grognements de femelle en chaleur.   Il plie les genoux, mais ne lâche pas prise.   Il s'enfonce vertigineusement dans cette douceur blonde, dans ces petits cris puérils qui se muent soudain en un chant avide, implorant, qu'il tente d'apaiser de tout son sang, et qui le rompt.

La chape de plomb a un peu glissé de côté, et le canot se fraie un chemin dans l'écheveau des saules et des roseaux. Les formes grises bondissent loin derrière lui, maintenant ; il entend leurs crocs qui se heurtent en plein vol.   Et Maria, immobile dans le saut de l'ange à la proue, écarte les quenouilles dans un susurrement de mots espagnols qu'il ne comprend pas.

La forme d'or pâle, cernée de vert, ondule lentement à la surface qu'une lumière diffuse éclaire de plus en plus. Tout le côté droit de son corps s'attiédit, fond, fait se dissoudre la carapace de glace, et l'air s'engouffre dans ses poumons, porté par la clameur des cordes de métal et une pulsation violente qui ne jaillit pas de sa poitrine, mais du soleil vermeil qui s'infiltre dans la pluie pourpre de son œil droit.

De très loin, il entend une voix d'enfant si triste, et qui parle anglais. Blonde, verte et noire. Et il ne peut lui tendre la main, parce qu'il y a, entre eux, une distance infranchissable.

— En octobre, les pommes tombent au moindre rayon de soleil, comme les femmes, parce qu'elles ne seront jamais plus belles, et qu'elles savent bien qu'il a commencé à neiger.

La voix lapidaire de son père, qui lui enseignait la vie et ses saisons, en homme qui avait toujours cueilli, et n'avait jamais donné que ce qui tombait tout naturellement de lui, ainsi qu'un fruit mûr. Antoine n'a jamais vu un pommier, ni en fleurs, ni en fruits.

Sous les arbres, il y a une coupure très nette entre l'humidité glacée qui s'élève du sol et l'improbable chaleur aux effluves fruités qui tombe de la ramure.

Il interrompt sa course, parce qu'il a trop chaud, et qu'il est inutile de continuer.

Il ne saigne presque plus. Ça va être la pourriture maintenant. Pourrir pendant des heures. Vivant.

Accroupi, les muscles du cou bandés par la pression du havresac sur la large courroie qui lui barre le front, il passe lentement le plat de la main sur les fougères couchées, noircies déjà par le gel, chaudes encore d'une présence vivante. Quelques caillots de sang s'effritent entre les tiges. Un sang noirâtre qui coule des entrailles. Il en écrase un entre ses doigts en se relevant, puis il lance au paysage d'une voix rageuse : « Cochonnerie de cochonnerie ! » Un pépiement de mésanges lui répond sous les épinettes.

D'un mouvement brusque de la main il fait glisser la courroie de son front. La sueur coule à profusion dans l'empreinte profonde qui gonfle la chair au-dessus des yeux et à la naissance des cheveux. Il respire profondément en rejetant la tête en arrière, clignant les yeux dans le soleil de midi, puis, plus calme, il dégage la 303 British qu'il porte en bandoulière, en vérifie le cran de sûreté et l'appuie à un arbre, canon en l'air.   Enfin il se libère de son sac, tire de sa poche un grand mouchoir rouge à pois blancs et s'éponge le front et le cou cependant qu'il fouille lentement du regard le mur vert sombre des épinettes, parcimonieusement tacheté de l'or pâle des feuilles de trembles et de bouleaux.   Le vent léger et tiède, qui soufflait depuis le matin, est maintenant tombé, et la forêt, totalement figée, s'enivre de la lumière dorée de la mi-octobre.   Le chassé-croisé saccadé des mésanges, sous les branches, ponctue de fines zébrures le paysage étale. Posée au milieu des collines rocheuses, qui moutonnent dans toutes les directions, la plaque d'acier du lac, à l'éclat intolérable.   Les sons, craquement d'une branche, cascade du ruisseau ou cri courroucé d'un geai gris, s'entendent de très loin.   Le sous-bois dégage une odeur aigre-douce de décomposition végétale, de feuilles mortes et de terre grasse.

Toute la longueur du lac, sans se coucher.   Plus de quatre milles.   Avec une balle de 308 semi-automatique dans le cul, une balle tirée à moins de cinq cents pieds, à travers une petite baie du lac.   Quelle force, bon dieu !   Peut durer des jours, une semaine même.   Il s'éloigne de la clairière, fait quelques pas sous les arbres, son grand corps plié, écartant les fougères pour examiner le sol.   Les pistes sont largement éloignées les unes des autres, et profondes.   Il se redresse, chasse du revers de la main un essaim de mouches qui vibre au-dessus de sa tête, et revient vers son sac.   C'est la chaleur qui a dû lui faire plier les genoux une première fois ici.   Les mouches ne le lâcheront plus ; elles vont se mettre dans la blessure, y allumer le feu.   Il aura soif.   Parti au galop quand il a entendu le canot crisser sur le gravier du lac.   N'a pu boire au ruisseau, qui est trop près d'ici.   Se serait épuisé plus vite s'il s'était éloigné du lac.   Les collines l'auraient vidé de sa force.   Mais il ne remontera plus maintenant.   Dix milles de plat d'ici le grand lac Désert, et de l'eau partout, pour boire, se protéger des mouches et... des loups... Des jours ? Non. Pas avec les loups. Une nuit au plus. A moins qu'il ne réussisse à nager jusqu'à l'une des îles du grand lac. Faut surtout pas le pister de trop près, ne pas l'énerver ; lui donner de l'avance, du lâche, laisser travailler la blessure.

Il tire un couteau de sa poche, ouvre son sac, y prend un morceau de lard salé qu'il tranche en même temps qu'il mange, d'une seule main. De l'autre, il tente en vain de chasser l'essaim de mouches qui ondule frénétiquement au-dessus de sa tête. Soudain, il allonge le cou en direction du lac : deux sarcelles, à peine visibles tant elles volent près de la surface, battant des ailes d'un même mouvement dans le miroitement de l'eau, franchissent la baie, sans un cri. Il continue à mastiquer lentement, fixant le lac.

— Qu'est-ce que tu vas faire quand...

L'allure compassée et stoïque de Blanche, qu'il connaît trop bien, retenant ostensiblement une larme, dressée comme la forme du devoir-à-tout-prix, devant la porte de son bungalow tout neuf, dans la banlieue proprette de la petite ville, habitée par les seuls cadres anglophones de la Compagnie. C'était là, en quelques milliers de briques, derrière une plate-bande de dahlias et d'asters et quelques petits conifères importés du sud, le pécule qu'il avait amassé en plus de vingt ans pour acheter sa liberté. Elle avait ravalé la fin de sa phrase. Il lui avait tourné le dos, et était parti en lançant :

— Je partirai avec l'Indien, vers la Grande Ourse...

— Tu vas y crever comme un chien. Quand tu reviendras, moi je n'y serai plus.

Des mots en coups de fouet qui lui avaient fait hausser les épaules.

Il a senti derrière lui un mouvement bref et silencieux. Il se retourne. Perché sur son sac, un geai gris le contemple avec l'air de regarder ailleurs. Antoine place un morceau de lard sur son épaule. Et, dans la grande oreille, c'est l'éclair léger d'une boule de plumes.

Il essuie le couteau sur sa cuisse, le remet dans sa poche et, du revers de la main, se nettoie la bouche. Il immobilise sa main à la hauteur de ses yeux, et la colère le saisit aux tripes : « Fendante d'Anglaise ! Maudite fendue ! » Il découpait la viande, près de la cuisinière à gaz. La voilà qui survient, le nez en l'air, sentant la femelle de la ville, en culotte de cheval, et le chandail plein, bon dieu ! Plein et vivant, belle, la garce !

Elle avait appuyé sa main sur son épaule et il avait senti sa chaleur, une brève vibration entre eux qui l'avait obligé à regarder ailleurs, à éviter la chevelure soyeuse et blonde qu'il dominait de toute la tête.

— Show me your . . .

Il ne comprenait rien. Et l'Indien rigolait doucement dans son coin.

— . . .your hands.

Quand elle a fait le geste pour expliquer, il a failli attraper un coup de sang.

— Dans la figure que je vais te la montrer, ma main !

Elle ne comprenait pas un mot de français, mais elle n'a pas demandé son reste quand il a pris une pièce de viande et l'a roulée dans ses grandes mains, en la regardant droit dans les yeux, avant de la lancer avec force dans la poêle.

La vice-présidente, la tête toujours aussi haute, sans baisser les yeux, avait sifflé quelques mots qu'il n'avait pas

compris, puis lui avait tourné le dos pour s'éloigner en valsant
de la hanche, la main droite renversée au-dessus de son
épaule, à la dérive derrière elle.

— Ou ailleurs, avait-il ajouté en la regardant se dandiner.

L'Indien rigolait toujours, à sa manière, sans que bouge
un muscle de son visage, des yeux seulement.

— Maudit monde de femelles ! Me demander de montrer les
pattes... Je vais te l'arroser d'eau de Javel.

Il était atteint au plus intime de lui-même, dans sa virilité.
Jamais il ne s'était senti réduit à si peu de chose sous le
regard d'une femme. Une grande bête inoffensive qu'on peut
offenser. La belle Espagnole de Montréal l'avait piqué au
vif aussi, un peu de la même manière, mais avec elle il avait
vite compris que c'était un jeu, et qu'il avait tous les atouts
en main. Celle-ci, au contraire, vous effaçait sans même
chercher à savoir qui vous étiez, sans doute parce qu'elle croyait
le savoir de naissance. Quand, d'une seule main, il pourrait
lui faire danser une sacrée ronde, et à son chétif mari en
même temps, le vice-président pas mal plus âgé qui, depuis
son arrivée, buvait du scotch d'un air compassé en parlant
d'une voix feutrée avec le pilote de l'avion, au-dessus d'une
carte topographique. Le rire intérieur de l'Indien l'irritait
à la fin.

— Toi, l'Indien, sais-tu comment un Américain t'a appelé
devant moi, un jour ? Le *buck*, comme pour le mâle de
l'orignal. Et leur maudite piastre ! Il m'a dit que, chez lui,
on donnait ce nom-là à tous les mâles de ta race. Une belle
langue, hein !

Il n'avait pas voulu blesser l'Indien, mais seulement lui
faire comprendre qu'il devait partager son humiliation, qu'ils
étaient frères abolis en même temps sous le regard impérieux
de l'anglaise. L'Indien avait ri franchement en se claquant

les cuisses. Quand il riait ainsi ses yeux sombres d'asiatique disparaissaient presque sous la chair toute plissée.

— T'as rien compris, Antoine. Tu fonces sur ton ombre.

Il savourait sa supériorité d'homme bilingue.

— Rien compris ! Elle voulait valser peut-être.

— Elle a dit, en partant : « J'ai gagné, il lui manque un doigt. » Pas question de te laver les mains.

Poêle fumante à la main, il s'était approché de l'Indien et avait rugi :

— Quoi ? Elle est venue ici pour me compter les doigts ! Pour voir s'il ne me manquait pas quelque chose ? La chienne !

C'était pire que ce qu'il avait d'abord compris. Il avait refermé sa main gauche et, pour la première fois depuis des années, il avait intensément ressenti son majeur absent, comme s'il n'avait plus su que sa main gauche n'avait que quatre doigts séparés par un moignon. De la honte s'était mêlée à sa colère. Comment, dans leur langue, pouvaient-ils parler de son corps à lui, de ce qui lui manquait !

— Gagné ? Qu'est-ce que ça veut dire ça, gagné ?

L'Indien s'était aperçu que, dans la pièce de séjour, à côté, on avait fait silence tout à coup et qu'on les écoutait. Il s'était levé et, de sa démarche d'ours nonchalant, il l'avait entraîné vers la cuisinière en lui parlant à voix basse.

— Ne t'énerve pas comme ça, Antoine. Elle a dû remarquer, et elle a pris un pari avec le pilote ou son mari qui, eux, n'avaient rien vu. Depuis le temps, ça t'est égal, non ?

— Pas elle, non. Quelle reste dans son maudit monde de femelles !

— C'est une belle bête, Antoine. Moi, une pareille croupe ne me mettra jamais en colère.

— L'Espagnole ne m'a jamais parlé de mon doigt.

— Quelle Espagnole ? Il n'y a jamais eu d'Espagnole ici.

Pourquoi avait-il parlé d'elle à ce moment-là ? Pour se mieux défendre contre l'autre ? Pour retrouver sa virilité ? Oui, c'était redevenir un homme. Il avait bousculé l'Indien et, la poêle à la main toujours, il s'était planté carrément dans la porte qui communique avec la pièce de séjour, et il avait plongé son regard bleu, froid et chaud en même temps, dans celui de l'Anglaise. Elle était allongée de travers dans l'un des fauteuils rustiques placés devant la grande cheminée de pierre, les pieds ballants au-dessus de l'accoudoir. Elle avait soutenu son regard, mais sans morgue, un peu triste même. La culotte, le chandail, et la lueur du feu de bois qui allumait ses cheveux blonds. Le désir l'avait saisi aux entrailles, là, devant les autres.

— Ready ? demandait le vice-président sans élever la voix.

— Fait beau temps demain, disait le pilote dans son français débordant d'amitié.

Elle, elle s'était levée d'un bond subitement, avait versé du scotch dans un verre et était venue vers lui, qui brûlait sur place, la poêle à la main, elle était venue, légère, mince, ondulante, la chevelure d'un blond pâle brillant chaudement sous la lampe, les yeux gris vert comme une eau mystérieuse, précieuse, si précieuse qu'il avait eu une irrésistible envie de la toucher de sa grande main.

— Scotch ?

— No. Thank you.

Il avait répondu d'une voix maussade, mais en anglais, ce qui ne lui arrivait jamais.

— Ready ? avait redemandé, de la même voix, le vice-président.

— Non, pas ready, avait-il répondu lui-même de la même voix.

Et il avait viré les talons brusquement pour revenir dans la cuisine. L'Indien avait repris sa place dans un angle de la pièce. Il roulait une cigarette.

— Pour les Américains, je suis un *buck* . . .

Il avait placé derrière son oreille la cigarette qu'il venait de rouler. Il s'amusait encore.

— Tu as raison, l'Indien, je fonce sur mon ombre.

— Un *buck* ! *The king of the forest.* Tu ne voudrais pas que je me fâche, Antoine. Moi, je veux bien être un *buck* . . . Mais pour eux, de l'autre côté, tu es *a frog*, et une grenouille de ta hauteur, ça doit bien être le *king* de quelque chose !

L'Indien avait éclaté de rire et lui, Antoine, il avait été en proie subitement à l'un de ses nouveaux maux de tête qui lui donnaient envie de vomir.

Il se couche sur la litière de fougères encore tièdes, la tête appuyée contre son sac. Aujourd'hui, il se sent bien, capable de marcher jusqu'au soir sans se fatiguer, de se dissoudre dans cette forêt sans fin, toujours pareille à elle-même, de colline en colline, de lac en lac, et de marécage en marécage, plantée dru sur un sol rocheux, encore plus uniforme depuis que la mort du bouleau gris a laissé toute la place à l'épinette. Un pays sans grâce, revêche, farouche, sur lequel le soleil se couche dans une lumière blafarde de fin du monde, un pays d'avant l'homme, cruel, où le cycle de vie est bref et la mort silencieuse et secrète, un pays gorgé d'eau glacée qui ne cesse pourtant d'alimenter la vie depuis le recul du grand désert blanc du glacier.

Il va lui accorder au moins une heure, pour qu'il se calme, pour qu'il ignore les bruits de la forêt et ne songe qu'à son mal, pour qu'il économise ses forces, se couche plus souvent, et couve la mort en lui. Lui éviter de marcher la nuit, surtout. Que le soir le trouve tranquille, assez sage pour pénétrer dans le plus sombre des fourrés et s'y lover sur son mal et son odeur. Bander toutes ses énergies sur un seul but : que la forêt tout entière ignore qu'il existe, qu'il paraisse n'être déjà plus de ce monde. Demain, il le libérerait de cette mauvaise mort qu'une femme a enfoncée en lui.

La dernière coulée d'octobre continue d'embraser le paysage. Le sol exhale un parfum de chair ouverte, comme aux premiers jours chauds du printemps. Un sang léger et doux irrigue son grand corps, un flux et un reflux réguliers, qui ne s'emballe pas aux passages étroits de ses tempes. Dans la lumière mielleuse du triomphal et fragile *été des sauvages,* il oublie presque la fêlure secrète, la mince rupture de l'écorce qui attaque l'intégrité de l'arbre, ce caillou qui n'en finit pas de tomber dans son eau intérieure, de la troubler.

Au cœur de ce pays à rebrousse-poil, tout en arêtes, qui s'abandonne à une dernière caresse de la vie avant de sombrer dans une éternité blanche et glacée, sa main mutilée cherche à étreindre le corps absent de Maria, qui a traversé sa vie comme un soleil flamboyant.

— Vous avez maintenant quarante... quarante-deux ans ?

— Possible.

Le jeune médecin avait cessé de consulter sa fiche et l'avait regardé avec étonnement.

— Possible ? Vous ne voulez pas dire que vous ne...

— Je veux dire que ça m'est égal. Dans notre métier, l'âge, c'est le muscle... bon pied, bon œil. Ça ne se compte pas, ça se voit.

— Et vous avez bon œil ?

La voix était agressive presque. Un peu penché en avant, les deux mains jointes sous le menton, le médecin attendait calmement une réponse. Antoine résistait avec peine à l'envie de quitter abruptement ce minuscule bureau où il étouffait, où il avait permis à un jeune homme blond, pâle comme une femme, de sonder sa grande carcasse. Qu'il écrive ce qu'il voudra dans son rapport, et qu'on n'en parle plus. Qu'il cesse de lui poser des questions que lui-même ne se pose jamais ! « Si j'ai bon œil ! Il faut être myope en maudit pour me demander ça. Ton alphabet, je peux le lire à trois cents pieds, et à la carabine encore ! »

Le médecin n'avait pas insisté et il s'était remis à consulter la fiche.

— Votre père est mort d'apoplexie ?

— D'un coup de sang à la tête, oui.

— Quel âge avait-il ?

— Dans la cinquantaine. C'était un gros mangeur.

— Une apoplexie ce n'est pas une indigestion.

La voix avait été de nouveau tranchante. Celle d'un homme instruit qui, en regardant une petite carte blanche seulement, connaissait mieux que vous votre père décédé quinze ans plus tôt. C'était le monde nouveau. Le règne des femmes, qui sauvaient tous leurs avortons maintenant et en faisaient des hommes instruits. On en voyait partout de ces petits hommes malingres, le teint pâle, portant lunettes, qui réglaient tout avec des cartes blanches dans leurs petits bureaux. Ce sont ces petits hommes qui dessinent les machines qui font ensuite le travail des vrais hommes. Les avortons disparaîtront eux aussi, un jour, et il n'y aura plus que les femmes, les machines, et pas un homme au bout. Le règne des femmes est arrivé. Cette idée d'imposer aux hommes un examen médical, c'est une idée de femme. Les vieux autrefois, ils auraient pris le bois plutôt que de venir baisser culotte devant un blanc-bec. Pourtant, le père, foudroyé en pleine forêt, seul dans la mer d'épinettes, avait été retrouvé et épinglé sur la petite fiche.

— Vous ne vous êtes pas présenté à l'examen il y a deux ans. Pourquoi ?

— Quand on passe l'année dans le nord de la concession, on n'a pas toujours un taxi sous la main.

— Le règlement est formel, vous le savez.

Il s'était levé à ce moment-là. Il n'en pouvait plus d'être noué sous le regard assuré du jeune médecin, d'être constamment rappelé à l'ordre, d'attendre comme un enfant coupable un verdict qui ne venait pas. Il avait quand même tendu sa grande main.

— Merci, docteur. J'ai un avion dans une heure. On ne devrait pas vous obliger à perdre votre temps avec des hommes en bonne santé.

Lui aussi s'était levé, la fiche à la main. Il avait parlé dans la poitrine d'Antoine, qui était penché au-dessus du bureau, et sa voix, pour la première fois, avait hésité, s'était faite plus chaleureuse.

— Il ne vous arrive pas d'avoir un voile devant les yeux, parfois ? Ou des bourdonnements dans les oreilles ? Des vertiges, des maux de tête ?

— Quand j'ai trop mangé, parfois, peut-être.

Il avait regretté aussitôt d'avoir répondu cela. L'autre lui avait tendu un piège d'ours. « L'apoplexie n'est pas une indigestion. » Un mal de tête, c'est pas une maladie. Des bourdonnements, des vertiges ... des histoires de femmes enceintes.

— Des crampes ?

— Non, jamais.

Il avait empoigné l'épaule du médecin et l'avait secouée à deux reprises pour signifier un adieu définitif.

— Ne vous en faites pas pour moi, docteur. Je me sauve.

— Un instant. Vous devrez, de toute manière, passer par le bureau du chef du personnel. Votre dernier examen, qui remonte à près de cinq ans, avait révélé une tension artérielle trop élevée. On a dû vous en avertir. Elle est aujourd'hui beaucoup trop élevée. Au point que vous pouvez être victime d'accidents graves. Vous êtes relativement jeune, mais à un âge critique tout de même.

La voix qui, insensiblement, avait repris son autorité, avait réussi à l'ébranler sérieusement. Non, il ne se souvenait pas qu'on lui ait jamais parlé de cela. Il y a cinq ans, il avait répondu aux questions d'un vieux médecin anglais. Peut-être n'avait-il rien compris. Mais s'il avait été malade durant cinq années sans rien ressentir, c'est que ce n'était pas une vraie maladie. Une infirmité tout au plus, comme son doigt coupé.

Il avait reculé lentement vers la porte, en murmurant :

— Ce n'est pas une maladie.

Il avait imploré plus qu'il n'avait affirmé. Ses maux de tête s'étaient colorés tout à coup d'un rouge sanglant. Et les vertiges et les bourdonnements, il ne savait plus trop.

— Non, l'hypertension n'est pas une maladie, mais le symptôme d'un état grave. Le vieillissement des artères... ou quelque chose du côté des reins. Il faudrait vous hospitaliser, nous permettre un examen plus approfondi.

Un voile rouge devant les yeux, un éclair rouge. Le ruisseau de sang qui force le passage, pompé par un gros cœur jeune. Mais le sang doit faire une si longue course tout le long de sa grande carcasse, jusqu'au bout des bras interminables, jusqu'à l'extrémité de ce doigt absent, tombé au service de la Compagnie. Engelure ulcérée survenue au cours des travaux d'installation d'une ligne téléphonique, dans la section 12 de la division H de la concession, le 2 janvier 1951. Cela doit être inscrit sur la fiche. Le doigt d'un rouge très violacé, où la circulation sanguine était totalement interrompue, repose quelque part en terre de la Compagnie.

— Dans un hôpital ! Me coucher, en pleine santé...

Il l'avait quitté sur un éclat de rire à peine étranglé, en entendant dans son dos :

— Pensez à votre femme, à vos enfants...

Un coup de feu éclate, tout près semble-t-il tant la détonation est violente, multiplié tout autour du lac par l'écho. Puis c'est l'onde en retour du silence qui vibre de longues secondes avant que ne renaisse la pulsation de la forêt. C'est à l'autre extrémité du lac, près du chalet de la Compagnie. Le vice-président doit chasser la perdrix avec l'Indien. Par un beau jour comme celui-ci, il n'est même pas besoin de fusil. Un bâton suffit. La perdrix se gorge de soleil dans les clairières, dans les chemins et même sur la rive du lac. Le soleil la rend aveugle et sourde. La rend saoule. Figée comme une bonne femme qu'on caresse. Elle meurt dans un soupir d'aise.

Une grande ombre silencieuse intercepte la lumière du soleil. Il a le temps de voir distinctement les puissantes serres blanches, le regard jaune, démesuré, et les huppes des oreilles. Réveillé sans doute par le coup de feu, superbe, un grand-duc nage dans l'air immobile, sans un froissement : un mouvement de brasse sans puissance, et le long vol plané. Antoine se redresse pour le suivre des yeux jusqu'à ce qu'une vague de la forêt l'engloutisse. Deux autres détonations, en succession rapide, ébranlent l'air longuement. Ils vont me l'énerver, lui faire courir un sprint de dix milles tout d'une traite. Par une journée pareille, cela doit s'entendre jusqu'au bout de la concession, et paraître venir de tous les côtés à la fois. C'est le beau fusil espagnol du vice-président. Un 12 à deux canons, travaillé comme un bijou de femme, à la crosse en bois d'ébène incrusté d'ivoire. Une arme à prendre avec des gants, à ne jamais sortir au soleil ou à la pluie, que la poudre pourrait abîmer.

— Don't you speak English !

S'il parle anglais ? Et comment donc ! « Salud, Inglés ! » Il a voyagé. Eté à l'étranger. Jusqu'à Montréal. Une semaine de Pérou en plein Montréal. *The Fire Girl.* « Salud, el toro ! » Toute une semaine de Pérou en plein Montréal pour apprendre à dire avec *The Fire Girl :* « Hijos de puta ! » Jamais su ce que ça voulait dire, mais ai su le dire. « Hijos de puta ! » Et le rire de *The Fire Girl* résonnait comme une cascade de printemps, croupe d'eau sur croupe d'eau qui labourent la maudite neige, beau serpent vif qui ronge l'hiver, promet la chaleur, la vie.

— Don't you speak English !

Le vice-président lui tendait le fusil espagnol en lui recommandant il ne savait trop quoi. Un peu comme s'il s'exclamait : « Mais ne savez-vous pas marcher ! » Combien de vice-présidents, de directeurs, de gérants, de commis, de secrétaires, de vendeurs et de n'importe-qui-parle anglais lui avaient, durant sa vie, posé la même question avec la même pointe d'irritation, la même pointe d'incrédulité, la même pointe de mépris ? La vérité, c'est qu'il n'y avait plus de pays ! Enfoncé, comme la glace des lacs au printemps, dans la mer des « Don't you speak English ! » Cela avait coïncidé avec l'arrivée en forêt des scies mécaniques, des camions, des machines à charger, de l'avion, des hommes instruits, et la disparition des vrais hommes, des *bûcheux* de misère et de bravade qui fauchaient la forêt avec leurs seuls bras et des chapelets de beaux blasphèmes, qui, au printemps, dans les tavernes de Montréal et sur le ventre des filles, généreux comme des enfants, racontaient d'un ton épique leurs prouesses de bêtes de somme, la légende du coureur des bois qui croyait trouver la liberté dans la démesure même de son effort. Un jour, d'énormes moissonneuses-scieuses, télécommandées en anglais par une femelle, raseront complètement la forêt et il n'y aura plus que le gigantesque squelette nu d'un pays qui avait rendu l'âme depuis longtemps.

« Don't you speak English ! » Comme si vous n'aviez jamais été à l'école, comme si vous le faisiez exprès pour compliquer leur existence. Vous étiez aussitôt rangé parmi les êtres obtus ou nuisibles, ou les deux à la fois. Cela finissait par vous travailler. Une vraie disgrâce héréditaire. Vous vous sentiez amoindri et plein de respect. Vos parents vous avaient joué une belle comédie. Ils ne possédaient pas le pays, et ils avaient négligé de vous apprendre la langue du propriétaire. Vos propres enfants qui, par la force des choses, avaient plus que vous le sens de l'avenir, vous en voulaient de cette supercherie, vieille maintenant de plusieurs siècles. Les dents longues, les yeux vifs, gracieux comme des filles dans leurs pantalons étroits, instruits comme dix curés d'autrefois, ces petits-fils de *bûcheux* entendaient bien en être du grand carnage, de la grande moisson industrielle, de la fabuleuse Amérique des femmes, des petites cartes perforées, et de la consommation à pleines mâchoires dans des villes-jungles où l'on ne savait plus que faire des immondices engendrées par un tel banquet.

— Très . . . atten . . . tionne !

Debout dans l'embarcation, le vice-président lui tendait le petit cercueil de beau cuir noir qui abritait l'arme.

— Don't worry, sir. He loves guns, more than women . . .

L'Indien était bilingue, depuis trois cents ans, depuis l'arrivée en Amérique des premiers fusils et des premières croix.

La vice-présidente avait contemplé, sans sourire, ce grand corps qui lui masquait le soleil.

Depuis le matin il sait qu'il a fait ce qu'il devait faire. Il n'a eu qu'à obéir, sans se poser de questions. On ne se demande pas pourquoi on respire. S'il n'avait pas fait sauter la 308 semi-automatique à lunette des mains de la vice-présidente, il aurait étouffé. Ou quelque chose d'essentiel, de vital, qui faisait qu'il était Antoine et pas un autre, serait mort en lui, quelque chose comme son sens de la liberté, de l'ordre du monde.

Mais une inquiétude commence à poindre au plus profond de lui-même. Il s'est engagé dans un chemin qui s'efface aussitôt derrière lui, le sépare de plus en plus, l'isole. Il a rompu une sorte de contrat où il est partie liée, et qu'il a toujours accepté jusque-là. Cela, il le sent clairement maintenant. Une rupture définitive. Avec quoi ? Il ne pourrait pas le dire, mais avec quelque chose d'immense et de puissant. Il s'est détaché de la chaîne. Maillon à la dérive, il éprouve soudain le vertige de la solitude.

Il se lève, s'étire, masse à deux mains les muscles de son cou. Puis, il ouvre son sac, y prend une bouteille de gin et boit deux lampées sans que ses lèvres touchent au goulot. Il reste figé un long moment, la bouteille à la main, attentif à la bonne chaleur qui s'irradie de son estomac vers toutes les parties de son corps.

Ce qu'il ne s'avoue pas avec des mots, mais qu'il sait avec certitude, et qui a tout déclenché, c'est que la première balle lui a déchiré les entrailles, et que c'est pour ne pas mourir qu'il a frappé du pied, de toutes ses forces, la carabine de la fendue, qui a volé à dix pieds de là, en éjaculant une dernière balle.

— Gosh ! You were right. It's the king of them all !

L'Indien s'exaltait en anglais.

— L'année dernière, il a fallu dix hommes et trois jours, à une douzaine d'heures par jour, pour retrouver le cadavre de

Patrice Dumouchel. En plein mois de juillet. Tu te rends compte ?

Le soleil de fin d'après-midi caressait le crâne nu de monsieur Potter, le chef du personnel, pour ruisseler ensuite sur son bureau encombré de dossiers. De temps à autre, soulevée par le vent, l'extrémité d'une branche d'érable, aux feuilles couleur d'incendie, apparaissait dans la fenêtre. En plein centre du bureau, il y avait une bouteille de scotch. Un verre à demi vide devant monsieur Potter, et un verre plein devant Antoine.

— Cinquante-trois ans, Patrice Dumouchel. S'était toujours arrangé pour ne pas se soumettre à l'examen médical. Fort comme un bœuf. Vous êtes tous pareils, les vieux. Vous voulez mourir debout, comme un arbre, en plein bois.

Antoine avait bondi d'indignation.

— Maudit ! monsieur Potter, vous avez pas le droit de me raconter des histoires pareilles. Et puis, d'abord, je ne suis pas des « vieux » dont vous parlez. Et puis, j'en ai assez de cette sacrée ville de la Compagnie où tout le monde se tâte, se regarde la langue et le blanc de l'œil pour se découvrir des maladies. Et puis, qu'est-ce que vous voulez me faire avaler avec votre scotch ? J'en veux pas.

Le chef du personnel ne s'était pas ému. Il s'était levé, avait fait le tour de son bureau et était venu se planter devant lui. Grand, les épaules larges, mais trop lourd, le teint trop vif, le souffle court, il parlait français sans accent, et, à l'occasion, jurait aussi bien que les anciens *bûcheux*. Le seul, à la direction de la Compagnie, à être sorti du rang, à *avoir fait chantier*. Le soleil lui auréolait le buste et la tête.

— Prends pas le mors aux dents, Antoine. Ça ne donne rien. Faut regarder les choses froidement, comme la Compagnie. Sais-tu ce qu'il avait Patrice Dumouchel ? Un cancer généralisé. Jamais vu cela. Il a fermé sa gueule tout simplement et il a laissé la pourriture le ronger, debout jusqu'à la fin. Et il est allé crever dans le bois, au plus creux qu'il a pu. Une semaine avant sa mort, il a servi de guide durant trois jours à des gens du bureau de Montréal. Eh bien, ils ont tous fait bonne pêche et personne n'a rien remarqué. Calcule en hommes-heures-de-travail ce que ça a coûté à la Compagnie pour le retrouver.

— C'est pas humain de raisonner ainsi. Il avait choisi de ne rien vous coûter. C'était de respecter son choix.

— La Compagnie ne laisse plus traîner des cadavres en forêt.

La grosse voix caverneuse avait eu une drôle d'inflexion, frisant l'émotion. Songeait-il aux petites croix de bois qu'on rencontrait autrefois le long des rivières, au pied des rapides, aux jeunes gars de vingt ans ou aux pères de familles nombreuses qui, aux temps héroïques, se noyaient, la tête emprisonnée entre les billes, au cours du flottage du bois ?

— By Jove ! Il n'y a aucune raison pour qu'un homme meure ainsi, comme un chien. C'est fini, Antoine, le temps où un homme devait se rendre au bout de son rouleau pour montrer qu'il était un homme. C'était déjà du passé quand on a commencé, tous les deux, il y a plus de vingt ans. Tu dis que t'es pas un vieux, mais t'as leur mentalité. C'est pas nécessaire, ça. Moi, je sais ce que tu vaux. Les autres aussi.

— Un monde de femmes. Tu te couches à quarante ans !

— Personne ne te demande de te coucher. Mais, bon sens, s'il t'arrive une saleté et que les médecins peuvent arranger cela, d'une certaine manière, il n'y a pas à hésiter... Enfin, on ne peut pas décider à ta place.

Il avait cru l'entrevue terminée. Il s'était levé, avait tendu la main à son ancien compagnon de chantier. Mais celui-ci, après avoir vidé son verre et avoir contemplé un instant la pointe de ses souliers, sans un regard pour la main tendue, avait subitement relevé la tête et lui avait asséné le grand coup :

— Pour la Compagnie, c'est une affaire réglée. Tu retournes là-bas pour une partie de l'automne, la saison de chasse, et c'est fini !

— Quoi ? Qu'est-ce que tu dis, Potter ? C'est pas vrai !

Il n'arrivait pas à rugir. Il entendait une voix blanche qu'il ne connaissait pas, celle d'un étranger.

Le chef du personnel lui avait mis le verre de scotch dans la main.

— Voilà ce qu'il te faut avaler. Le rapport du médecin est trop grave pour qu'on puisse te maintenir à un poste qui t'oblige, trop souvent, à vivre seul en forêt. On te trouvera ici une place où ton expérience nous sera très utile. Avale, bon sens !

Il s'était retourné vers la fenêtre, et Antoine avait bu, d'une rasade. La voix caverneuse avait repris :

— Il y a maintenant douze ans que je suis sorti du bois, moi. On s'y fait. On découvre même que ce n'est pas si désagréable de vivre comme tout le monde.

— Jamais. Jamais, Potter !

La voix lui était revenue avec la colère, l'envie de bûcher. Le chef du personnel avait fait volte-face et lui avait enfoncé l'épée jusqu'à la garde.

— Il n'y a pas que le rapport médical. Ces postes iront à l'avenir à des techniciens qui auront reçu une formation poussée. Le service d'aménagement leur demandera des études, des enquêtes très ... très spécialisées, que ni moi ni toi ne pourrions faire. Et puis, il y a aussi la langue ... ils devront parler et écrire parfaitement l'anglais ... C'est ...

— Le progrès ! Leur maudit progrès ! Mais si on nous élimine, nous autres, qu'est-ce qui va rester dans le pays ? Les arbres ont pas changé, ni les lacs, ni les animaux, ni la roche ... ils donneront quand même pas d'autres noms à tout ça ... Maudite engeance ! Potter, il ne te reste plus qu'à me passer la pelle pour aller creuser ma fosse.

Le gros homme lui avait tapoté l'épaule.

— Tout ça va s'arranger, tu verras. Dans dix ans, tu comprendras plus ta colère.

Tout son corps hérissé, il avait violemment repoussé la main de l'autre.

— C'est une maudite compagnie qui oblige un gars comme toi à faire un métier pareil ! Me faire dire tout ça par un lumberjack ! Reste de ton bord, lumber-jack, du bord des buveurs de scotch.

Il avait été cloué sur place, les pieds fichés dans une mauvaise boue qui roulait sur elle-même, de l'eau jusqu'à mi-cuisses, les cheveux pleins de grosses mouches repues de sang.
Il avait mal aux yeux à force de regarder fixement, dans la brunante. — C'est pas possible. Pas possible. — L'énorme masse, ruisselante d'eau boueuse, noire dans la lumière blafarde du jour à l'agonie, était lentement passée devant lui, à quelques pieds seulement, crevant à chaque pas d'invisibles ventouses sous l'eau, torturée par une nuée de mouches rageuses. Elle était dans une eau plus profonde et seul son corps émergeait, fantomatique embarcation venue d'un autre âge,

qui glissait en ralenti de cauchemar au-dessus de la forêt englou-
tie. Pas un muscle ne se contractait pour marquer le bruit de
succion de ses pas. Une puissance à l'état pur, sans une ride,
qui coulait de l'incroyable tête préhistorique soulevée par la
solennelle voilure des bois, le panache improbable de plus de
six pieds de large, aux fortes empaumures, dentelées près de
vingt fois. La barbe de bouc, très longue, rendait plus déme-
surée encore la tête au mufle velu, aux naseaux béants.

Jamais vu une bête pareille. Pas possible! On ne me
croira jamais. C'est le buck *des Indiens, l'orignal d'avant*
l'homme blanc. Il sait que je suis là et il n'a même pas tourné
une oreille. Pas plus inquiétant que les mouches qui le dévorent.
D'où peut venir cette sacrée bête? Personne ne l'a jamais vue.
Personne n'en a jamais parlé. Il doit faire plus d'une tonne,
sept pieds au garrot, et plus en longueur. Doit laisser des pistes
plus grosses que celles d'un bœuf. Jamais vues pourtant . . .
Comme les bucks *de l'Alaska . . .*

La bête s'était immobilisée, avait plongé la tête sous l'eau
pour y arracher des carottes de nénuphars qu'elle avait broyées
lentement, l'eau s'écoulant des deux côtés de la gueule.

La nuit, la nuit sonore et fourmillante de vie de la mi-
août, l'avait peu à peu aspirée.

Il avait eu le sentiment d'avoir contemplé la liberté de
l'aube du monde dans ce marécage qui sentait la pourriture
et la mort lente des choses englouties.

On ne fait pas sauter l'arme d'un tireur en action. Cela,
il ne peut que le reconnaître avec un sentiment de gêne qui
l'exaspère. Même l'Indien n'avait pu dissimuler sa réprobation.
Dans sa manière de détourner le regard, il y avait eu un juge-

ment définitif. Il avait été seul subitement. Comme si un nouvel Antoine était né devant eux en une seconde, qui avait
totalement aboli l'autre. Plus aucun passé que cet acte imprévisible.

Il remet la bouteille de gin dans le sac, qu'il referme, puis
qu'il soulève par une bretelle pour s'en charger. Il tend la courroie de cuir sur son front et reprend la 303 British en vérifiant
le cran de sûreté du pouce seulement, sans regarder. Un vent
d'est s'est levé, qui augmente rapidement d'intensité, une immense rumeur de voilures et de craquements de mâts. Le soleil
a amorcé son rapide déclin, pourchassé par des nuées grises
subitement apparues dans le ciel étroit. Très loin, sur le lac,
un plongeon fait entendre son ricannement.

Il jette un coup d'œil au canot vert, renversé sur la rive,
puis il se met en marche, d'un pas ferme et souple, son grand
tronc très incliné vers l'avant, la tête tendue comme une étrave
dans la lumière glauque de la forêt.

Il revoit la carabine subitement bloquée dans sa course par
la détonation, en suspens dans l'air une fraction de seconde,
puis violemment projetée au sol par le mouvement de recul. La
balle aurait pu partir à n'importe quel moment depuis le
fameux coup de pied, et dans n'importe quelle direction. C'est
ce que devait dire le vice-président qui, pour une fois, élevait
la voix, avait le visage tout congestionné.

Mais il n'avait rien compris, rien entendu même, si ce
n'est l'exclamation admirative de l'Indien :

— Gosh ! You were right. It's the king of them all !

A peine s'il avait senti la gifle à la base de son menton.
Elle était trop petite. N'avait pu l'atteindre plus haut. Elle
avait dû heurter la boucle de la bretelle de son sac, car, toute
vibrante de colère et d'humiliation, elle contemplait ses doigts
qui saignaient. Elle aussi avait parlé, parlé très haut d'une

voix rageuse qui n'avait pas réussi à le pénétrer. Il leur avait tourné le dos, avait sauté dans l'embarcation et avait pagayé très rapidement vers l'autre rive de la petite baie.

Pourquoi n'avait-elle pas attendu, ainsi qu'il avait été convenu, qu'il ait commandé : « Shoot ! » ? Et pourquoi, moi, je n'ai pas crié : « Shoot ! » ? C'était le moment. Elle l'a su tout de suite, elle a senti que quelque chose n'allait plus, que je ... que je trichais, que je diminuais les chances.

L'Indien a dû essayer de leur faire comprendre, de leur expliquer. Expliquer quoi, et comment ? Quand lui-même refuse l'explication, refoule au plus obscur de son être toutes les questions qui surgissent. Il est engagé dans son acte comme un convoi sur les rails, et il roule, roule, vers une destination inconnue, vers l'ailleurs de son nouveau moi.

Les vagues d'épinettes frémissent et chuintent dans le vent, énorme corps qui s'émeut sous une âpre caresse. Tête baissée, léger, il fend de son pas élastique cette chair en émoi, dont il est né et qui est sa vie même. Domine en lui la sensation inexprimée d'une accélération mortelle du temps. Perte de substance au plus vif de la flamme. Ruisseau subitement asséché. Sève qui coule au cœur de l'hiver et, goutte à goutte, tue le printemps.

La foulée sanglante qu'il suit depuis le matin commence à lui donner le vertige.

Le clapotis des pieds nus de Maria sur la scène étroite, ponctué du coup mat des talons quand elle s'envole au rythme d'un orchestre étourdissant de fureur, où les cuivres et la batterie se livrent un combat acharné.

Elle virevolte, caracole, cabriole, l'exubérante et noire

chevelure sans cesse agitée, parcourue d'ondulations saccadées sur sa peau nue que les projecteurs peignent tour à tour d'ambre doré, de bleu et de rouge incendie. Quand elle renverse la tête, la chevelure coule plus bas que la taille, les seins débordent du soutien-gorge en dentelle noire, ses flancs se creusent sous l'arc des côtes, et le vaisseau de haut bord de ses hanches tangue somptueusement. Le cache-sexe, trop lâche, laisse apercevoir une sombre toison.

Maria du Pérou, bel oiseau de feu en délire qui, au-dessus de la flamme du désir qui la lèche, se livre à des piqués et à des ascensions de haut vertige. Oiseau-soleil, serpent à plumes, créature d'une Amérique torride et vibrante, qui ne connaît que des frissons de feu, le jaillissement pourpre du temps, ignore la mort lente et blanche de l'instant anémié par le gel. Beau corps lisse qui claque comme un fouet, bondit, tournoie, recompose sans cesse ses propres lignes, emporté par une générosité de vie, par le goût de sa propre liberté sous la nudité, par l'innocence née de l'excès même de sa vitalité.

Maria du Pérou qui chevauche une vague de désirs, cravache à la main, une flamme folle dans le regard, la voix fière et insolente. ¡Arre mulos! ¡Arre brutos! Les cuivres meurent ; la batterie porte seule la pulsation collective, la soulève à l'assaut de la crête. ¡Arre mulos! ¡Arre cerdos! L'écume noire de la chevelure tourbillonne, les pieds nus battent les planches comme des balles, les beaux seins blancs roulent dans le flot, la taille a des marées d'équinoxe, les hanches s'abaissent et se soulèvent dans un galop furieux. ¡Ay! ¡Ay! La batterie halète au sommet de son crescendo. La salle halète en scandant le rythme de l'assaut.

Soudain, l'irrépressible vague s'écroule sur elle-même, meurt d'un coup sous le rire féroce et insolent de la danseuse. Immobile, les mains aux hanches, elle les cravache de son rire.

— ¡Cabrones! ¡Ay cabrones!

L'orchestre rompt le silence en attaquant plus bas. Une voix d'ivrogne lance de la salle :

— Speak white !

Elle se déhanche dans l'unique faisceau de lumière bleue qui l'emprisonne, tout en retirant le soutien-gorge, du côté droit. Elle se caresse le sein du plat de la main, d'un mouvement qu'elle amorce sous l'aisselle, en murmurant, suave :

— You are dogs. Dirty dogs !

Elle roule drôlement les *r*.   Puis c'est de nouveau le coup de cravache de son rire.

— ¡ Cabrones !

Elle rajuste le soutien-gorge, pirouette sur les talons, puis vient se planter sur le devant de la scène, les pieds à plat, les jambes écartées, à portée de la main des premiers spectateurs. L'éclairage, maintenant violent, rend excessif le contraste entre sa peau blanche et sa chevelure africaine. Elle a le corps luisant de sueur.

Superbe, le regard arrogant, l'arc des côtes creusé par la respiration rapide, elle domine avec une tranquille assurance. Elle enlève la fleur bleue piquée dans ses cheveux et la fait rouler sous le cache-sexe qu'elle soulève en continuant de fixer l'assistance de son regard anthracite.   La sombre toison apparaît des deux côtés du triangle.

Soudain elle se penche et lui fiche la fleur entre les dents avec un sonore « ¡ Ay abuelo ! » Avant de se relever, elle fait mine de lui donner une gifle.

Il a le temps de s'emparer de son poignet, de l'enserrer dans sa grande main, et c'est ensemble qu'ils se redressent, lui la fleur à la bouche, elle riant de toutes ses dents et secouant sa crinière. Il pose dans l'eau profonde de son regard le bleu intense de ses yeux et lui renvoie l'onde de feu qui émane du frêle poignet dans sa main et le parcourt tout entier. Deux garçons s'agrippent en vain à son dos pour l'obliger à lâcher prise et à reprendre sa place. Le rire de la danseuse change de teinte peu à peu et, de glissando en glissando, se fait presque roucoulade. Il la relâche et elle s'envole en lui lançant :

— ¡ Salud, el toro !

Il respire paisiblement, et c'est son propre souffle qu'elle ne parvient pas à réprimer, non plus que l'excitation de ses nerfs, qui continuent à bourdonner du grelottement déchaîné des guitares. Elle attend en vain une réponse de l'azur inexpressif qui l'a figée au pied du lit. Pour rompre le silence, elle esquisse un geste de la main, mais l'œil demeure inerte.

— Up in the North, those Canucks are not the same...

Elle se souvient maintenant, devant cet air borgne, que Bruce Smith avait parlé de lui au retour de son expédition avec Mr Peabody. Rose avait bondi :

— You, big bloke, don't sniff at my people. They are men, like you and me.

Le rire tonitruant de Bruce Smith :

— Like you, Rosie Frenchie ?

Sa mère avait toujours réagi violemment au mot *Canuck*, dans lequel elle voyait l'expression pure d'une ségrégation, et sa réplique habituelle avait toujours été : « We are all white men ! » ; ce qui condamnait péremptoirement toute forme de racisme.

— There was a tall fellow, as much at home in the woods, and as proud, as a sailor on the sea. No relation to you, Rosie. Always a big, happy smile, and strong enough to strangle a bear with his bare hands !

Il avait fallu, sans doute, l'irrésistible entrain du grand Bruce pour éclairer ce visage où elle n'a pas vu un seul sourire en plus de trente-six heures, si ce n'est l'espèce de rictus exténué qu'il lui a adressé, pour la rassurer, en émergeant de la nuit.

Le bras gauche s'est affaissé sous la couverture. Tout son interminable corps semble s'être relâché. Une voile flasque qu'aucune brise ne pourra jamais plus gonfler. Elle s'approche de la table de chevet et passe lentement la main tout près de cet œil vitreux, ouvert sur l'invisible, et la prunelle demeure fixe.

Le canari inerte dans ses mains d'enfant, les yeux grands ouverts et morts qu'elle ne peut fermer, qui le rendent plus étranger qu'un objet, et le petit corps qui refroidit, se raidit tout ce temps où elle attend le retour de Rose, dans le noir. Les fenêtres secouées par le passage du métro, les voix et les télévisions des voisins, les éructations des conduites d'eau, les pas sourds au plafond et dans les murs, l'ascenseur qui semble toujours s'arrêter à leur étage, devant la porte. Elle ne pleure pas, elle n'a pas peur, elle attend sagement qu'on vienne la délivrer de son isolement, aussi naturel et inévitable que la pluie, et de cette petite boule jaune qui a cessé de tourner

entre ses mains parce qu'elle a cherché à étreindre un peu de
vie, et qu'elle a serré un peu les doigts en ravalant une eau
grise qui débordait de tout son corps de six ans.

— You are a born spoiler. Tu tues tout ce que tu touches, as
a cat.

La voix rude de Rose qui la découvre ainsi, assise bien
droite sur le canapé, le visage buté, les mains crispées sur la
chaleur absente. Rose au bras d'un inconnu qui empeste
l'alcool et le cigare éteint.

— Give it to me. You did it on purpose ? To make me sorry.
Go to bed, ou . . .

Elle se lève sans mot dire et se dirige vers sa chambre,
l'oiseau au creux de la poitrine. La voix la poursuit :

— Enfant infâme. She ! She does not even cry.

Une fois dans la chambre, elle ouvre la fenêtre et lance
le canari sous le pont du métro, puis elle s'endort, enfin
rassurée.

Elle contemple la chevelure noire, plantée dru, le visage
hâlé, creusé par le passage fulgurant de la douleur, le nez
aquilin, la bouche un peu tordue, aux lèvres bleuâtres, l'œil
aveugle, et elle sent la même colère froide et impuissante
s'emparer d'elle, la même haine tranquille et inapaisable pour
tous les autres, le même dégoût léger d'elle-même, l'eau grise
qu'elle ravale de plus en plus difficilement, et un sentiment
d'une telle étrangeté, d'une lumière si glaçante et spectrale, qui
tombe comme une lame, que ce pourrait être une chute dans
un au-delà de la vie.

— You are a born spoiler !

C'est un étranger, tombé comme une pierre dans sa vie,
qu'elle ne peut rouler, un objet hostile et muet, dont elle ne
sait que faire, qui n'est pas seulement trop lourd, mais, surtout,
trop présent. Et le silence les emprisonne encore plus que la
muraille d'arbres à perte de vue. Elle devrait laver le sang sur
sa figure, lui mettre une compresse froide sur le front, ou lui
faire avaler un peu d'alcool, ou quoi encore ! Mais elle ne sait
pas, ne peut pas, ne veut pas. L'idéal serait qu'il se lève et
s'en aille, la laisse seule dans le noir, et dans la vie ralentie
d'où Mr Peabody l'a tirée par inadvertance, comme les inconnus de la maison de Boston. Elle brise tout ce qu'elle touche,
et tout ce qui la touche la tue un peu plus.

— ... as a cat.

Contrairement à Maria, elle sait bien que les fleurs nocturnes crachent la mort sous la pluie, et que l'amour fond comme neige dans la main, ou cesse de battre dès qu'on l'étreint,
comme le canari, et que la solitude dans l'obscurité envahie
par le bruit des autres est encore ce qu'il y a de plus vrai et
de plus durable. Pourquoi ferait-elle exprès ? Elle n'a pas créé
ses propres mains. Et personne ne lui a appris les canaris, ni
la fragilité d'une respiration, ni que le moindre contact faisait
éclater l'irisation des bulles, ni que la frontière indécise entre
le bonheur et l'attente était minée.

Il a, enfin, refermé l'œil, et sa respiration, de nouveau,
aspire la chambre entière. Elle prend sa montre sur la table
de chevet. Elle marque un peu plus de quatre heures, mais elle
ne bat plus.

La musique et la danse l'avaient baignée de sueur. Maintenant, elle frissonne. Elle revient vers la salle de séjour pour
reprendre la couverture de mohair, puis elle se dirige vers
une des grandes fenêtres, en remontant la montre qui reprend

vie aussitôt. L'eau du lac s'est teintée d'une couleur livide et la neige a pâli. Le ricanement tout proche d'un plongeon la fait sursauter. Un autre lui répond aussitôt, beaucoup plus lointain.

Allan, entièrement nu, le regard nuageux, se met à genoux et respire profondément à plusieurs reprises. Pour ne pas voir son sexe, elle fixe la lucarne du phare, mais elle doit fermer les yeux parce que le soleil l'éblouit. L'autre garçon, qu'elle ne connaît pas, continue de lui enfoncer les ongles dans la peau des bras pour l'empêcher de bouger. Elle-même est nue, étendue sur les galets qui la blessent. C'est au moins la troisième fois qu'elle tente de se glisser sous le rideau noir qui retombe sans cesse et la replonge dans une obscurité où des lumières colorées ondulent ainsi que des aurores boréales. Allan dit quelque chose qu'elle ne comprend pas, puis elle se rend compte que l'autre a libéré ses bras.

Elle parvient, enfin, à demeurer en surface, comprend, se souvient vaguement d'avoir résisté en gestes cotonneux à des lambeaux de brouillard qui la pénétraient, et elle cherche désespérément un vêtement.

Allan, toujours à genoux, tout illuminé par le soleil qui tombe en pluie d'or de la lucarne, s'extasie dans sa nudité insolente. Lui tournant le dos, son camarade enfile un pantalon. Elle a dû se lacérer la peau sur les galets ; il lui semble qu'elle saigne de partout, qu'elle baigne dans une tiédeur pourpre et liquide. Sa main touche, enfin, un vêtement, dont elle se recouvre, en serrant les jambes. La voix d'Allan encore, et, cette fois, elle entend distinctement les mots :

— Give me your watch.

— Why ? Time is dead.

— And Ophelia is going back to a nunnery. Give me your watch. The question is no more to fulfil, but to be still. You are dumb.

Elle réussit à résister au reflux vers l'ombre, à la chute verticale vers un fond bruissant de silence. S'il n'y avait pas tant de soleil dans ses yeux pierreux... Ils l'ont obligée à aspirer, par un tube de stylo, une fumée douceâtre qui se dégageait d'un fragment savonneux embroché à la pointe d'une longue aiguille. Elle se souvient de leurs rires hébêtés dans le vent, de leurs voix déformées en cris de mouettes, cependant qu'elle attendait dans une totale indifférence, du sifflement de l'air dans leurs bouches chaque fois qu'ils aspiraient, puis de la première chute brutale du rideau noir, de deux ou trois remontées vers la lumière, et comme ils apparaissaient lointains, enveloppés d'une écume dorée. Puis le noir total, cette force irrésistible qui la tirait en arrière, si loin, si profond, et une contraction de tout le corps qui lui rompait le cou, mais ne ralentissait pas la chute. Et, soudain, un bref éclat douloureux de lumière qui brûle ses chairs, les déchire.

Le garçon tend sa montre à Allan, qui a déjà retiré la sienne. Elle voit des pépites d'or dans le rais de lumière qui tombe comme d'un vitrail. Et la voix d'Allan qui a des sonorités d'église :

But, for the unquiet heart and brain,

A use in measured language lies ;

The sad mechanic exercise,

Like dull narcotics, numbing pain.

— A poem is a naked person . . . some people say that you are a poet.

La voix du garçon qu'elle ne connaît pas a des accents moelleux de femme. Celle, plus rude, coléreuse presque, d'Allan reprend :

— No, this Great saying has not been said by the greater Bob Dylan, but by an unborn child who will be named Alfred Tennyson.

Puis il lui arrache la robe qu'elle étreint des mains et des jambes, et dépose les montres sur sa poitrine nue.

— She is a woman now. Two more hearts will help her to suffer. God bless you ! Oh three-hearted woman !

Il dépose minutieusement la robe par-dessus les montres, la baise au front et disparaît derrière elle.

Elle a dix-sept ans, et elle a découvert ce garçon et l'amour trois mois plus tôt, à Cambridge. I park-my-car-in-Harvard-yard. Pas très loin du Mayflower. Pas très loin de la mer. Pas très loin du métro aérien. Haut lieu de l'esprit, serre chaude des plus beaux cerveaux de l'Amérique. De beaux arbres. De vertes pelouses. De beaux enfants, dont la taille allonge, dont la vie sexuelle allonge, dont l'adolescence allonge, et qui s'allongent dans un monde *ready made :* en transe dans une liberté éperdue, par le sexe, la musique à pleins amplis, la drogue, le pacifisme, l'écologie, le primitivisme, le paradis perdu, la virginité perdue et le *go to the moon, young man.* Loin des noirs, loin de l'humanité souffrante, et loin de Rose Greenwood qui, à ses quelques visites, saluait tout le monde bien bas, du bas de son immense fierté de voir sa fille à Cambridge.

Il avait vingt ans, étudiant en sociologie, poète pop, musicien, de toutes les causes, arrogant, cruel, alcoolique, filant un

émouvant suicide au fil d'une jeune Amérique lancée à la con-
quête de la mort, en croupe sur une fumée bleue, l'ivresse de
ne pas vivre assez intensément. Maigrissez-sans-cesser-de-
manger. *Love. Peace. And a death trip to hollowness or
happiness !* Et elle venait d'apprendre qu'il se droguait.

Trois mois durant lesquels elle lui a à peine parlé, l'a à
peine vu, beaucoup imaginé et beaucoup aimé. Il vivait, avait
un visage, un nom, et elle n'avait qu'à penser à lui pour avoir
chaud au ventre, l'attendre dans la certitude que la beauté
existait et les inonderait, qu'elle lui serait dévouée, corps et
âme, dans un air si raréfié, si pur, dans une souffrance si noble,
dans un accueil si total, qu'elle pouvait attendre la bouleverv-
sante explosion, en écrivant des lettres qu'il ne recevait jamais,
en raccrochant dès qu'elle avait composé son numéro de téléphone, en fermant les yeux dès qu'elle l'apercevait, en souhai-
tant presque une maladie, une infirmité, une chose si grave
qu'elle seule verrait encore dans le héros blessé l'être rayon-
nant, débordant de force intérieure et frémissant de sensibilité
dont, chaque soir, elle étreignait la main sous l'oreiller. Il
écrivait des chansons cyniques, mâles et vulgaires. C'était un
masque, imposé par l'époque. Il écrivait au lance-flammes
parce que le lait de la tendresse humaine était tari. Sous les
mots, entre les lignes, dans la musique pour amplificateurs, qui
participait de la sauvage vibration des jeunes en quête du
père Adam émasculé pour une pomme, elle recréait un poète
exaspéré qui violait la beauté parce qu'elle l'avait trompé. Pendant trois mois, Claire Smith avait donné la clef des rêves à une
jeune fille indifférente et réaliste, elle-même dure et nouée
sur un sombre soupçon : que le bonheur était une invention
des adultes pour les aider à vivre la mort dans l'âme, et
l'amour — ô Rose entrevue dans la chambre sombre, gémis-
sante sous Bruce Smith dans un informe combat de chairs
blafardes — et l'amour, quelque chose d'obscur et animal dont

on ne parvenait jamais à se laver. Pour la première fois, et durant trois mois, Claire Smith avait donné congé à la recluse qui l'habitait, avait cru qu'un autre pouvait être plus précieux qu'elle-même. Elle avait aimé l'amour de l'amour dans l'éclosion de sa féminité, qui avait ouvert la porte à l'enfant et lui avait donné le goût de plaire. Deux jours avant son retour à Suoco Pool, au printemps, elle avait, d'un ton négligent, et avec un calme qui l'avait elle-même étonnée, invité Allan à s'arrêter chez elle au cours de l'été.

Il était arrivé la veille, dans une camionnette orange et rose, portant, de chaque côté, l'inscription SINS AND FLOW-ERS qui était le nom de son groupe pop, et chargée de guitares et d'une panoplie électronique extravagante. En compagnie de l'inconnu dont la voix avait des accents mœlleux de femme. Rose était au magasin, et Bruce en course dans la foule des touristes qui pullulaient sur la plage.

— Give us the upper floor, and beat it, avait décrété Allan.

Puis, ils s'étaient enfermés jusqu'à tard dans la nuit, dans une clameur électronique qui avait obligé Bruce, à son retour d'expédition, de leur demander d'aller contempler les poissons dans la nuit sans étoiles. Ils étaient rentrés à l'aube, blêmes et plus psychédéliques qu'au cinéma. Pour se lever vers trois heures et lui demander de les promener dans son doris. Elle avait jeté l'ancre à une centaine de pieds du phare, parce qu'ils avaient demandé à y descendre, et que c'était la marée haute.

— She does not even cry !

Elle se mord les lèvres jusqu'au sang, et elle crache un peu d'ineffable, son consentement secret à la jeune fille en fleurs, à la beauté sous les masques, au don gonflé de pudeur et d'une sève si précieuse qu'aucune main ne peut la recueillir. Elle comprend qu'il n'y aura jamais que de beaux oiseaux de proie

qui, si haut qu'ils pensent voler, raseront toujours la terre pour
y commettre leurs petits meurtres, parce que l'azur leur est
interdit. Elle comprend pourquoi Rose a accumulé tant de
cendres refroidies. Elle retourne, à peine meurtrie, et nouée
dans le mépris, au plus creux de son eau grise.

Ils ont nagé jusqu'au doris et se sont étendus au soleil.
Elle passe son maillot, roule sa robe autour de son cou ainsi
qu'une écharpe, et nage longtemps dans l'eau glacée, sans les
regarder, jusqu'à ce que ses veines s'étranglent aux poignets,
avant de grimper dans l'embarcation. Les garçons s'assoient
à la proue et la contemplent en silence. Elle file droit vers la
plage et, à plusieurs centaines de pieds du rivage, à pleins gaz,
elle barre complètement. Le doris chasse dans le vide, retombe
sous la cataracte d'une lame qui balaie les garçons. Elle-
même reçoit la douche de plein fouet, sans lâcher prise. Et elle
regagne le large, indifférente aux deux têtes chavirées qui
s'évanouissent entre deux vagues. Elle ne rentre au mouillage,
derrière l'extrême pointe de la plage, qu'à la tombée de la nuit.
L'extravagante camionnette a disparu. Le grand Bruce, assis
à la pointe du promontoire, contemple la mer en buvant un
gin.

— I have seen you drop them in the water. It was a beauty.
I kicked the lousy bastards out of here. Have a drink with me,
Master Claire.

Une aile fantastique, déchiquetée, engluée dans la glace
du temps, émerge peu à peu de l'aube, devant la porte. Elle
se détourne de la fenêtre, voit l'éclat de la lampe de chevet
qui pâlit dans la chambre, le lit de braise de la cheminée, qui

s'enlise dans sa propre cendre, la longue carabine qui menace un hibou empaillé, l'étui sombre de sa guitare sur un fauteuil, le voyant rouge de la radio, qui ne crachote plus, le décor entier figé dans une poussière qui tombe grain à grain, imperceptiblement.

Elle jette d'autres bûches dans l'âtre, gagne la salle de bains où elle mouille une serviette, et revient vers lui. Il semble dormir, calme, de plus en plus affaissé dans le lit, comme si la foudre n'avait calciné que le squelette. Elle dépose doucement la serviette sur son front, éteint la lampe, et regarde le jour naître dans la petite fenêtre.

Les deux montres, et d'autres, nagent dans un coffre de chêne ancien, au fond de la mer, très loin de l'îlot du phare où elles ont, longtemps, grignoté le temps. Jusqu'au sourire chaviré de David.

— Voilà, le cercueil est fermé. Il n'y a plus qu'à attendre que ça pourrisse, comme les autres . . .

Après avoir cloué une dernière planche en travers de la porte, Hercule avait balayé le paysage à la ronde, d'un geste furieux, le marteau à bout de bras.

Les fenêtres et la porte ainsi barricadées, la maison avait tout de suite eu un air d'abandon définitif. Elle avait basculé d'un coup dans le désert environnant, où s'enlisaient des granges effondrées, des clôtures couchées dans l'herbe haute, des maisons emportées pièce à pièce par le vent, la neige, l'eau, qui, l'automne, subissaient les outrages des chasseurs, des maisons en démence, disaient les gens. Une mauvaise peste s'était abattue sur le pays, qui se vidait, se gangrenait, mourait d'une mort lente et humiliante qui enlaidissait, avilissait tout ce qui était l'œuvre de l'homme avant de le faire disparaître. Si bien qu'on pouvait croire qu'en quarante ans, sur toute l'étendue de ce pays arraché à la forêt, l'homme n'avait rien fait qu'accumuler des détritus, écorcher le sol pour en souiller la pierre, piller la vie primitive pour ne laisser, en s'en allant, qu'un spectacle de désolation totale.

— Regarde, Antoine, ça a pas de maudit bon sens ! Plus un seul homme aussi loin que tu peux voir. Et c'est comme ça aussi loin que les chemins vont.

Antoine arrachait dans une plate-bande, le long de l'allée, des dahlias géants que le gel avait déjà fauchés. Il avait, ce faisant, déterré un bras de poupée, un petit camion sans roues, tout rouillé, des capsules de bouteilles de bière. La nuée d'enfants qui lui couraient entre les jambes chaque fois qu'il rendait visite à son frère, à la fin de l'été. Les prénoms qu'il confondait ou avait oubliés. Douze enfants, dont l'un mort en bas âge, et un second, vers la vingtaine, de tuberculose, la grande sélectionneuse de cette reproduction débridée. Ils étaient presque tous partis depuis longtemps, à la ville, ou sur la Côte Nord, ou en Ontario et même aux Etats-Unis. A seize ans, dix-sept, cinq ou six années d'école dans le ventre, les gars avaient levé l'ancre vers des horizons plus riches d'espoir. Les filles, un peu plus tard. L'hémorragie avait commencé par les jeunes, qui avaient tout de suite compris que c'était une histoire finie, une histoire avortée depuis longtemps. Les vieux, eux, avaient longtemps tourné sur leur ancre, parce que c'était leur histoire à eux, qui avait commencé dans une sorte de mystique, un beau poème épique à la gloire de la nature et des fortes vertus de la race et qu'ils ne pouvaient pas croire qu'elle s'achevait de leur vivant, en moins d'une génération, sur un tel désastre. L'appel du large, le vol des grandes oies sauvages, le combat des géants contre la forêt, les mains nues, le cœur à la bonne place, des chansons plein la tête. Ils étaient venus de la ville ou des gros villages surpeuplés de la vallée du Saint-Laurent avec, pour tout bagage, leurs frusques, une hache et

quelques outils, au plus creux de la *grande dépression*. Les
convois les avaient semés un peu partout le long de la voie
ferrée, en plein bois, Petits Poucets qui avaient reçu mission de
tailler un pays là-dedans, d'y créer un patrimoine prospère et
paisible. Durant quarante ans, ils ont bûché, essouché, brûlé,
épierré, gratté, peiné d'une étoile à l'autre ; violenté, caressé,
fertilisé, engrossé cette terre décharnée qui partout montrait
l'os, que pour découvrir que la seule moisson dont ces flancs
creux pouvaient accoucher était cette austère forêt d'épinettes,
de trembles et de bouleaux qu'ils avaient d'abord fauchée.

— Trente ans de vie que tu enfermes là-dedans, bien claquemu-
rés, comme si tu avais peur qu'ils te courent après. Puis tu
t'en vas, encore vivant... Torrieu que cette vie-là fait pauvre
aujourd'hui ! C'est pas de partir qui est le pire, mais de voir
que tout ça va peut-être mourir avant toi... comme si tu
n'avais pas eu de vie !

Hercule avait eu un nouveau geste furieux vers le paysage,
puis il avait lancé le marteau dans le coffre de l'auto et cela
avait fait un bruit démesuré qui avait résonné longuement dans
la campagne déserte qui, bien que nue jusqu'à l'os, baignait
déjà dans le silence des vieilles forêts.

— Toi, le *chevreuil*, tu peux pas comprendre. T'as semé ta vie
à tous les vents. Toujours à lever le camp, d'un lac à l'autre.
Jamais rien bâti. Mais tout ça ici, c'est moi, et moi tout seul.
De quoi ça a l'air, je te le demande un peu ! J'aurais quasiment honte de montrer ça à quelqu'un.

Antoine avait compris que son frère lui avait menti toute
cette semaine qu'ils venaient de passer ensemble, à pêcher, dans
son territoire, que la chose ne passait pas aussi facilement qu'il
l'avait prétendu. « Un sacré poulailler, Montréal ! Il y en a
pour tout le monde. Et pas éreintant. Quelques heures par
jour et t'as plus gagné qu'en six mois de vaches et de cochons,

qu'il pleuve ou qu'il fasse sec, qu'il gèle ou qu'il brûle. Rien pour te voler le gain de ton travail. Et puis ça grouille ; le cinéma, les femmes, tout le reste. Pas le temps de jongler. Maudit que le père a été fou de s'embarquer sur ce train de malheur. Trente ans à s'esquinter sur des cailloux, quand il n'avait qu'à attendre en ville, attendre que ça reprenne. On ne serait jamais venu ici qu'en touristes. Il s'est pas entêté lui. Au bout d'un an, il a pris le bois. Puis tu l'as suivi, et je suis resté seul à *faire du pays,* le dos rond, les yeux à terre, sans jamais oser regarder plus loin que le bout du champ de peur de comprendre, comme les jeunes, que le bonheur c'était peut-être autre chose, autre chose que de s'entêter à se vouloir plus dur que la pierre. Antoine, je comprends pas que j'aie été le dernier à lâcher, qu'il ait fallu que j'attende que la laiterie ferme ses portes parce qu'il n'y avait plus que mes bidons de lait à moi à ramasser le long des chemins. La ville, on s'y fait, Antoine, même un maudit colon comme moi qui a toujours pensé qu'il y avait de l'indignité à pas travailler comme une bête. Tiens, chez nous, j'osais pas regarder la télévision. Un passe-temps de femmes, que je me disais dans ma tête de colon. Eh bien, en ville, je la regarde. C'est une vraie école. Un soir on a même expliqué pourquoi des gars comme nous autres étaient revenus en ville. » Hercule avait bien mis une demi-journée à raconter son bonheur, par bribes lâchées au fil des heures, en tirant de sa pipe de puissantes bouffées, le visage inexpressif, le regard perdu dans son mirage.

Hercule, le taciturne qui oubliait le plus souvent de vous répondre, qui pouvait écouter durant des heures sans qu'on sache quel effet les mots produisaient en lui, avait beaucoup parlé depuis son retour de la ville où il s'était installé depuis un mois, chez sa fille aînée, avec sa femme et ses deux plus jeunes enfants. Même dans sa façon de faire l'éloge de la vie en ville, il y avait une sorte d'exaspération sourde qui démentait les mots qu'il disait, comme une mauvaise bile depuis trop longtemps accumulée, qu'il parvenait mal à contenir par des paroles rassurantes, qui menaçait constamment d'entrer en éruption.

Ainsi, lui qui s'était toujours refusé à travailler en forêt, s'en était pris à la Compagnie à trois reprises au cours du voyage de retour. Les deux premières fois, il s'était contenté de marmonner : « Maudite Compagnie ! » en roulant le long de la concession qui n'en finissait plus de se déployer à mesure que l'horizon reculait. Puis il avait été plus explicite :

— Depuis dix ans qu'elle refuse d'augmenter le prix du bois qu'elle nous achetait. Elle voyait loin, plus loin que nous . . .

Dix milles plus tard il avait terminé sa phrase :

— Elle n'a plus qu'à se pencher pour cueillir ces terres qui ne valent plus rien.

Là, Antoine avait éclaté de rire.

— Qu'est-ce qu'elle en ferait de vos terres chauves, la Compagnie ? Elle en a pour cent ans au moins avant d'épuiser la concession.

Hercule avait retrouvé le ton sentencieux qu'il avait toujours eu avec son frère plus jeune, quand il lui répétait d'année en année : « Un homme marié, c'est pas fait pour vivre seul dans le bois » ou « Une maison sans homme, c'est un bateau sans gouvernail. »

— Une compagnie, ça a toujours faim. Ou c'est comme les loups, ça peut dévorer sans avoir faim.

Antoine n'avait jamais été à l'aise avec lui. D'abord parce qu'il avait toujours trôné comme une sorte de chef de tribu au milieu des siens, silencieux et sage. Ensuite, parce qu'il lui avait toujours reproché son existence en forêt. Tous les

ans, il l'avait accueilli avec la même exclamation, qui était à
la fois un mot de bienvenue et un jugement : « Tiens, voilà le
chevreuil ! » Le large sourire n'avait jamais dissimulé le désac-
cord profond exprimé par ce surnom. Maintenant que la qua-
lité de leurs relations changeait, que le chef de tribu avait perdu
ses troupes, qu'il lui adressait un appel au secours muet, il se
sentait impuissant, arrêté par un sentiment de pudeur et d'irritation à la fois.

— En passant, on va arrêter à la maison pour la barricader
pour l'hiver, avait-il annoncé avant de partir.

Il l'avait regardé quitter enfin la galerie et venir vers lui
de son pas lourd et lent, la pipe sous la bretelle, les épaules
voûtées, une mèche de cheveux blancs agitée par le vent. Il
avait trébuché sur une pierre dissimulée par l'herbe haute et
il avait mis un temps fou à se relever, avec le regard désemparé
des enfants qui tombent en pleine course, au bord des larmes
presque. Antoine avait détourné la tête, accablé par ce regard
qu'il pouvait trop bien déchiffrer, qu'il avait vu trop souvent,
celui de la bête aux abois, à la fois affolé et révolté, implorant
et agressif. Le dernier regard avant que la bête ne se couche.
Hercule n'avait tant parlé tout à coup que parce qu'il sentait
monter en lui une marée qui allait tout noyer, un ébranlement
profond des racines.

— Maudite roche de malheur !

Encore une fois il s'était adressé à tout le pays. C'était le
bouclier canadien tout entier qu'il invectivait, cette mer rocheuse dont les vagues vont mourir sous le glacier arctique,
ancienne comme le monde, et chiche de vie. Pendant trente
ans, il y avait jeté son filet pour n'en recueillir qu'une bien
maigre prise, et le poids des ans.

— Tu marches déjà comme un gars de la ville, sans regarder
où tu vas !

Antoine s'était dirigé vers le coffre ouvert de l'auto pour y déposer les racines de dahlias, impatient de partir, incapable de supporter plus longtemps la vue de la maison aux fenêtres aveuglées et la tiède compassion qu'il éprouvait pour son frère.

— Adieu, misère ! On met les voiles.

Il avait jeté dans l'herbe le petit camion rouillé et le bras de poupée maculé de boue. Hercule les avait ramassés et les tenait drôlement à bout de bras, comme s'il craignait qu'ils lui sautent au visage.

— Tes enfants s'en vont, un par un, et, un jour, tu ne te rappelles même plus leurs visages d'enfants. Et tu découvres que t'es devenu un vieux.

Antoine avait violemment refermé le couvercle du coffre et il était allé s'asseoir dans l'auto, sans rien dire. C'est à ce moment qu'un interminable vol de corneilles était passé, à peine plus haut que les toits, dans une assourdissante clameur. Les croassements rageurs avaient tourmenté le paysage durant de longues minutes. Un immense cri de dérision, triomphal, ivre de sa propre fureur, avait fouaillé les deux hommes.

— Calvaire de calvaire ! avait dit doucement Hercule en embrayant.

Antoine lui avait passé la bouteille de gin.

— Notre première bordée ensemble, à Montréal, Hercule. Une belle bordée de bûcherons.

Hercule poussait la vieille Ford à fond sur la petite route poudreuse, parsemée de maisons saccagées. Il allait trop vite pour qu'ils puissent lire les boîtes aux lettres qui donnaient encore un nom à chaque héritage. Après avoir bu, il avait dit :

— Tu sais, Antoine, à Montréal, c'est pas croyable comme le monde parle anglais.

— Partout, avait répondu Antoine, la voix coléreuse, « jusque dans le bois ! »

— C'est quasiment l'étranger, avait ajouté Hercule.

Il avait marché droit vers le grand marécage où l'eau des deux lacs se dilue dans un limon malodorant, sur une étendue de plusieurs milles. D'un pas ferme, régulier. A aucun moment les genoux n'avaient fléchi. Pas de traces de sang. Des broutilles d'épinettes, arrachées au passage, indiquent qu'il marche la tête haute, le nez dans le vent, l'oreille dressée. Parvenu au marécage, il a remonté un peu vers les collines pour éviter l'eau stagnante, mais il a quand même continué dans la boue, y laissant des empreintes profondes où l'eau affleure déjà.

On s'en va à la fête tous les deux. Au train où il va on n'a pas fini de voir du pays. A croire qu'il n'est pas plus blessé que moi, que la fendue a tiré à blanc, qu'il a encore toute une vie devant lui à cavaler sans reprendre souffle. Pourtant, l'ai bien vu marquer le coup, claquer comme un drapeau furieux pour secouer de lui cette mauvaise guêpe, ruer à s'arracher l'arrière-train entre ciel et terre. Et le sang sombre, encore chaud, la bouillie de sang sur les fougères, aussi loin que j'ai suivi la piste avant de revenir au canot. Une blessure comme celle-là ne guérit pas toute seule. Au contraire, elle bourgeonne, allonge des tiges dans toutes les directions, allume des grandes fleurs de feu dans les vaisseaux qui charrient l'incendie jusqu'au cœur. Tu te fatigues pour rien, vieux frère, c'est pas une guêpe, mais tout un essaim qui bourdonne et sème des aiguillons dans ton ventre. Ta course ne fait qu'exciter leur rage. Couche-toi. Etends tes flancs dans la fraîcheur du sol, la tête allongée bien à plat, les naseaux dans le vent, et laisse la douleur couler en toi comme une eau, onde après onde que tu peux apprivoiser au rythme de ta respiration. Ne t'inquiète pas de ces forêts que tu vois tout à coup et que tu ne reconnais pas parce que tu n'y as jamais marché. C'est le feu dans tes veines. Le délire. La forêt de ta première année, peut-être. Ou l'île de ta naissance. Jour après jour, nuit après nuit, les loups resserraient leur cercle autour de ta mère, guettant l'instant sans défense, la première plainte, la première déchirure de la chair qui la leur livrerait totalement désarmée par ce qui se produirait en elle. Alors, elle a nagé jusqu'à une île, loin du rivage, pour te donner la vie sans la mort. Il doit bien y avoir douze ans de cela. A peu près mon âge d'homme. Douze hivers de famine à battre les mêmes sentiers étroits dans l'océan de neige, prisonnier du *ravage* piétiné par la harde, paralysé par ton propre poids entre deux vagues de sel qui menacent de t'engloutir. Tu n'as pas de glace dans les naseaux et cette poudrerie qui s'élève au-dessus du marécage ne mugit que dans ta pauvre tête affolée. Regarde les bulles mousseuses à la surface de l'eau croupissante, sens les miasmes que le gel n'a pas encore emprisonnés. Ce grand froid qui pénètre ton corps incendié vient d'une saison que tu ne connais pas encore, d'une saison qui glace le temps lui-même, et le tue. Ne te laisse pas tourmenter par cette odeur bizarre qui persiste entre deux pans de paysage qui s'écroulent, entre deux saisons qui se chevauchent, cette odeur glabre, sans musc, intolérable qui fait naître dans le givre de tes yeux des formes blafardes que tu as du mal à distinguer, très hautes sur le vert des épinettes, aux mouvements insolites. Dors, vieux frère, laisse-toi bercer par le ruissellement des eaux printanières, le bruissement des jeunes feuilles, le gazouillement éperdu des oiseaux que la pariade enivre, la pulsation accélérée de cette très vieille terre qui s'ouvre à la vie comme à l'aube du monde. Tu t'enfonces jusqu'au garrot dans l'eau fraîche du lac, et, paisible, tu règnes sur un domaine que rien ne menace.

Il fait un temps bouché maintenant. Le marécage baigne dans une lumière crépusculaire, et le vent d'est y prend un nouvel élan, soulevant des bois morts, déchiquetant les épinettes dénudées par la pourriture, fichées dans la boue ainsi que d'énormes squelettes de poissons verticaux, poussant à la dérive les larges feuilles de nénuphars alourdies de mousse gluante. A deux reprises, en dépit du vent qui souffle en travers, il entend distinctement, du côté des collines, le meuglement bref d'une femelle.

« Pensez à votre femme, à vos enfants . . . » avait dit le jeune médecin et, avant lui, Hercule, des curés à la queue leu leu, des institutrices et, évidemment, Blanche elle-même, veuve depuis vingt ans, veuve qui ne pouvait disposer paisiblement du corps au cimetière, Pénélope qui avait minutieusement, amoureusement brodé son calvaire au fil des ans, et que le retour d'Ulysse offensait parce qu'il menaçait, chaque fois, de détruire l'image qu'elle avait si patiemment imposée : celle d'une femme délaissée qui avait su faire front dans l'adversité, garder un foyer aux enfants, les élever, seule, mieux que si le père avait été là, et pardonner dignement au déserteur qui avait refusé de sacrifier une vie de sauvage au bonheur des siens.

Il l'avait aimée furieusement, un an au moins. La seule année entière qu'il eût jamais passée à la maison. Cet hiver-là, il avait même été l'unique mâle du village, avec le curé. Tous les autres étaient montés *faire chantier* comme d'habitude. Une année entière à s'enivrer du corps de Blanche, à faire l'amour sous les couvertures bien tirées, de jour comme de nuit, parmi les chapelets et les médailles pieuses, la chemise ou le jupon résistant aux pires assauts. Un amour aveugle, ténébreux, où il cherchait à se guider avec ses grandes mains qui se heurtaient sans cesse à des obstacles. Et muet. Si muet que son propre halètement l'étonnait. Sitôt la tempête passée, elle reprenait dare-dare l'occupation qu'il avait interrompue ou, si c'était la nuit, elle lui tournait le dos et égrenait un chapelet. Toute cette année-là, elle avait été blanche de soumission. Pas une fois elle ne s'était refusée. Mais, chaque fois, Antoine avait ressenti une espèce de honte coléreuse, un peu ce qu'il avait éprouvé, un an plus tôt, quand, au cours d'une bordée de bûcherons à Montréal, il avait couché avec une jeune putain, armée elle aussi de médailles et de chapelets, mais nue comme un ver, et si gauche, si embarrassée de sa nudité qu'il avait lui-même tiré le drap.

Puis, un jour, elle lui avait annoncé qu'elle était enceinte et qu'il n'y avait que l'enfant qui comptait désormais. Alors avait commencé le règne des ablutions, de l'asepsie insensée. Elle avait passé des heures, plusieurs fois par jour, à se laver, à se frictionner à l'alcool, à torcher tout ce qu'il touchait, à effacer toute trace de son contact.

Les hommes étaient revenus du chantier, et il avait, comme eux, gratté la pierre, soigné les bêtes, mené une existence digne, en jetant de plus en plus souvent vers la ligne des bois un regard affolé. Deux mois encore, il avait brûlé dans le grand lit, à côté de Blanche totalement aseptisée, jalousement refermée sur son fruit, nageant dans un univers laiteux et précieux, hors d'atteinte. Il s'interdisait de la toucher, même pour la réconforter, lui faire sentir qu'il serait là pour la protéger, même pour lui faire connaître sa joie.

Au début d'août, son père avait surgi, arrivant tout droit de la concession forestière, chaussé de grosses bottes de cuir boueuses, vêtu d'une culotte râpée par des mois de forêt et d'une chemise à carreaux rouge qui sentait le fauve, une crinière d'un an au moins, la barbe drue.

— Un vrai sauvage ! s'était écrié Blanche en lui refermant la porte au nez. « Laisse-le pas entrer. C'est effrayant tout le mal que cet homme-là doit transporter ! »

Son père avait éclaté de rire en se tapant la cuisse.

— Pars pas à l'épouvante, la petite mère. C'est rien qu'un ours à deux pattes.

Mais elle avait maintenu son refus d'ouvrir, et il avait dû accueillir son père dehors, comme un mendiant.

— Sacrée femelle, elle te possède ! Un vrai chien couchant. A moi, ton père, tu n'ouvres pas ta porte ! C'est pas croyable . . .

Il lui avait expliqué qu'elle était enceinte, qu'elle craignait la maladie, la saleté, à cause de l'enfant, que, dans son état, il ne fallait pas la contrarier. Son père l'avait regardé longuement, avec un air de profonde incrédulité, puis il avait dit, avec une sorte de tristesse dans la voix :

— C'est pas croyable. Toi, Antoine, que j'ai élevé dans le bois, comme un homme. T'as plus aucune fierté. Les femelles, toutes des folles. Les idées qu'elles peuvent avoir . . . de la maladie dans le bois ! Mais c'est dans le bois, maudit, qu'elle devrait le pondre ! Y a pas plus pur comme air et comme eau. Qu'elle attende au moins de l'avoir poussé dehors, de nous avoir montré ce qu'elle vaut comme femme, avant de faire la folle, de commander des hommes. La maison de mon fils, c'est ma maison. Arrive.

D'un coup d'épaule il avait fait sauter le loquet de la porte et il s'était avancé jusqu'à la cuisine où il s'était assis le plus naturellement du monde. Blanche s'était réfugiée dans la chambre. Il l'avait entendu pleurer, mais sous le regard autoritaire de son père, il n'avait osé aller la retrouver.

— Assois-toi. Je suis pas venu de si loin pour parler des femmes.

Après un silence, il avait, d'un geste méprisant, indiqué la maison, la grange, les champs.

— Tout ça, c'est pas une vie pour toi. Gratter la terre, puis se coucher, tous les soirs, dans les bras d'une femme, c'est pas une vie d'homme, ça. Y a pas de liberté dans une existence de chien couchant. Quand elles te tiennent par là, elles ne te lâchent plus. Fais ton paquet, on part !

La voix rude lui avait restitué le goût presque oublié d'une liberté qu'il avait toujours connue avec son père, lui avait secoué le sang comme le premier passage des grandes oies à l'automne. L'air de la maison lui était devenu irrespirable tout à coup, et intolérable la vue de ces champs ingrats qui montraient la pierre au plus haut de l'avoine et du foin, de cet horizon étriqué qu'aucune nappe d'eau ne prolongeait. Son père n'avait eu qu'à poser sa grosse patte sur le carcan pour qu'il en sentît le poids subitement.

— Je ne peux pas. Je peux pas laisser Blanche dans son état. . .

Il lui avait fallu puiser au plus profond de lui-même pour trouver l'énergie nécessaire pour résister à son père. Mais celui-ci avait tout balayé du revers de la main :

— Arrive. Je suis chef de chantier, maintenant. Je commence
à couper cette semaine, dans le nord de la concession. Un beau
territoire tout neuf. J'ai besoin d'un bon contremaître. Pas
facile à trouver pour un chantier sans chemins, sans camions.
Ça prend un coureur des bois. Arrive, Antoine. Ton rôle est
fini ici. Elle n'a pas besoin de toi pour faire mûrir le petit et
le cueillir.

Elle était sortie de la chambre alors et, contrairement à
son attente, elle n'avait pas protesté. Au contraire, elle l'avait
imploré de partir, comme si ce départ avait été le seul moyen
de la libérer de la présence de son père. Elle y avait même
mis une telle insistance qu'il avait été quelque peu choqué.
Elle l'avait chassé presque. Toutes ces nuits, allongés l'un à
côté de l'autre sans se toucher, avait-elle prié pour qu'il parte,
pour qu'il la libère d'une présence pesante et gauche, pour
qu'il la laisse seule avec l'enfant ?

— Je peux quand même pas partir en pleine saison, avec l'avoine debout dans le champ. Je vais finir ce que j'ai commencé.

Non. Rien n'avait compté. Aucun motif. Même son
père avait fini par trouver ce départ un peu précipité.

— Je peux attendre quelques jours, lui donner un coup de
main . . .

— Non. C'est décidé, il part. Je demanderai à mon père de venir rester ici un mois ou deux. Antoine, nous aurons besoin
de la paye pour le petit . . .

Cette paye, il allait la lui remettre en entier pendant
vingt ans. Magnanime, elle avait jugé qu'elle devait lui en
remettre dix pour cent. Elle avait tenu parole, pendant vingt
ans.

Il était parti, pour ne plus jamais revenir qu'en passant, deux ou trois fois l'an. Pour sûr, elle avait bien pleuré un peu et elle l'avait laissé lui toucher l'épaule, en guise d'adieu.

— Comprendrai jamais les femelles, avait dit son père. Elle t'a jeté en bas du lit aussi vite qu'on retourne un matelas. J'aurais pourtant juré qu'elle aurait été capable d'accoucher sur l'heure pour t'empêcher de partir.

Ces paroles l'avaient humilié, comme si son père avait douté de sa virilité. L'avait-elle aimé ? Il ne savait pas et ne saurait jamais. Elle venait d'une famille où il y avait à caser cinq filles qui se suivaient de très près, dans un village que les jeunes avaient commencé à déserter. Il gardait le souvenir d'une jeune femme blonde, au teint pâle, très tendue, qui l'épiait sans cesse d'un œil inquiet, qui cherchait surtout à le désarmer, à le neutraliser et, à la fin, à le dominer. Comme s'il n'avait été qu'un mauvais moment à passer, une maladie nécessaire qu'on pouvait, à la longue, apprivoiser. L'indispensable géniteur et soutien qu'il fallait éloigner, une fois ses fonctions accomplies, ou soumettre à sa loi. Il avait toujours eu avec elle, par la suite, une attitude bienveillante et amusée, obéissant en silence à toutes ses fantaisies, même après qu'il eut compris qu'elle l'avait dépossédé de ses enfants, qu'elle avait systématiquement empêché que ne se nouent des liens d'affection entre eux et lui.

Elle avait accouché d'une fille à la fin de l'hiver. Une photo qu'elle lui avait adressée la montrait triomphante, la tête haute, le regard perdu dans le lointain, les bras crispés sur un enfant tellement emmailloté qu'on n'en voyait rien. Quand il songeait à elle, c'était presque toujours cette image qui apparaissait, comme si elle avait pris, ce jour-là, son visage définitif.

Il était revenu à la fin de l'été et elle l'avait reçu de la même manière dont elle avait accueilli son père un an plus tôt.

— N'entre pas. Tu sens la bête sauvage !

Elle l'avait fait attendre quelques minutes dehors, puis elle lui avait passé un vieux manteau et des savates.

— Son propre père ! Va te déshabiller dans la grange. Et n'apporte rien de tout cela dans la maison.

Il lui avait obéi et il était revenu frapper à la porte, nu sous le manteau et dans les savates.

— Prends ton bain maintenant, et savonne. Je t'ai préparé ton costume de noces, une chemise blanche, une cravate . . .

— Qu'est-ce qui se passe ? On veille un mort ?

— Ta fille est la fille d'un monsieur, voilà ce qui se passe.

Chaque fois qu'il était revenu par la suite, il avait dû se soumettre au même rite, hiver comme été, et jouer devant les enfants, durant un jour ou deux, engoncé par le costume bleu, étouffé par la cravate, le rôle d'un père qui avait secoué la terre de ses souliers et n'avait rien de commun avec l'homme des bois qu'il était, un père idéalisé et stérilisé.

Cette nuit-là, elle l'avait accueilli pour la dernière fois dans sa chambre. Après l'avoir obligé à revêtir un pyjama de nylon flambant neuf, elle s'était livrée à trois reprises, les dents serrées, toute tendue sous lui, attentive, complaisante presque. Elle avait même toléré que ses grandes mains errent à l'aventure sur son corps. Mais elle avait tenu ferme le voile du drap. Il avait quasiment cru que son absence prolongée avait allumé en elle une passion dévorante. Mais, le lendemain, elle l'avait tellement bousculé, le repoussant chaque fois qu'il voulait la toucher, lui enlevant les chaises sous lui, lui interdisant de s'approcher de l'enfant, bref lui laissant clairement entendre que sa présence lui pesait, qu'il avait enfin compris. Compris qu'elle n'avait voulu qu'être ensemencée à coup sûr, qu'elle n'avait prolongé l'opération que pour en éviter la répétition, qu'elle avait fait de l'économie conjugale. « Une sacrée femelle ! »

Il était reparti et, neuf mois plus tard, il recevait une nouvelle photo : le même air triomphant, le même enfant invisible sous les langes, mais, cette fois, c'était un garçon. Et son rôle de géniteur était terminé.

Dès lors, il n'avait plus eu droit à la chambre conjugale, toujours occupée par un enfant. Il couchait seul à l'étage, quand il était de passage. Et elle avait établi entre lui et les enfants une infranchissable distance. Aussitôt qu'il tendait les bras vers l'un d'eux, la litanie s'élevait : « Tu vas lui rompre les membres ! Tu as les mains sales ! Il attrape tous les microbes ! Tu l'énerves ! La petite est en retraite, il ne faut pas lui parler ! C'est le temps d'étudier ! Tu vas leur donner des mauvaises manières ! Veux-tu en faire des sauvages ! » Il avait été, pour eux, l'homme qui venait du dehors, l'irruption intermittente de la contamination et du danger. L'homme. Contre qui elle les avait protégés avec une ténacité qui ne s'était jamais relâchée. Cela avait fini par faire une existence, vingt ans de paternité lointaine aux effusions interdites. Quand il partait, elle réussissait à pleurer un peu, en donnant la main aux enfants. Et l'image émouvante du groupe sur le pas de la porte empoignait Antoine, qui revenait, les bras chargés de cadeaux achetés à même la portion congrue de son revenu qu'elle lui abandonnait.

Aujourd'hui, la petite était Sœur Marie de la Passion dans un couvent cloîtré. Elle l'avait obligé à assister à la prise d'habit, dans son costume bleu qui l'engonçait de plus en plus, à assister à la noyade de son enfant, orpheline depuis toujours par sa faute, et qui avait publiquement renoncé au monde et à sa famille, en robe de jeune épousée, un mortel sourire de béatitude aux lèvres, vacillant sous la somptuosité de son don.

Le petit, lui, avait répondu à l'appel d'une vocation moins austère qui avait coûté à Blanche beaucoup d'argent et d'angoisses. Il était rien moins que philosophe, ce qu'attestait un diplôme universitaire qui avait failli faire s'étrangler Antoine de rire et de gêne, et poète, ce dont témoignait un livre dans lequel il rendait un hommage ému, lui avait-on expliqué, au pays et à la grandeur de ses pères, « à mes racines dans la terre charnelle, femme secrète et dure où je nourris mon désir-fièvre d'un destin plus haut ».

Antoine se souvient de la nuit de juillet où il l'avait obligé à coucher sur cette femme nue et dure. Dans ce marécage, il lui avait offert une ronde pendant des heures, histoire de ne plus retrouver le sentier, passant et repassant vingt fois aux mêmes endroits dans la fange fétide, le livrant aux moustiques, acceptant même de le porter sur son dos quand il avait demandé grâce, puis l'abandonnant à la terreur de la forêt nocturne, au lit tiède de la terre maternelle, lui que sa mère avait toujours endormi en jouant inlassablement, dans le noir, la maudite berceuse sur un ancien piano mécanique. Il avait dix-huit ans, l'âge où lui, Antoine, était monté à l'assaut de Blanche.

Aujourd'hui, à vingt-deux ans, freluquet aux cheveux longs et au teint pâle, il était de la race de Blanche, mais le regard vif, la main prompte, faisant flèche de toute sa délicatesse dans le monde précieux des femelles où il n'avait pas eu de peine à trouver pain, vin et nid. Lui qui chantait la forêt, sans jamais avoir abattu un arbre, les humbles, qu'il avait toujours fuis, un peuple sans voix, dont il n'avait jamais parlé la langue, avait, depuis longtemps, émigré à Montréal où il avait épousé, un an auparavant, une grande fille brune aussi instruite que son philosophe, qui avait passé trois ans en Europe pour se trouver des raisons de souffrir entre un père tout tassé de honte dans une Cadillac noire et une mère qui savait trop, le bec pincé sur une si triste vérité, que c'est l'argent qui fait

marcher le monde, et ramper les vers de poète — dites-que-
je-suis-matérialiste-bourgeoise-bouchée — et une sœur, qui avait
autant voyagé dans la grande mare du bonheur, avec un sourire
irrésistible qui en avait fauché pas mal. Et lui-même ! Comment la belle-sœur de son fils avait goûté du bûcheron, un soir
qu'elle avait le sourire si triste et l'œil si tendre que c'eût été
de la dernière cruauté de ne pas lui donner à boire ne se raconte pas, même seul sous les arbres qui n'entendent rien aux
liens de parenté et peuvent témoigner d'une seule loi : que la
vie appelle la vie, et que, pour se reproduire, elle doit se dila-
pider. « Ma fille a toujours été une bonne poire » avait décrété
sa mère, qui avait des pépins avec la générosité des autres.

Tout cela, c'est Montréal, l'étranger, l'endroit où il avait
découvert avec accablement et stupeur, l'année de l'exposition
universelle, à voir tant de touristes de toutes les couleurs et
de toutes les langues et les cartes de bonheur de tant de pays,
à quel point lui et les siens étaient fragiles, exposés, mal embar-
qués dans le bateau du confort nord-américain payé à tempéra-
ment, avec une fausse aisance, entourés d'une humanité in-
nombrable, contenue il ne savait trop comment par une frontière invisible qui ne pourrait que céder un jour sous un tel
déferlement. C'est Montréal, où il s'est embrasé au soleil de
Maria, et où il a su qu'un homme pouvait secouer la vie de
son tronc, comme un arbre dans le vent, parce qu'on a tranché
ses racines. Montréal, où il n'avait jamais passé plus qu'une
semaine par année, parce qu'il y respirait un exil contagieux
et qu'il s'y sentait lui-même étranger.

Et Blanche, toute seule dans son village, à l'ombre du
clocher et du curé, avait continué d'offrir au monde, durant une
quinzaine d'années, l'image d'une femme sacrifiée, et d'amasser
sa paye de femme délaissée, avec laquelle elle avait acheté, un
jour, le bungalow immaculé et rose de Scottville. Elle y avait
transporté le piano, et la si tendre et triste berceuse qu'elle

continuait de jouer dans le noir, quand il passait, pour l'em-
prisonner dans un écheveau laineux, ou lui faire entendre une
plainte si pudique que seule la musique pouvait l'exprimer. Et
elle s'intruisait, devant son poste de télévision, des choses du
monde et de la vie, avec une avidité jamais apaisée tout en
montrant l'air détaché de quelqu'un qui a beaucoup voyagé.

Et quand il repartait, elle pleurait toujours un peu, comme
si les enfants étaient toujours là. Cette fois-ci elle avait pleuré
un peu plus et proféré une vague menace, parce que monsieur
Potter lui avait rendu visite pour lui faire savoir qu'elle pourrait
peut-être le dompter à domicile désormais, mais son *chevreuil*
avait regagné la forêt, indifférent à sa future image de veuve
qui-aura-accompli-son-devoir-jusqu'à-la-fin.

Au fond, pense-t-il, les femelles ne sont pas heureuses.
Il ne faut pas leur en vouloir.

« Salud, el toro ! » Et une femme pouvait être plus rayon-
nante que le soleil, plus enivrante que la plus folle journée de
printemps, plus vive que l'eau d'aucun torrent, belle, et nue,
et libre, dans une flamboyante générosité. Maria du Pérou
danse pieds nus dans sa tête, danse et danse son ballet de feu.
« Pensez à votre femme, à vos enfants . . . » Il ne peut pas.
Il fait trop chaud dans sa tête.

*La seconde fois qu'il avait vu la bête, elle avait paru
surgir de terre, d'un royaume souterrain où elle aurait échappé
à l'extinction, naître à l'instant, et tout armée, du sol limoneux,
baignant encore dans la fange génésique. Une fulgurante et
énorme éruption de boue qui avait disparu sous le couvert en
un galop furieux. Seul l'incroyable panache avait conservé une
forme nette. Deux ailes géantes déployées, au vol englué dans
la vague en mouvement.*

La foulée dans la vase était si profonde qu'il aurait pu s'y enfoncer jusqu'aux genoux. Pourtant, la bête s'en était arrachée en un éclair, en avait jailli d'un seul mouvement.

Il était survenu en canot, pagayant sans bruit dans la brume matinale que le soleil commençait à dissiper. Et c'est dans une éclaircie qu'il avait été stupéfié par le spectacle de l'orignal en train de se rouler dans la boue pour se protéger des mouches. Il avait vu la scène avec une netteté extraordinaire, le soleil miroitant tout le long de son corps, sur la vase humide, animée par sa course. Et tout de suite il l'avait reconnu, le *buck* crépusculaire qui le hantait depuis sa première apparition fantomatique que le marécage, qui l'avait fait douter de ses propres sens, bien qu'il l'eût vu, entendu et touché presque, tant il lui apparaissait invraisemblable.

Il n'avait pas été victime d'une hallucination dans la lumière livide du marécage. La bête existait vraiment, aussi démesurée qu'il l'avait vue la première fois, plus haute même qu'il ne l'avait imaginée quand elle marchait dans l'eau jusqu'au ventre, aussi puissante, aussi lourde. On ne pouvait la confondre avec aucune autre. Il n'avait jamais vu un mâle qu'elle n'aurait pas couvert de son ombre. Une bête d'un autre âge, comme le bison. Le *buck* légendaire des Indiens qui chargeait les ours, secouait les loups de ses flancs comme des mouches et décimait des meutes entières, que pas un homme n'osait approcher durant le temps du rut, dont les combats amoureux faisaient trembler la forêt longtemps après que les femelles avaient cessé d'être en chaleur parce que, soudés l'un à l'autre par leurs bois enchevêtrés, deux mâles agonisaient ensemble. L'orignal de légende qui hantait depuis toujours les tavernes et les camps de bûcherons, et que personne n'avait jamais vu. En forêt, on avait un regard désolé pour celui qui se vantait de l'avoir vu ; c'est qu'il était au bout de son rouleau, au bout de sa solitude parmi les hommes, quelqu'un avec qui il ne fallait pas sauter un rapide durant le flottage du bois, traverser un lac sur la glace au printemps, ou simplement sortir dans la tempête, un porte-malheur qui avait reçu le mauvais présage de la forêt, le baiser de la mort.

Antoine était demeuré longtemps immobile dans la fondrière, en proie à une très vive exaltation. Il lui avait semblé que ces deux apparitions lui communiquaient un message précieux, qu'il avait été désigné, et lui seul, pour témoigner de quelque chose de grand, de la pérennité de la race des géants, de la continuité du règne de la forêt et des mâles, de la puissance de la vie sauvage et libre qui, depuis l'aube du monde, dominait ce pays farouche où l'horizon roulait sans cesse sur lui-même, comme les vagues de la mer, avait nourri les siens, hommes rudes et taciturnes que la fatigue enivrait, marins d'épinettes qui poursuivaient d'une interminable course la liberté primitive.

Les porte-guigne de malheur, les hommes forts qui, subitement, avaient perdu leur sève, s'étaient écroulés, fous de solitude, noyés sous la glace ou sous le galop des billes, étaient morts d'avoir perdu la foi, d'avoir imaginé la bête parce qu'ils n'y croyaient plus, de s'être rompu les reins dans une course sans but, d'avoir langui dans la nostalgie des femelles et de leurs chaînes. La forêt écrasait ceux qui ne la possédaient plus, ceux dont les bras se desserraient soudain et qui glissaient, impuissants, le long de son grand corps.

Lui, Antoine, il avait vu la bête en plein soleil, au cœur de l'été, en paix avec lui-même, tranquille, l'âme lisse comme l'eau du lac, libre de toute attache. De sang-froid. Cette créature des premiers âges, du pays vierge n'annonçait pas le malheur, mais, au contraire, par sa seule existence, elle affirmait que ce pays-là vivait encore, intact, puissant, inépuisable. Trop vaste pour que les petits hommes des bureaux et leurs inventions parviennent jamais à le saigner à mort, trop farouche pour se soumettre à une nouvelle race d'hommes débiles qui l'attaquaient à la machine pour ne pas éprouver la chaleur de sa chair. Une telle bête n'avait pas d'existence dans les cartes perforées ni dans les livres des sous-hommes instruits. Aucun technicien n'en pouvait témoigner.

Parce qu'elle était la vie dans son élan créateur, foisonnante et imprévisible, sauvage et impétueuse, un torrent aux crues subites qui emportait toutes les prévisions des hommes, charriait tous les âges dans son cours, depuis la source du temps.

Parce qu'elle était son père, et le père de son père, et tous les siens, tous fils des bois, nés vagabonds et libres, qui, par la seule force de leurs bras et de leurs jambes, avec leur énergie de bêtes, poussant plus loin que leur fatigue, marins sans voiles au fond d'un océan sans cartes où les distances se comptaient en journées, ont été, partout, les premiers à poser leurs pas, à l'ouest et au nord, naviguant à pied sec, le canot sur les épaules, hommes sans autre école que la forêt elle-même et leurs sens et leur instinct, héros obscurs d'une humble épopée, à ras de terre, muscles noués et dénoués heure après heure, jour après jour, pourchassant le soleil dans sa course à la mer, à perte de souffle, à perte de vie.

Parce qu'elle était lui-même, sa propre liberté et son ordre. Si une telle bête existait, survivante d'un autre âge et survivante de sa propre vie menacée avant même que de naître, c'était que des hommes comme lui, incapables de respirer dans la jungle des petits hommes qui faisait reculer le pays primitif dans un tonnerre de machines, pouvaient continuer de vivre en paix avec eux-mêmes, sans craindre que la forêt ne se dérobe sous eux et ne les livre, nus et impuissants, à la nouvelle Babel dont l'ombre s'étendait chaque jour davantage. C'était que la race des hommes seuls n'était pas morte, qu'ils pouvaient continuer d'arracher leur liberté avec leurs seuls bras, et de la payer d'un effort démesuré, en dépassant leurs forces, jusqu'à l'épuisement.

Elle était la vraie dimension de leur aventure séculaire, les grandissait tous, proclamait qu'ils avaient été des hommes dans un pays âpre qui ne se laissait pas facilement posséder, et qu'aucun de ceux-là n'avaient menti qui, dans le songe de l'ivresse, avaient fait émerger de leur mémoire d'étranges et fantastiques créatures, compagnes de leurs peines et de leur labeur dans le désert sans femmes.

Il l'avait revue encore, au début de septembre, le matin de la première gelée blanche. Le paysage était saupoudré d'un sel fin qui crissait comme du gravier sous les pieds. Il marchait, contre un fort vent d'ouest, dans un chemin de portage qui débouchait abruptement dans l'échancrure d'un lac. Au dernier moment, l'animal s'était jeté à l'eau et avait nagé vers l'autre rive. Ses bois venaient de perdre entièrement leur velours et ils étaient blancs comme neige. Durant de longues minutes, il avait été fasciné par l'admirable voilure, que le soleil levant éclairait de plein fouet, bercée au rythme des mouvements de la coque monstrueuse de la tête qui, seule, émergeait sur la toile de fond vert sombre des conifères.

Il l'avait revue au zénith de sa gloire, avant que le *panache* immaculé ne soit souillé par la forêt et n'en prenne la couleur.

— Torrieu ! Qu'est-ce qui s'est passé entre ça... et nous autres ? Comme un sacré bout de rivière qu'on aurait sauté sans jamais le voir...

Renfrogné, énorme sur la petite chaise pliante du cabaret, Hercule regardait d'un œil fixe d'invisibles poissons distiller inlassablement des bulles dans son verre de bière.

— Un bout de rivière ... ou un gros morceau d'histoire qui s'est passé je sais pas où, mais qui a eu lieu, c'est certain. T'as qu'à regarder ...

Dans l'or pâle de son verre se réflétait toute une sarabande de jambes flageolantes, de croupes déhanchées, de bras agités d'une trémulation démente, de corps entiers se trémoussant sous les miaulements amplifiés des guitares et le glapissement des chanteurs, chiots perdus dans la nuit qui ne parvenaient pas à hurler vraiment.

— Et on est pas loin de chez nous ... c'est encore le cœur du pays ...

Il avait asséné son poing sur la table et, dans l'or pâle des verres, les corps avaient chancelé dangereusement, les invisibles poissons avaient redoublé d'ardeur.

— Mais regarde-les. Des chiffes. Tout un troupeau de chiffes ! Faudrait quasiment les déculotter pour reconnaître les gars des filles.

Antoine, lui, s'amusait. Il contemplait tout cela d'un œil attentif, de la même façon dont il observait les animaux en forêt. Tout lui était spectacle. Et la richesse de cette faune l'émerveillait.

— Dans l'aquarium, il y a de quoi pêcher, Hercule. Là tu ne peux pas te tromper.

Il avait indiqué la piscine intérieure, au fond de la salle, séparée de celle-ci, dans toute sa largeur, par un mur de verre. Les baigneurs y avaient, au-delà de la piste et des danseurs, et au-delà de la clameur de l'orchestre, des mouvements qui paraissaient excessivement lents, comme freinés par un air plus opaque. Hercule n'avait pas quitté la table des yeux.

— Comme si on les avait campés là tout faits déjà, faits ailleurs, et qu'on nous disait : voilà vos gars et vos filles. Ben moi, je te dis, Antoine, non, c'est pas des enfants du pays. Il s'est passé quelque chose...

— Il s'est passé quoi, Hercule ?

— Il s'est passé que... je sais pas, que...

— Qu'ils sont sortis du bois avant nous. Ben, ça les regarde. Chacun est libre.

— Te voilà, bien, là, le *chevreuil* ! Chacun est libre. Mais regarde un peu ce bâtiment. C'est une vraie cathédrale ! Notre église, à côté, c'est une grange. Et plus un jeune dedans.

Antoine s'était mis à agiter les pieds sous la table. Après tant de silence, les miaulements des guitares commençaient à lui faire vibrer les nerfs.

— Tu ne vas pas gueuler comme ça tout le temps, Hercule. Ton église, on va y mettre le feu. Il n'y a même plus de village.

— D'où vient l'argent, je te demande un peu, Antoine. Pas de nous autres, leurs parents, ça c'est certain. Il n'y a que des étrangers qui peuvent payer un pareil bateau. Ces jeunes-là, Antoine, ils vendent leur âme, puis ils vendent le pays avec. Ils chantent même en étranger.

Il avait élevé la voix, parce que les guitares, dans les amplificateurs, dévoraient du tigre. Il avait eu sa voix de colon qui invective le cheval parce que la pierre ne se soulève pas. En vidant son verre, il avait vu qu'on riait et qu'on le regardait aux tables voisines. Il s'était un peu plus tassé sur

sa petite chaise, avait vidé une autre bouteille dans son verre.
La dixième peut-être. Antoine ne les comptait plus.

— Les jeunes vont se croire à la messe. Tu parles comme un
curé, Hercule.

Il n'avait rien répondu, mais on pouvait voir à la contraction de ses poings sur la table que sa colère avait seulement
reflué, qu'elle reviendrait, portée par une vague plus violente.

— Fais venir d'autres bouteilles.

Antoine l'avait regardé longuement, en silence, de nouveau exaspéré par le sentiment que le chef déchu se laissait
couler, qu'il voulait tout faire pour précipiter sa chute, qu'il
avait décidé, une fois pour toutes, de se coucher, de ne plus
résister. Ses colères n'étaient que des gestes avortés qui n'at-
teignaient personne et ne le soulageaient même pas. Depuis
qu'ils avaient quitté la maison barricadée, il n'avait cessé de
boire et de maugréer, lui qui ne buvait jamais et n'avait jamais
élevé la voix toutes ces années où il avait eu des enfants plein
les bras. Mais tant d'alcool ne l'avait pas encore ébranlé.
Trop de sang, trop de muscles.

— Tu as assez bu. Tu vas être malade.

Son bon rire de père de famille, toujours prêt à s'émer-
veiller d'un mot d'enfant, avait résonné clair et chaud, et Antoine en avait été heureux.

— Malade ! On prend une course, le *chevreuil* ? C'est du
petit lait qu'on boit. De quoi pisser un petit ruisseau. « T'as
assez bu ! » Tu parles comme une femme. Et un premier jour
de bordée . . .

Il avait demandé six bouteilles d'un coup, et Hercule,
encore une fois, avait exhibé la grosse liasse de billets de
banque, et il avait payé en repoussant les protestations d'An-

toine, qui, chaque fois, cédait, parce qu'il avait honte de tout
ce pauvre argent dans les mains de son frère, qui était un peu
le prix dérisoire de toute une vie de labeur ingrat, qui était
tout ce qu'il rapportait de trente ans de travaux forcés colorés
de mystique, le produit de la vente à l'encan de ses biens
meubles : tracteur et instruments aratoires, un troupeau de
vaches de sangs croisés, un cheval sur le déclin, quelques
volailles, et un mouton, l'éternel mouton qui, tous les ans, se
faisait dévorer par un ours, un loup ou un lynx quand il ne
disparaissait pas dans la nature tout simplement. Il y avait
comme une profanation à dépenser cet argent dans la *cathédrale* des *étrangers*.

— Je vais à la pêche, Hercule. Dans tout ce grouillement, il
doit bien se trouver une petite femme dépareillée.

L'étau dans sa tête avait commencé à se resserrer. L'air
enfumé, la musique, la bière lui donnaient la nausée et il avait
des tiraillements dans ses grandes jambes coincées sous la
table minuscule. Il avait vu passer une brève panique dans
les yeux d'Hercule qui l'avait quand même libéré d'un geste
vague de la main.

— Cours toujours, *chevreuil*. C'est même pas des *jeunesses* . . .
des enfants.

Il avait navigué, la tête haute, dominant tous les autres,
à travers la piste qui occupait plus de la moitié de l'immense
salle. On gigotait allégrement tout autour de lui, des bras, des
jambes et de la croupe, mais la tête fixe, comme un objet
posé après coup sur les corps déjà en mouvement, des têtes
qui avaient l'air d'ignorer ce que le corps faisait. Les genoux
s'entrechoquaient, les bras se croisaient et les hanches se dislo-
quaient, mais la tête flottait sur tout cela, avec une sorte de
regard extatique. Des adolescents surtout, le teint vif, l'œil

luisant, suant dans leurs vêtements étroits. Des sauterelles à
dents de fauves. Des petits carnassiers. Pas de muscles, pas
de charpente, mais vifs, futés. Des insectes broyeurs, capables
de vous dénuder un érable en moins de deux. Seize ans, dix
sept. En savent beaucoup plus que leurs parents déjà, et ce que
ceux-ci n'ont pas encore pris à cinquante ans, ils s'en emparent
tout de suite, eux. Pas de sentiments, pas de fausse vénération.
La clef des champs, les filles, la bière, le scooter, l'auto. Ne
te mêle pas de ça, le père, et mets le pain sur la table, c'est ton
rôle. Si t'avais pas laissé l'école si jeune pour faire la bête
de somme toute ta vie, on en serait pas là, nous les jeunes,
les tendrons qui avons tous les droits et pas d'autres devoirs
que celui d'être heureux. Fameux, l'héritage ! Quand on ne
laisse que son ignorance et sa peine obscure, on se la ferme
et on meurt avant de coûter quelque chose à la société qui
nous doit tant, et d'abord tous les arrérages que vous n'avez
jamais reçus. Votre grande pauvreté, vos grandes privations, ça
ne nous émeut pas, ça nous donne faim. Nous avons les dents
longues parce que vous avez trop broyé de pierres avec les
vôtres. On vous a fait éclater au moins un siècle d'histoire
en plein visage. De la culture des cailloux à la société d'abondance en une génération. Du bas de laine troué au crédit
massif et à la consommation instantanée. Du vrai cinéma !
Il suffisait de vous dire *non,* et vous avez cédé tout de suite.
Adieu, *lumber-jacks,* culs-terreux, hommes de muscles et de
beaucoup de foi ! Vous avez déjà trop survécu à vous-mêmes.
Le monde des délurés, de la technique et des femelles n'a rien
à vous offrir. Et miaulent les guitares, et glapissent les chiots
à dents de loup, et se déboîtent les sauterelles qui contemplent
leur liberté d'un regard extatique !

Il avait été roulé par le flot jusqu'à l'autre extrémité de
la piste, sa tête émergeant telle une épave à la dérive. Et au
moment où il s'était immobilisé dans le faisceau d'un projec-

teur, toute la scène avait basculé devant lui en une seconde
couleur de sang. Il avait fait le geste de s'agripper à quelque
chose dans le vide, et il avait senti dans ses grandes mains la
chaleur moite d'autres mains, minuscules, et il avait ouvert les
yeux, et tout avait été stable de nouveau et une grande rousse,
pas mal plus âgée que les autres, de beaux yeux verts dans
un visage anguleux, trop maigre, lui souriait et se déhanchait
au bout de ses longs bras, et il avait commencé à se disloquer
lui aussi et ils avaient été happés, tous les deux, par une nouvelle vague qui les avait rejetés dans le flot. Puis elle s'était
détachée de lui pour osciller toute seule, son beau regard vert
posé dans l'infini des choses, et il avait roulé comme un grand
mât au-dessus du moutonnement des jeunes corps en transe.

Quand les guitares avaient cessé de jouer, exténuées
d'avoir frénétiquement poursuivi leur écho, il avait, en vain,
cherché la grande rousse dans le reflux de la cohue vers les
petites tables, tout autour de la piste.

Hercule était resté rivé à sa chaise, le regard plongé dans
l'écume de son verre de bière, une pipe éteinte entre les
dents.

— J'ai levé une belle rousse. Mais c'est toute une volière, je
l'ai perdue.

Il se sentait la tête légère, en état de fête. Que les jeunes
chats reprennent leurs vagissements amoureux, et il allait re-
plonger là-dedans avec plaisir. Son mal de tête, c'était Hercule qui le tirait comme une ancre de malheur.

— Fais le fou, le *chevreuil*. Il y a deux policiers qui rôdent
dans la salle.

Hercule avait dit cela avec une drôle de voix, une voix
de panique, comme s'il avait vraiment des raisons de craindre
la présence d'agents de police.

— Des policiers ? T'as peur de la police depuis que t'es en ville !

Le rire d'Antoine avait provoqué de la fureur chez Hercule. Il avait penché son large torse au-dessus de la table, et il avait repris, de la même drôle de voix, en agitant sans cesse sa pipe :

— On est repéré, Antoine. On nous a tout pris, chassé du pays, mais c'est pas assez. On nous surveille, on ne nous lâche pas. En ville, il y en a partout, qui nous dévisagent, nous suivent. Jamais un mot, mais toujours là. Et ils savent tout sur toi, ont ça écrit quelque part. En savent même plus que toi. Une bombe pète dans une boîte aux lettres, chez les Anglais. C'est peut-être toi, qui étais pas là avant, qui ne possède plus rien, ne dis pas un maudit mot d'anglais . . . ou ton garçon . . . et ils te tournent autour et te regardent . . .

Antoine était consterné. C'était l'alcool qui le tourneboulait ainsi, ébranlait enfin sa carcasse massive. Il valait mieux renoncer à la fête et s'en aller.

— T'es fatigué, Hercule. On s'en va. Au lit, vieux frère. Toi, une bombe !

— Je sais pas . . . je ne sais plus . . . il y a des fois où je pense que c'est moi, que c'est ma colère qui a éclaté là, toute seule, sans que je le sache. Non seulement t'es un homme fini, mais tout seul aussi, c'est effrayant ! Même tes mots ne te servent plus à rien, parce qu'on te comprend pas. Ils parlent étranger. T'es en exil. Toi aussi, Antoine, c'est fini. Tu ne le sais pas encore, mais l'an prochain, dans deux ans, ils vont te chasser du bois. C'est pas à toi la forêt, c'est à la Compagnie, et la Compagnie parle pas ta langue, puis un *chevreuil* comme toi, ça lui sert plus à grand-chose. Quasiment de Montréal à la baie d'Hudson, c'est le pays de la Compagnie, les villes aussi avec

leurs usines. Et pour que ça rapporte, il faut de la machine et
des Anglais instruits. T'es comme le maudit *buck* dont tu
parles tout le temps, un géant que tu dis. Eh bien, ton *buck*
est fini lui aussi, mort. Il sert à rien lui non plus, et la forêt
lui appartient pas. Ils vont s'amener en avion, ils vont le
repérer tout de suite. Et tac-tac-tac-tac, c'est à la mitrailleuse
qu'ils vont te le descendre, parce qu'il rapporte rien, et toi
non plus. Pour avoir le droit d'exister, il faut que tu rapportes.
Ça fait qu'on te regarde et qu'on se demande ce que tu fais là.
Puis ça te travaille, puis tu t'inquiètes, puis tu te sens coupable.
Fini et coupable. Voilà ce que le monde est devenu, Antoine.
Un torrieu de cercueil !

Les yeux injectés par l'alcool, les sourcils et les cheveux
gris en broussaille, la mâchoire frémissante de colère, Hercule
avait laissé couler tout cela d'un seul jet, comme s'il y avait
longtemps qu'il serrait les dents à s'en rendre malade de
crainte que ça ne sorte tout seul.

— C'est peut-être vrai que le *buck* c'est moi. Mais personne
va le toucher. Pas un maudit ! Et personne va me sortir du
bois. Jamais !

La colère d'Hercule lui avait labouré les entrailles comme
une mauvaise fièvre, des mots contagieux qui s'attrapaient et
éclataient en lui, allumaient d'autres mots qui se trouvaient déjà
en lui-même et qu'il avait presque réussi à étouffer. Les mots
rouges du médecin, et la voix caverneuse de monsieur Potter
« A l'avenir ... des techniciens ... spécialistes ». Hercule
n'avait pas le droit de remuer tout cela en exhibant ses entrailles sur la table. Il n'avait pas le droit de le tirer à lui dans
sa chute, de l'embarquer dans son canot de naufrage pour lui
faire sauter un rapide qui le terrorisait.

— J'ai jamais été un gratteur de champs de pierre. Toujours été un homme libre. Y-a pas une maudite Compagnie qui va me dicter sa loi, même si elle possède tout le pays.

Hercule n'avait pas réagi sous l'injure. Il était prostré maintenant, de nouveau absorbé par l'écume du verre de bière.

— C'est dans le bois que je vais crever, et debout, comme le père.

Il avait bu, très vite, parce que le martèlement de ses tempes avait repris.

— Des Anglais instruits ? Qu'est-ce qu'ils en feraient de cette vie de misère ? Tu t'instruis pas pour aller t'enterrer tout seul dans le désert ! Il y en a un qui passe au lac, une fois par année, avec des tas de petites bouteilles, des poudres et même un microscope. Il faut lui porter ses petites affaires. Trop lourd pour lui. Un biologiste qu'il est. Tous les ans, l'Indien lui demande de quelle manière les porcs-épics s'y prennent pour faire l'amour. On attend toujours la réponse. Des gens instruits, il s'en perd tous les ans, qu'on retrouve, à moitié morts de peur, à moins d'un mille du camp ou du camion. Non. C'est pas demain que la Compagnie va pouvoir se passer d'hommes.

Les guitares avaient repris, longues vibrations qui s'enflaient d'un coup et n'en finissaient pas de s'écouter mourir. Les danseurs envahissaient la piste par petites grappes. On avait tout éteint dans la piscine et la salle, doublée de son reflet bleuâtre dans le mur de verre, s'était prodigieusement agrandie. Antoine avait contemplé la piste un temps, puis il était revenu à regret vers Hercule qui, toujours taciturne, buvait lentement une gorgée, reposait son verre sur la table et le contemplait, ôtant chaque fois la pipe éteinte de sa bouche pour l'y remettre ensuite.

— Maudit, Hercule, de la façon dont tu as dit ça, j'ai quasiment cru que tu le désirais que la Compagnie me chasse !

Gros enfant à cheveux gris, Hercule, agité par l'émotion, tournait sa pipe entre ses gros doigts et cherchait des mots d'homme.

— J'ai rien dit . . . c'est que ce qui m'arrive, ça ne passe pas . . . T'as raison, le *chevreuil*. La Compagnie pourra jamais se passer de toi. T'es le dernier. Après toi, il n'y en a plus d'autres. S'il n'y avait pas eu tous les enfants à la queue leu leu, un tous les ans, puis la bonne femme qui me soignait comme un coq en pâte, dans mes bras toutes les nuits à se plaindre du froid, je serais peut-être monté moi aussi . . . je sais pas. On sait pas comment ça se décide ces choses-là. Puis quand on a décidé on veut absolument avoir eu raison.

— Viens, Hercule. Tout de suite. Je te trouverai bien quelque chose.

— C'est pas à cinquante ans qu'on peut laisser sa femme.

Hercule fuyait son regard pour contempler, du haut de son demi-siècle, cette autre vie qui aurait été possible.

— Et Montréal ? Tout ce que tu m'avais dit ? Le travail, tout le reste ?

Il s'était enflammé tout de suite et il avait retrouvé sa voix de désespoir coléreux.

— Un maudit chantier de fous, où il y a plus de travail pour les femmes que pour les hommes, plus pour les étrangers que pour les gars du pays, plus pour les jeunes qui sortent de l'école que pour un homme fait, avec femme et enfants, plus pour les machines que pour les hommes. A cinquante ans, t'es un homme mort, et si t'es encore vivant, c'est de la faute de personne. Pas de travail pour les morts, nulle part. Surtout si t'as rien que quatre ou cinq années d'école dans ta pauvre tête de colon. Ceux-là, on les engagerait même pas pour creuser les fosses au cimetière. Pas travaillé une seule heure, Antoine ! Tu pourris vivant en regardant les autres courir comme des chiens fous d'un mur de pierre à l'autre. Un vieux cheval dans un pacage déjà brouté à ras de terre, et qui s'attend de recevoir une balle d'un matin à l'autre. Tu regardes la télévision toute la journée, gêné devant les femmes, qui ne cessent de te passer un cendrier sous le nez, à cause de la pipe. Tu prends un verre de bière à la taverne, à l'heure où les hommes reviennent du travail. Et tu te dis que ça doit être un maudit péché de mener une vie pareille, que tu vas retourner sur ta terre de roche qui est encore plus tendre que la saloperie de ciment de la ville. Mais il y a Marie qui connaît déjà tout le quartier, qui barbote là-dedans, aussi à l'aise, aussi heureuse qu'un canard dans son étang, qui ne se rend pas compte... toujours sortie, qui grouille avec les autres, qui parle de remettre les deux derniers à l'école, qui me reproche de ne pas être parti dix ans plus tôt... je me suis entêté à faire leur malheur... Montréal, Antoine, c'est la folie, et puis le déshonneur... un homme comme moi n'est pas plus à sa place là qu'une femme dans un chantier de bûcherons. Mais où elle est ma place, maintenant ?

Il avait fait un geste brusque de la main, et son verre avait éclaté contre le mur, dix pieds plus loin. Une minuscule explosion qu'on avait à peine entendue dans la débauche des guitares. Il était figé, un bras en l'air, le regard hébété.

— Hercule, maudit, on oublie tout ça et puis on s'amuse. Je vais te chercher un autre verre.

Dans ses oreilles, une rumeur de grandes eaux qui tombaient loin, loin, un vent qui brassait de grands pans de forêt au-delà de la ligne d'horizon, le ruissellement de son sang dans les profondeurs de son corps. Il lui fallait tendre un bras à Hercule, soulever cette grosse masse pour l'empêcher de se noyer, parce qu'il était un prolongement de lui-même, parce qu'il était un innocent de sa race rejeté au rivage, comme une épave, par une vague furieuse qui, depuis vingt ans, n'en finissait pas de balayer le pays, d'en arracher les siens, même les plus forts, et de les rouler, grands arbres ridicules, les puissantes racines tendues vers le ciel, y aspirant la mort. Mais il devait d'abord se secouer, agiter ses grandes jambes et ses longs bras, pour vaincre la pression de l'eau qui le faisait dériver lui aussi.

— Comme disait le père : « Je lâche la bête. Une semaine sans clôtures, et que ça gigue ! »

Le brave rire d'Hercule l'avait soulagé, et aussi l'évocation de leur père, qui avait toujours mené ses cuites à fond de train, coureur de filles, batailleur, danseur infatigable, gai et innocent jusqu'au plus noir de l'ivresse, et qui avait toujours arrêté pile le jour qu'il s'était fixé pour revenir en forêt, la tête haute et l'air triomphant d'un homme qui avait accompli tous ses devoirs. Hercule avait ajouté :

— Il se rendait à Montréal avec un fouet à la main. A cause des rats, qu'il disait.

Antoine avait déposé le verre devant lui et était resté debout, tirant sur son amarre. Hercule l'avait libéré de sa bonne voix paternelle :

— Elle viendra pas te chercher, le *chevreuil*.

Allégé, il avait replongé avec plaisir dans le fourmillement de la piste, et il avait tout de suite été cueilli par la grande rousse. Le chandail et le fuseau verts avaient des mouvements lointains au bout de ses bras, si lointains qu'elle paraissait être soulevée par une vague qui ne l'atteindrait ja-

mais. Un peu de chaleur dans ses mains et tout un grand vide
où il avait froid. Alors, il l'avait attirée à lui, comme on ramène
une prise, en donnant du lâche et en tendant la ligne quand il
le fallait, puis il avait refermé ses mains dans son dos, et le
beau poisson avait frétillé dans l'arc de ses bras, la tête un
peu levée pour poser son beau regard vert dans le bleu de
ses yeux. Peu à peu, il avait laissé descendre ses mains à la
chute des reins. Elle était nue sous le chandail ; il s'enivrait
de chaleur et du souple roulis prisonnier de ses mains. Puis
il avait senti dans son cou le poids léger de ses bras. L'incendie avait éclaté dans tout son corps. Il l'avait plaquée contre
lui, brûlante et oscillante, et il avait éprouvé dans leurs deux
corps la vibrante pulsation des guitares. Le regard couleur de
mer montait vers lui en une violente marée où il menaçait de
chavirer.

Et claquent les guitares qui lâchent de grosses bulles
sonores qui éclatent en ralenti aux quatre murs de la salle.
Et que se lamentent les jeunes chats aux corps frêles arqués
par l'arrachement de leurs cris viscéraux ! La vie coulait en
lui comme une eau torrentielle qui ne se tarirait jamais. Un
alcool généreux qui l'emplissait de joie et de bien-être. Hercule, de ses grosses pattes, avait remué une vase de cauchemar
qui n'existait que dans sa pauvre tête. La vie, elle, était
claire, légère, mouvement et jeunesse. Elle se suffisait à elle-
même dans l'instant sans passé et sans avenir. Il suffisait de
s'y abandonner ou de la saisir. Et vive l'odeur aigre du corps
de la grande rousse, et les petites chiffes dans leurs pantalons
étroits, et la cathédrale où elles venaient se contorsionner en
bandes !

Il avait soulevé de terre la grande rousse et l'avait fait
tournoyer en pivotant sur ses talons à une cadence folle pour
épuiser dans le mouvement le désir qui lui faisait bouillonner
le sang. Des visages déformés, des traînées lumineuses, des

murs sans angles circulaient à toute vitesse autour de lui. Une masse de cheveux roux claquait sur son front. Les guitares galopaient, chats qui couraient furieusement après leur queue. Puis la piste s'était animée soudain d'un mouvement de houle. Il avait entendu un crépitement de pluie. On les applaudissait. Il s'était arrêté net, avait chancelé un peu dans le décor qui retombait lentement à sa place, et il avait délicatement déposé sur la piste son oiseau vert et roux, lui avait rendu une liberté dont elle avait été tout encombrée, immobile devant lui un long temps avant de se remettre à jouer de la hanche. Le cercle qu'on avait formé autour d'eux s'était défait.

— Tu n'es pas d'ici, avait-elle dit enfin.

Il n'avait pu lui répondre, parce qu'ils avaient été happés tous les deux par une bousculade qui les avait entraînés vers l'orchestre. A l'autre extrémité de la piste, quelqu'un hurlait quelque chose qu'il ne comprenait pas, qui provoquait des protestations violentes dans la foule. Il y avait eu une nouvelle poussée, suivie d'un reflux. On n'entendait plus les guitares.

« Le calvaire de fou ! » Antoine avait réussi à voir ce qui se passait. La colère, la colère et la honte, l'avait cloué sur place. Hercule, tête baissée, chargeait les danseurs en les invectivant. Ceux-ci s'écartaient pour le laisser passer, puis refluaient dans son dos pour le tourmenter, ainsi qu'un taureau, de coups de poing et de coups de pied. Hercule relevait la tête de temps à autre, pour échapper aux coups et voir où il allait, puis il fonçait en dément, ses deux bras battant l'air comme les ailes d'un moulin, lâchant des grognements de bête, secouant de son dos les jeunes gens qui s'efforçaient de le faire chavirer.

Antoine avait enfin bondi, avançant à grands mouvements de brasse qui ramenaient des grappes de jeunes et les laissaient tomber dans son sillage. On s'agrippait à lui aussi. Des chaises avaient commencé de voler au-dessus de la tête d'Hercule, qui s'abattaient dans la cohue, provoquaient les cris hystériques des filles. Les garçons, eux, étaient à la corrida et s'amusaient ferme.

Quand, enfin, il avait reçu la charge d'Hercule en pleine poitrine, il y avait eu un silence tout à coup. Encore sur sa lancée, Hercule lui avait abattu sa grosse patte dans la figure. A son tour, il l'avait frappé d'un crochet dans les côtes. On avait élargi le cercle autour d'eux, dans l'attente du combat.

— Christ, Hercule ! Christ !

D'une main, il lui avait empoigné un bras et, de l'autre, il lui avait relevé la tête. Il saignait du nez et il avait du mal à reprendre son souffle.

— Christ, Hercule !

Il avait commencé à l'entraîner vers la sortie, mais les jeunes ne voulaient pas rester ainsi sur leur faim. Ils s'étaient remis à les harceler de plus belle. Hercule laissait pleuvoir les coups sans même faire un geste pour se protéger. Antoine allongeait ses taloches dans toutes les directions. Deux agents de police étaient apparus subitement devant eux.

— C'est mon frère, avait dit Antoine, il est malade. Trop bu.

Hercule s'était mis à suer à profusion et à frémir de tous ses membres. La vue des agents l'avait terrorisé.

— Suivez-nous dehors, avait dit l'un d'eux.

La foule les avait hués jusqu'à la sortie. Hercule avait peine à marcher, et il devait quasiment le soulever de terre.

A l'extérieur, l'un des agents avait demandé :

— D'où venez-vous ?

— De la concession. On sort du bois. Notre première journée. Il est devenu maboul tout d'un coup. Je vais le coucher.

L'agent avait longuement regardé Hercule, qui continuait à trembler et à saigner du nez sans s'essuyer.

— Vous feriez mieux de voir un médecin. M'a l'air vraiment malade.

— Pensez-vous ! Un vrai taureau. N'a pas l'habitude de boire.

— Qu'il s'essuie, bon dieu ! Ça m'énerve de le voir saigner comme ça, avait dit l'autre agent.

Antoine avait sorti un mouchoir et avait essuyé le sang sur la figure de son frère.

— Et muet avec ça ! Dis-nous ton nom, avait demandé le premier agent.

— Ton nom ? avait dit aussi l'autre agent.

Hercule tremblait, saignait et suait, et il n'avait rien répondu.

— Il n'a pas encore repris tous ses esprits. Il a été pas mal sonné. Bonsoir.

Il avait entraîné Hercule vers le terrain de stationnement.

— Qu'on n'entende plus parler de vous autres dans la ville, avait conclu le premier agent.

Après avoir installé Hercule dans la vieille Ford, Antoine s'était mis au volant. En pressant le démarreur, il avait demandé :

— Christ, Hercule, qu'est-ce qui t'a pris ?

Son frère avait sorti un grand mouchoir propre de la poche de son pantalon et avait entrepris de se nettoyer minutieusement le visage, sans répondre.

— Tu parles d'une histoire ! avait-il ajouté pour lui-même en embrayant.

La voiture des policiers les avaient attendus à la sortie du terrain et les avait suivis jusqu'à l'hôtel, le phare rotatif incendiant le rétroviseur tous les quarts de seconde.

Dans la chambre, quand Antoine avait éteint la lampe, Hercule avait dit dans l'obscurité :

— C'est effrayant, Antoine, quand je vois un policier je me mets à trembler comme un enfant. Ça me prend dans le ventre. Comme si j'avais déjà tué quelqu'un. C'est plus puissant que moi. Ça me commande... comme si j'avais vraiment commis un meurtre à un moment de ma vie que j'ai oublié.

Antoine avait retourné cela dans sa tête, puis il avait dit :

— N'y pense plus. Des choses qui arrivent dans la fatigue. Dors.

Un long temps plus tard, Hercule avait encore parlé :

— Quand tu t'es mis à tourner comme un fou, la grande fille au-dessus de ta tête, et que les autres battaient des mains... c'était comme un mauvais rêve. Comme si toute cette petite vermine avait réussi à te dompter et que tu lui obéissais. Tu tournais, tu tournais. Comme dans un remous au pied d'un rapide. Jusqu'à ce que tu chavires. J'en pouvais plus... j'ai foncé...

Antoine avait souri dans le noir. Il voyait Hercule comme un orignal qui chargeait une locomotive, tête baissée, et la locomotive qui se soulevait sous le choc, grotesque, montrant ses entrailles fumantes, et retombait en roulant dans la forêt. Et Hercule qui pissait du sang en plein soleil et continuait à charger dans le vide.

— Dors. Maudit *buck* innocent !

Par vagues successives, en escadrons serrés, les épinettes, ployant sous une neige soufflée, émergent dans une lumière pâle qui semble irradier du sol plus que du ciel. Sur le lac, le couple de plongeons rivalisent de dérision, ricanent à l'écho qui leur répond de colline en colline. Rien ne bouge que de gros flocons qui pleuvent soudain en cascade ralentie.

Sur l'oreiller, le visage cuivré, à la chair encore creusée par une grimace, repose sous un voile ténu, transparent, la lueur d'un reflet de neige. Le turquoise de la serviette accentue le noir de sa chevelure. Claire ressent une sourde colère, lointaine, et une insurmontable répugnance. Mais elle sait que le métro s'arrêtera bien à une station prochaine et qu'elle-même, ou l'autre, descendra, que le contact ainsi se rompra, et qu'elle n'aura plus qu'à fermer un nouveau verrou sur une nouvelle chambre intérieure saccagée. En attendant, il lui faut obliger son corps rétif à accepter cette promiscuité dont il refuse déjà jusqu'au souvenir. Qu'il ne s'éveille pas, que le soleil paraisse, que les autres reviennent !

Si l'avion s'est abîmé au fond d'un lac sans nom, et si personne, ni dans un autre poste de la Compagnie, ni aux bureaux de Scottville, ne parvient à redonner vie à la radio ? Non. L'Indien nage dans cette forêt mieux qu'un poisson dans l'eau et saura bien les tirer de n'importe quel mauvais pas. Et le pilote si correct, si gentil, si calme lui a expliqué que le Cessna ne pouvait tomber qu'en feuille morte, sur le ventre, surtout dans l'eau. Et Mr Peabody, à l'allure si fragile, d'une dignité onctueuse, dissimule des nerfs d'acier. Il a fauché du Japonais durant la guerre, avec le grand Bruce, son frère de combat à qui il a tout pardonné depuis et qu'il a aimé, à sa manière réservée, mais terriblement efficace, plus qu'aucun autre être au monde, sauf elle-même peut-être. Rentré du Pacifique chargé de médailles, et affligé d'une blessure si intime que même Bruce se découvrait, à ce propos, une pudeur colé-reuse. Le long célibat de Mr Peabody...

Le comte si atrocement seul sous les arbres nocturnes, dressé sans un frémissement sur une douleur inavouable, la main à peine crispée sur l'arme bleuâtre, qui luit doucement dans la pluie, au-dessus des fleurs refermées, s'apprête à as-sassiner la beauté parce qu'il a accueilli la vie sans pouvoir la rendre. Pourquoi, cette nuit, sous les cascades hurlantes qui l'éventraient, la télévision ne lui a-t-elle offert comme refuge que ces images impalpables où tout, pourtant, l'avait atteinte ?

Parce qu'elle-même avait tendu une main qui ne pouvait recevoir, offert une eau depuis longtemps écoulée entre ses doigts, donné à croire en une beauté qu'elle avait sauvagement flétrie parce que trop vulnérable, s'était perdue dans l'émerveil-lement de se découvrir si précieuse dans le regard d'un autre ?

Les criailleries rageuses des mouettes qui pourchassent les derniers lambeaux de nuit. Dans la chambre du phare, l'aube tumultueuse de la pleine mer l'avait ainsi surprise dans une extase blanche, attentive au froid qui tombait si légèrement en elle, duvet implacable qui l'anesthésiait peu à peu, obstruait toutes les issues par lesquelles elle s'était échappée tout entière dans l'infinie douceur et tendresse enfin trouvées au creux du renoncement.

Dans la lucarne, la lumière blafarde s'était teintée de lilas, de pourpre, de bronze et de l'éclat dur de midi qu'elle contemplait encore, immobile et aveugle, le sac de couchage qui gardait son empreinte et le chandail à col roulé, aux manches étendues en croix. Des heures trop tard, la mer soulevait le bateau de Bruce qui s'était échoué au rocher à marée basse.

Les reins appuyés au mur de pierre, le menton enfoncé dans ses bras croisés sur ses genoux, elle faisait le dos rond sous l'absence, refusait de reconnaître cette trouée dans ses entrailles que le froid duveteux emplissait d'une nauséeuse panique, pour se bercer encore, si longtemps après l'arrachement, dans un abandon total, dans la prodigieuse ivresse de respirer dans un autre, sans rien retenir.

Elle avait si peu cru au bonheur, à la beauté qui serait toute contenue dans un seul être, qu'elle avait commis l'impardonnable, émoussé son instinct au point de ne prendre aucune précaution, et, après avoir longtemps hésité parce que lui-même en respectait trop la fragilité, elle avait bondi dans l'amour, les yeux fermés et la bouche grande ouverte, au risque de le fracasser, comme un enfant fiévreux qui découvre, devant un peu d'eau, qu'il a soif depuis si longtemps.

— Bonjour . . . Je vous croyais au moins au Portugal !

Sa voix sans intensité, mais toujours frémissante d'une
sorte d'émotion retenue, même lorsqu'il s'efforce de rire, l'a
tout de suite touchée, mais elle ne se retourne pas et continue
d'inspecter minutieusement les mares d'eau que la marée basse
abandonne aux rochers, posant délicatement ses pieds nus sur
les bigorneaux agglutinés. Il s'approche par la plage, beaucoup
plus bas qu'elle, portant le même chandail et le même blue-jean,
pieds nus lui aussi, les mains dans les poches.

— Vous connaissez le Portugal ?

Elle oscille dangereusement sur la pointe d'un pied, des
coquillages d'oursins plein les mains.

— C'est là, tout simplement.

Il indique l'horizon d'un geste large de la main. Elle se
rétablit, le salue d'un geste bref de la tête.

— Pourquoi le Portugal ? Vous y êtes déjà allé ?

— Parce que, dans la tempête, hier, vous pouviez aussi bien
être chassée d'un côté que de l'autre. Je préfère vous retrouver
ici. Qu'est-ce que les noirs Portugais, qui sont les meilleurs
pêcheurs du monde, auraient fait d'une prise aussi blonde ?
Attendez, je vous donne la main.

— Et vous ?

Elle n'était revenue à l'extrémité de la plage que dans
l'espoir de le revoir. De loin, elle avait vu sa voiture ancienne
devant son cottage, et son sang avait circulé un peu plus vite,
mais elle avait ralenti le pas pour se démontrer son indifférence.

— Moi ? Je remonte la côte. Au moins jusqu'à Terre-Neuve.
Vous m'accompagnez ?

Elle refuse son bras et saute à pieds joints dans le sable,
juste à ses côtés. D'une main pleine d'oursins, elle écarte ses

cheveux et lui sourit brièvement avant de poursuivre son chemin, sans l'attendre.

— Si vous voulez. Mais Terre-Neuve, pour moi, c'est la maison
grise sur la pointe, là-bas. Chez moi . . .

De nouveau, ses yeux, rétrécis par l'immense miroitement
de la mer sous un ciel sans nuages, l'ont atteinte comme un
contact physique, et c'est pour cette raison qu'elle fuit devant
lui, les pieds dans l'écume que l'éclatement de la vague chasse
très loin sur le sable. Il ne répond pas. Elle continue un temps,
décidée à ne pas ralentir le pas, puis, soudain, la course de son
sang s'accélère encore, et l'impression qu'elle lui est totalement
indifférente la paralyse peu à peu, jusqu'à ce qu'elle s'immobilise, et se retourne pour voir s'il la suit. Il est loin déjà, plus
haut sur la plage, mais il vient dans sa direction, sans se hâter.
Elle l'attend, en lançant ses oursins à la mer. Lorsqu'il est
parvenu à sa hauteur, à la ligne de l'eau, elle se remet en
marche, sans le regarder, les yeux au sol.

— Je ne voudrais pas vous gêner. Toute cette plage pour nous
deux, on peut très bien se fixer des orbites qui ne se rencon-
treront jamais.

Elle a quand même pu observer qu'il marchait la tête drôlement inclinée sur le côté droit, d'un air nonchalant ou triste,
en prenant élan, à chaque pas, sur la pointe des pieds. La
vibration de sa voix, comme la lumière de son regard, établit
entre eux un lien qu'elle ne peut refuser, qui la rend à la fois
rétive et consentante. Elle parle, très vite, pour échapper à cette
sensation :

— Si vous devez passer quelque temps ici, ce sera difficile de
nous éviter. En cette saison, nous serons seuls. Moi à une
pointe, et vous à l'autre. Vous . . . vous êtes seul ?

Elle regrette d'avoir posé la question, pas par crainte
d'avoir été indélicate, mais qu'elle ne veut pas savoir, parce

que quelque chose qui n'existe pas encore pourrait se rompre. Il ne répond pas tout de suite, et l'attente la fige. Un temps, ils contemplent un vol de pluviers qui trottinent à la frange de l'écume, reculant et avançant au rythme des vagues, puis il dit, enfin, en s'éloignant de l'eau :

— Je ne m'habituerai jamais à cette mer glacée. Je viens de Virginie ; j'ai les pieds tendres.

Puis, il éclate de rire :

— Oui, je suis seul. Comme vous. Comme tous les hommes.

Elle quitte la ligne de l'eau et le rejoint sur le sable où il se frotte vigoureusement les chevilles. Quand il relève la tête, elle se noie dans son regard.

— Je vais passer ici un mois, deux, je ne sais pas. J'étais seul, mais je ne le suis plus. Vous à une pointe, et moi à l'autre. La distance minimum qu'il faut entre les êtres. Il y a bien trois milles . . . non ?

Tout le long de la plage, les maisons, grisâtres pour la plupart, mais certaines de couleurs plus claires rongées par les embruns, sont désertes. C'est la troisième semaine de septembre, et il a tant plu, la mer a été si tourmentée chaque jour, qu'il lui semble que les touristes sont repartis depuis des mois. Pour la première fois, les pêcheurs de homards ont repris la mer, et leurs petits bateaux blancs sautent comme des bouchons, près de la côte, dans les vagues qui s'entrechoquent et se défont en tous sens.

— Là-bas, vous habitez près de la mer ?

— Pas très loin. On ne la voit pas de toutes manières. Il faut enjamber trop de corps humains, qui attendent, couchés, un bateau qui n'arrive jamais, ou la fin d'un ennui . . . ou de la vie.

Il a un drôle de rire rentré, comme une cascade de soupirs.

— C'est beaucoup plus que trois milles d'une pointe à l'autre. Vous ne vous rendez pas compte. Le double ...

La maison qu'il a louée appartient à une veuve de Virginie ; c'est pour cela sans doute que personne à Suoco Pool ne sait rien de lui. Elle a discrètement interrogé des clients au magasin. Il a vaguement l'allure d'un professeur ou d'un médecin. Robuste, musclé, de taille moyenne, mais une nonchalance dans tous ses gestes, et une sorte de douceur volontaire, l'impression d'une brisure légère aussi, qui le distinguent nettement des autres et retiennent l'attention.

— Et vous avez nagé toute cette distance, dans la tempête, hier ?

— Regardez mes cheveux ; on y entend craquer le sel. Si vous passez l'hiver ...

Elle fait une pause, mais il se tait en la regardant attentivement. Elle redresse la tête et s'aperçoit que ses yeux ont changé de couleur, qu'ils ont pris celle de la mer, presque verts.

— Vous verrez que le vent du nord-est est autrement plus violent. Il arrive de la mer, de très loin. Il faut se pencher ou marcher à reculons.

— Alors, je passerai l'hiver. J'aime le sel blond de vos cheveux. Vous êtes vraiment seule dans cette grande maison ? La maison de mes rêves, entre ciel et mer, dans le vent du large.

Jamais elle n'a été regardée de cette manière. Un véritable attouchement au plus intime d'elle-même, qui rend son corps si transparent qu'il n'existe plus. Un regard plus indiscret que celui du désir grossièrement exprimé, et qui pourtant fait naître une confiance immédiate. Elle se sait sans défense, parce qu'elle n'est pas attaquée, et cela la bouleverse encore plus. Elle s'éloigne en sautillant, pour se pencher un peu plus loin et écrire dans le sable avec son index. Il s'approche, et c'est, de nouveau, son rire en cascade de soupirs :

— Tristan... je n'aime pas l'opéra.

— Moi non plus. Ni mes cheveux. De quelle couleur étaient ceux de Tristan ?

— Verts sûrement. Il était Irlandais.

Ils continuent en silence jusqu'au vieil hôtel, fermé depuis des années. Plus ils approchent de sa maison, plus la plage est recouverte d'amas de varech mêlé de coquillages fracassés et de cages à homards gluantes. L'odeur d'iode et de débris marins saisit à la gorge. Elle lui répond enfin :

— Oui, je suis seule. Une orpheline, ou une héritière, comme vous voudrez.

Il s'était un peu éloigné d'elle, les mains dans les poches, tentant d'éviter le varech, à la frange de l'eau. Sa voix s'est voilée :

— Je vous demande pardon. On pose toujours trop de questions. Réflexion faite, je n'irai pas à Terre-Neuve ; j'ai un devoir à terminer.

Il lui tourne le dos, après un vague adieu de la main, et rebrousse chemin. Une légère panique lui creuse la poitrine, et elle le rejoint à la course.

— Faut pas vous en faire, vous savez.

Elle est plantée devant lui, un peu essoufflée, écartant encore l'écran de ses cheveux.

— J'adore cela être orpheline.

Son sourire voilé, et un nouvel adieu de la main.

— Moi aussi. On y gagne de longues plages désertes.

Il s'éloigne de son pas nonchalant, la tête inclinée.

— Vous êtes professeur ?

Il s'immobilise, se retourne à demi, élève à peine la voix :

— Pire : étudiant. Et vous ?

— Je vous l'ai dit : héritière. On se revoit demain ?

— S'il n'y a pas de parents, c'est promis.

Elle continue vers la grande maison gris ardoise, en marchant dans l'eau, agitée par une sensation de joie qui la rend si légère qu'elle ne se pose plus aucune question. A quelques pas du promontoire, elle se retourne et elle le voit, immobile, qui regarde dans sa direction, et répond à son salut. Elle grimpe rapidement au rocher, s'assoit, les jambes ballantes, et ne détourne les yeux que lorsqu'il n'apparaît plus que comme un point minuscule dans la réverbération de la lumière sur le sable blanc.

Si elle avait écouté Mr Peabody, elle serait retournée à Lesley College, qu'elle avait quitté quatre ans auparavant, après être devenue femme par effraction de poète. Elle ne détiendra jamais un *Master Degree* en *liberal arts,* et Rose Greenwood n'a plus jamais revu les vertes allées de Cambridge.

Un jour, le grand Bruce a quitté le mouillage de Suoco Beach dans son bateau de pêche d'un blanc immaculé, avec une pile de bois, une scie, un marteau, des clous, un beau coffre de chêne ancien qui lui venait sûrement en droite ligne d'un boucanier, des ferrures, et un gros cadenas. En quelques heures, il a nettoyé la chambre du phare, construit une porte, posé des carreaux à la lucarne, fait une niche pour le coffre, entre les pierres. Il a ramassé les deux montres qui indiquaient des heures différentes, et ne battaient plus. Un temps, il les a examinées avec soin, puis il les a jetées dans le coffre sans mot dire. Il a mis le cadenas sur la nouvelle porte, lui a remis la clef, et annoncé d'un ton sans réplique :

— Voilà, c'est à toi : Claire Island.

A deux reprises, depuis, les gardes-côtes ont enfoncé la porte et fiché en terre un écriteau annonçant : *Federal Property. Keep out.* A deux reprises, le grand Bruce a levé l'ancre, a reconstruit la porte et arraché l'écriteau. Dans le coffre de chêne ancien, il y a un peu de linge, un réchaud et une lampe à gaz, et une dizaine de montres, dont la plus âgée a quarante-cinq ans. Elle n'a su son âge que beaucoup plus tard, avec surprise et dépit, mais sans véritable humiliation. Elle n'a pas visité le phare depuis longtemps, et elle ignore s'il y a des montres qui battent encore.

Le lendemain, il se trouve déjà devant l'hôtel désert lorsqu'elle le rencontre. Il fait un soleil éclatant de fin août, avec une lumière beaucoup plus limpide qui donne à toute la côte un relief extraordinaire. Il lui annonce qu'il a congé de devoirs pour la journée et lui propose de se promener sur l'autre plage qui, depuis le promontoire jusqu'au petit village, à l'entrée du Pool et du mouillage, dessine un arc beaucoup plus long. Devant sa maison, il regarde ostensiblement vers le large et descend du rocher sans l'attendre et sans lui tendre la main. Ce sont de longs silences, quelques phrases sans suite qui exigent rarement une réponse, dénuées de toute allusion à leur vie intime. Elle n'en demande pas davantage, se laisse inonder par sa douceur, ne redoute plus l'effleurement de son regard ni le frémissement de sa voix, et se sent tellement heureuse, pour la première fois de sa vie, qu'elle découvre tout avec des yeux neufs, le moindre changement de lumière sur la mer, les couleurs diverses du sable blanc, le temps mort, à peine bruissant d'écume, entre les chutes de la houle, les cailloux dans le sable, les fenêtres des maisons aveuglées par des panneaux pour l'hiver, les quelques conifères ébranchés par le vent et brûlés par les embruns et, surtout, ses pieds nus, étroits, dorés, sans défaut, ses mains aux gestes lents et hésitants, ses cheveux châtains, coupés court, sauf une mèche plus longue qu'il doit sans cesse ramener de la main dans le vent, et cette impression de brisure qui le rend à la fois vulnérable et réticent.

Cette fois, il marche dans l'eau sans se plaindre du froid. A l'extrémité de la plage, il propose même une baignade, et ils rient de se découvrir tous deux en maillot sous leurs vêtements, comme s'ils s'étaient concertés. La première vague qui éclate sur son dos le fait crier un peu. Il saute sur place en se frottant vigoureusement la poitrine des deux mains, puis il nage, avec nonchalance, un crawl lent, sans mouvement brusque, qui lui permet de longues respirations silencieuses. Elle a du mal à le suivre et renonce lorsqu'elle le voit gagner le large, lui adresse des signes désespérés pour le mettre en garde contre le ressac violent qu'il ne connaît sûrement pas, mais il revient vers elle sans allonger le mouvement, sans accélérer, avec une aisance qui la déconcerte chez un homme si hésitant. Il se redresse enfin, ramène la mèche qui l'aveugle, et la regarde en souriant, les yeux à peine ouverts dans la lumière dorée qui auréole son corps. Elle lui sourit aussi,

— Vous nagez très bien, mais il y a un ressac terrible ici. Vous auriez pu être déporté jusqu'à Terre-Neuve.

Il éclate de rire en remettant son chandail.

— Un vrai bouchon ! La mer glisse sous moi. Je le voudrais
que je ne pourrais pas me noyer.

Elle est tout près de lui, et elle s'aperçoit qu'elle crispe
les mains pour ne pas toucher sa peau ruisselante de lumière.
Un désir violent, aussi irrésistible que celui qui l'avait poussée,
enfant, à étreindre le canari. Mais elle sait maintenant que
la beauté cesse de respirer entre ses mains. Il frissonne et
claque des dents dans le soleil. Elle se rhabille elle aussi,
et ils regagnent le promontoire dans un pas de course lent,
mesuré comme tout ce qu'il fait, respirant régulièrement et
sans bruit. Sur le rocher, devant sa maison, il frissonne
encore. Elle lui offre d'entrer, de prendre un verre. Il refuse
avec violence presque.

— Chez moi, c'est là-bas. Trois milles, avez-vous dit ?

Et il indique le soleil qui décline rapidement du côté
des terres.

— Si je ne rentre pas bientôt, on va sonner une cloche.

— Je peux vous reconduire en voiture.

— Surtout pas, c'est la plus belle heure. Et je pense beaucoup mieux à pied.

Il bondit sur le sable et se dirige vers sa maison, le pas
un peu moins nonchalant, mais la tête un peu plus inclinée,
étrangement seul dans la lumière à peine orangée du crépuscule. De nouveau, elle le regarde s'éloigner sans le quitter
des yeux une seule fois, en proie à une légère panique. Il ne
se retourne même pas pour un geste d'adieu. Quel âge
peut-il avoir ?

Elle le revoit ainsi durant toute une semaine et, chaque
jour, c'est le même soleil qui les baigne d'un miel doux, la

même mer émeraude ou azur qui se reflète dans ses yeux, les mêmes conversations rompues aussitôt qu'amorcées, impersonnelles, si enveloppées de précautions de sa part à lui qu'il n'y a place que pour quelques mots isolés entre lesquels ne peut se tisser aucun sens. Elle ne connaît de lui que sa présence et ses absences, et c'est la chose la plus précieuse qu'elle ait connue, et les deux ou trois heures qu'elle passe avec lui remplissent entièrement ses jours et ses nuits. S'il tarde à paraître elle s'émeut tout de suite, et elle a constamment l'impression d'éviter de justesse un abîme qui ne demande qu'à l'avaler, à le lui voler, comme on lui a tout volé depuis qu'elle a eu faim d'un peu de chaleur.

Et, au bout d'une semaine, l'abîme est là, béant, infranchissable. Non seulement elle attend des heures sur les rochers, devant son cottage, mais elle ne voit plus sa voiture.

A maintes reprises, elle compte jusqu'à cent, mille, en fixant le large pour le laisser la surprendre, puis elle refait une partie de la plage vers la maison, et revient pour compter encore. Elle rentre chez elle, se couche, s'endort dans l'eau de ses yeux, et s'éveille débordante du bonheur de constater qu'une heure s'est écoulée. Elle retourne vers les rochers, voit, de très loin, qu'il n'est pas rentré, attend jusqu'à ce que le soleil couchant peigne le ciel de lilas et d'un bleu cendré. Pas une voiture ne passe au virage de la petite route qui se heurte à la mer, devant sa maison.

C'est l'endroit exact où le grand Bruce, par une nuit de brouillard, et de colère aussi sans doute, a réussi son dernier saut périlleux, a affronté la mort à l'abordage dans une dernière course à la mer. Rose, tranquille enfin, et respectable comme tous les défunts, gît à ses côtés, gendarme céleste qui ne le lâchera plus d'une aile. Bruce a pris le virage au moins à cent à l'heure. La voiture a caracolé sur toute la longueur des rochers avant d'aller s'engloutir dans la mer, à une centaine de pieds plus loin. Même à marée basse, elle était encore entièrement submergée. Il a fallu faire venir une grue pour la tirer de là. Le flibustier et son épouse avaient les yeux grands ouverts de ravissement, énormes poissons qui n'en revenaient pas de contempler l'univers aérien. Depuis quelques mois, Master Bruce buvait beaucoup plus et ne chassait presque plus l'indigène.

Voilà pourquoi elle était orpheline depuis trois mois, et héritière d'un petit empire, presque toute la péninsule de Suoco Pool, confié aux mains expertes et discrètes de Mr Peabody qui, de toutes manières, avait toujours eu la garde du trésor, et qui lui témoignait le respect qu'on doit à la fille d'un héros et d'un frère d'armes. Pieusement, il avait conservé le bandeau noir que Bruce avait arboré avec fierté durant plus de dix ans, depuis qu'il avait reçu un brandon dans l'œil, en combattant l'incendie forestier qui avait tout calciné le long de la côte, sur une bande d'une vingtaine de milles.

Elle retourne à la grande maison gris ardoise plus lentement que la nuit ne s'élève de la mer, les vagues lui heurtant les jambes parce que la grande marée de septembre bat le talus herbeux à la lisière du sable. Elle n'allume aucune lampe, écoute longtemps, dans le noir, les lames se fracasser sur l'étrave du promontoire, et s'étonne de ne pas entendre l'ascenseur s'arrêter devant sa porte dans un bruit sinistre, ou tressauter les carreaux au passage du métro. La grande maison sent l'humidité, avec des relents tenaces du parfum tyrannique de Rose Greenwood. Elle s'endort dans un fauteuil, recroquevillée dans la douceâtre nausée d'une ancienne solitude.

Le lendemain se noie interminablement dans la bruine. Sans espoir, elle se rend quand même aux rochers pour constater que le petit cottage a déjà l'air d'être abandonné depuis longtemps. Pour la première fois, la mer lui paraît hostile, plus fermée qu'un mur, une frontière oppressante. Elle égrène les heures, vague après vague, appliquée au seul écoulement du temps, sans horizon possible.

Le jour suivant, elle se lève tôt et se rend au mouillage pour lever l'ancre du bateau immaculé de Bruce, et elle gagne le large où elle se perd dans un vent rugueux qui chasse les vagues en tous sens et fait claquer la coque comme un drapeau. Le poste de garde-côte a hissé le pavillon qui interdit la mer aux petites embarcations. D'énormes nuages gris, entrecoupés de brèves coulées de soleil, chassent d'est en ouest. Elle se grise peu à peu dans ce brassage des éléments, pousse le moteur à fond à contre-vagues, et les chutes brutales et imprévisibles du petit bâtiment qui, par moments, pirouette dans le vide sans qu'elle puisse barrer, l'apaise peu à peu, si bien qu'elle parvient, sans ressentir aucune émotion, à doubler l'îlot du phare et naviguer au plus près de la côte et constater, une fois de plus, l'absence de la voiture devant le cottage. Elle rentre au mouillage, persuadée que, depuis le départ des touristes, la plage n'a jamais appartenu qu'à elle, comme chaque année.

Le troisième jour, la douceur du soleil accueille octobre, et éclaire, très tôt, le matin, l'ombre tant cherchée qui progresse très, très lentement à la crête extrême de la dune blonde. Son cœur se noue immédiatement dans son regard.

Il n'est pas seul ; un enfant l'accompagne. Elle continue de faire le guet dans le voile qui embue ses yeux, dans l'accélération de son sang qui bat bruyamment la cadence silencieuse des pas si lents dans l'or pâle de la plage. Ils arrivent enfin à la hauteur de l'hôtel délabré, et elle voit que c'est une petite fille de cinq ou six ans, vêtue, comme en ville, d'une petite robe d'un blanc aveuglant et d'un chandail d'un très beau vert. Elle abandonne sans cesse sa main pour ramasser des choses dans le sable ou sautiller par-dessus les flaques d'eau. Ils rebroussent chemin aussitôt, sans un regard dans sa direction et sans un geste. Il n'a pas pu ne pas la voir, debout à la pointe du promontoire, seule ombre dressée à contre-ciel. L'enfant a une magnifique chevelure rousse qui lui coule dans le dos et qui, même de si loin, accroche la lumière.

Elle rentre dans la maison pour se lover sous un événement si inattendu, et si définitif. Elle sait qu'il lui faudra attendre longtemps immobile sous ce poids, jusqu'à ce qu'un tunnel étroit se creuse de lui-même par où la mer pourra la rejoindre. Elle grignote des biscuits, puis elle va s'allonger sur le rocher et regarde longtemps glisser devant le soleil des nuages d'un blanc si léger et si pur qu'ils ne projettent aucune ombre sur la mer. Elle entend soudain le bruit d'une voiture dans l'allée derrière la maison. Elle se lève d'un bond et se dirige vers les églantiers au pas de course, pour ne ralentir et ne se composer un masque d'indifférence, qui rend les muscles de son visage douloureux, qu'en apercevant la voiture ancienne. L'enfant est à genoux sur la banquette, inondant de roux l'épaule de David qui la regarde venir sans même ouvrir la portière. Elle ne peut retenir les mots qu'elle s'était interdits :

— Vous étiez en voyage ?

— C'est Sandra.

L'enfant lui sourit gentiment, mais son beau regard sombre la fixe avec une gravité déconcertante. Lui parle comme s'il venait de la quitter.

— On pourrait aller en mer.   Sandra dit que le sable n'est pas la mer.

Elle réprime avec peine un frémissement dans ses mains appuyées à la portière.

— Elle a raison.   Et la mer, aujourd'hui, est plus belle qu'en été.   De la couleur du ciel.

— Comment tu t'appelles ?

Sandra a la voix aussi grave que le regard.

— Claire, comme la mer, dit-il avec son faible rire en soupirs.

— Le temps de passer un chandail et j'arrive.

Pourquoi cette enfant plus grave qu'une image ?   Pourquoi cette lumière rousse qui tranche si doucement les fils fragiles tissés avec tant de précaution durant tant d'heures ?

La mer a des roulements doux de femme dans la tiédeur bleue.   Le blanc bateau de Bruce lape dans un bercement régulier les houles arrondies dans une ondulation qui jamais ne se rompt.   David et l'enfant sont assis à la poupe, tranquilles et silencieux, main dans la main, si unis dans leur solitude baignée d'une lumière bleutée qu'elle renonce à bloquer le gouvernail et à les rejoindre.   La marée est à son plus haut et meurt presque au pied du phare.   Elle peut jeter l'ancre assez près pour les laisser descendre.   Sandra essaie d'ouvrir la porte, mais le gros cadenas de Bruce la retient.

— C'est une île de paradis, mais on ne peut s'y promener que de bas en haut, dit David qui respire l'air du large à pleins poumons en mettant les mains à plat sur sa poitrine.

— A marée basse, le rocher se découvre sur au moins un demi-mille. J'ai la clef.

— Parce que le phare aussi vous appartient ?

Il lui semble percevoir dans sa voix une ironie agressive qu'elle ne lui connaît pas.

— Pourquoi dites-vous cela ?

— Pour rien. Parce que l'univers entier vous appartient de droit de naissance.

Ses mains tremblent un peu en introduisant la clef dans le cadenas, et sa voix, lui semble-t-il, fait un bond inutile :

— Il ne m'appartient pas ; je l'ai volé. Depuis, c'est Claire Island.

— Je vérifierai sur la carte hydrographique.

Il la touche légèrement à l'épaule, et elle a un mouvement de recul involontaire.

— Qui voudrait d'un phare éteint, en pleine mer, si ce n'est vous . . . ou moi ?

Son geste et son rire étrange veulent dissiper un léger nuage né de sa maladresse. Le roux des cheveux de l'enfant brille intensément dans la lumière réfractée par l'eau. Elle leur tourne le dos et joue à esquiver l'écume des vagues. Sa robe blanche est toute trempée.

— Papa, regarde. Un chien dans l'eau . . .

L'éclair vif et noir d'un phoque qui fend la houle. Le mot, que Sandra vient de dire pour la première fois, la transit. Et elle le regarde furtivement comme si elle découvrait un étranger totalement inconnu. Il appelle doucement l'enfant et ils entrent dans la chambre du phare où lentement tombe une poussière d'or que l'enfant tente de saisir entre ses mains.

David jette un rapide coup d'œil sur le sac de couchage demeuré au sol, sur le coffre qui luit doucement dans la pénombre, puis il contemple longuement la haute lucarne. Sa voix, entre les murs de pierre, prend un timbre très chaud qui en accentue le frémissement :

— Il vous arrive de . . .

Il ne termine pas, abandonne la lucarne et se dirige vers la porte.

— Il m'arrive de ?

— Rien, pardonnez-moi. Vos cheveux méritent cette lumière de cathédrale.

L'enfant découvre l'écho de la chambre et pousse quelques cris légers en riant enfin de bon cœur.

— Il y a toujours quelqu'un qui répond, papa.

— Il faut repartir. Je dois la ramener ce soir.

— Vous reviendrez demain ?

Il la regarde avec inquiétude avant de répondre :

— Peut-être.

Puis il fait une moue d'enfant désemparé, qui est peut-être un sourire.

— Je ne sais plus ce qu'est ma vie.

Et c'est le retour, à la rencontre du soleil qui décline rapidement, poursuivi par un vent glacé subitement né de la mer, et son absence durant plus de vingt-quatre heures. Elle ne souffre plus de l'irruption de l'enfant entre eux, ni de l'identité nouvelle qu'elle lui donne, parce qu'elle sait que va renaître leur solitude partagée sur la plage, et que cela la comble et qu'elle ne désire rien de plus, ne peut même imaginer autre chose que la douceur fugitive de son regard tous les jours. Que ce seul bonheur dure !

A son retour, il est un peu plus taciturne, le regard perdu dans un ailleurs qu'elle ne connaît pas.

— Pour l'enfant . . .

Il marche à ses côtés, les mains dans les poches, comme s'il craignait de la toucher, même par accident. Ce n'est que beaucoup plus loin qu'il termine :

— . . . j'aurais peut-être dû vous dire. Vous avez été seule . . .

Elle ne répond pas, n'attend même pas qu'il poursuive, parce qu'elle craint un faux mouvement, qu'elle le sait tendu sur un silence nécessaire.

— Je vous remercie. Son voyage en mer l'a émerveillée.

Ils parlent si peu l'un et l'autre qu'elle parvient mal à imaginer l'enfant lui confier sa joie.

— Là-bas, en Virginie, l'automne est aussi doux qu'ici, mais il n'y a pas cette vibration de la lumière. Et c'est encore plein de touristes.

Il se couche dans le sable soudain, les deux mains sous la tête, et regarde longtemps le ciel en silence. Elle s'assoit à ses côtés et dessine machinalement des formes abstraites. Il paraît très las, attentif à calmer une blessure secrète. Elle dit tout à coup en s'étonnant elle-même :

— Je vous ai attendu . . . cherché . . .

Il se soulève sur un coude et la contemple un long temps avant de répondre. Son regard plonge si profondément en elle, en quête de mots qu'elle ne connaît pas elle-même, qu'elle s'affole un peu.

— Il ne fallait pas m'attendre.

Il s'allonge de nouveau dans le sable et dans le silence.

— Elle va revenir ?

— Je la vois une fois par mois un seul jour. Cette fois-ci, j'ai pu la garder deux jours. Elle ressemble à sa mère.

— Elle est très belle ... et si grave.

— Vous voulez dire triste ?

Elle ne répond pas, consciente encore une fois de l'impuissance périlleuse de ses mots, et vaguement inquiète de cette mère qui doit aussi être très belle.

Il se relève d'un bond, secoue le sable de son pantalon et de ses cheveux et fait quelques pas en direction de sa maison après un geste d'adieu très bref de la main, qu'il élève à peine. Ces départs brusques la font toujours chavirer. Elle se précipite à sa suite.

— Je vous demande pardon. Je voulais simplement dire qu'elle est très belle.

Il s'arrête pile, et le bleu de son regard s'attendrit un peu.

— Venez chez moi, ce soir. J'ai des disques. Nous ferons un feu. Vous devez être très seule dans cette grande maison, le soir.

La joie, et la surprise aussi, la figent. Elle l'accompagne quelques pas sans pouvoir répondre. La cascade de soupirs de son rire :

— Vous me faites confiance. J'ai trente-cinq ans. Trop âgé pour jouer au Chaperon Rouge. C'est oui ?

— Je ne suis pas seule, le soir. Je n'existe plus.

C'est elle qui s'arrête et s'éloigne à reculons, assez fière de l'ambiguïté de sa réponse et, en même temps en plein désarroi. Il sourit.

— Je vous attends. Pour Sandra, il ne faut pas vous en faire. Elle est un peu orpheline... comme vous. Je suis divorcé depuis plus d'un an. Vous avez raison, elle a une gravité qui n'est pas de son âge. Voilà, vous savez tout.

Et il se remet en marche, sans se retourner, aussi indifférent que les touristes qui, l'été, parfois, l'arrêtent pour lui demander l'heure, à elle qui a toujours eu les poignets nus.

Les premiers jours, elle arrive vers neuf heures. Le feu flambe déjà dans la cheminée, et un disque tourne. Une musique qu'elle ne connaît pas, n'a jamais aimée, mais qui est si accordée aux yeux, au sourire, à la voix et à la douceur de David qu'elle devient tout de suite la seule respiration possible, le seul accompagnement imaginable de sa joie, avec la rumeur de la mer et le chant du vent, la maison elle-même, le feu, la paix profonde qu'elle n'a jamais connue, le recueillement où elle retrouve une enfant blonde et grave qui n'a jamais pu vibrer parce que le froid ne lui laissait pas assez de champ, qui a toujours retenu ses élans parce qu'elle se heurtait tout de suite à l'absence. Des trios, des quatuors, des quintettes, Mozart, Beethoven, des noms de musée, écrasés par les siècles et un tumulte sauvage, stupéfiant, qui broyait non seulement le silence, mais, surtout, les voix pudiques qui s'en étaient nourries pour chanter une frêle beauté, une meurtrissure secrète de la vie que nulle clameur, nulle vocifération animale des entrailles ne pouvait exprimer. Un andante surtout, qu'elle fait remettre chaque soir avant de partir, qui commence par un frémissement de silence aux cordes, une respiration de l'âme difficilement arrachée à la paix de la nuit, pour se tendre, ensuite, sous le pur cristal des notes du piano éclatées dans la flamme comme bulles de frimas, et qui sont l'eau la plus précieuse du monde.

Il lit, levant souvent la tête pour écouter et la regarder d'un œil si lointain, tourné vers l'intérieur, quelle se sent invisible. Elle fixe la flamme, bien au chaud dans l'instant qui échappe tout naturellement au flux du temps. Elle le quitte une heure plus tard, referme doucement la porte sur son geste bref de la main et un sourire qui passe ainsi qu'une brise à peine perceptible sur son visage.

Parfois, il quitte son île pour lancer vers elle des amarres trop brèves pour qu'elle puisse les saisir.

— Sandra est trop petite pour la maison. Il y a de hautes colonnes blanches, et des pièces tellement vastes que certains angles n'ont jamais été éclairés.

Elle n'en saura davantage sur le grand paquebot blanc sans équipage où l'enfant écrasée de roux erre avec gravité, entourée de coins d'ombre, tendant sa petite main à un père absent, émerveillée devant une femme très belle qui a aimé David. Il ne parle plus jamais d'elle ou de son divorce.

— Les mots sont fragiles parce qu'ils ont trop servi. Ils s'émiettent au moindre contact comme une aile de papillon séchée. C'est pour cela que tant d'hommes ont tenté de les épingler dans les pages d'un livre. Vous lisez un peu, beaucoup ?

Elle ne répond pas, parce qu'il a déjà lâché l'amarre qui flotte entre eux comme une liane de varech rompue. Elle fixe la flamme dans l'extase de la musique, de sa présence à bout de bras, d'un bonheur tranquille presque palpable.

— Le besoin de communiquer détruit toujours quelque chose... L'amour... Je me demande parfois si la beauté, je veux dire celle qui nous détache, peut-être partagée.

De très rares fois, l'extrémité de l'amarre lui touche à peine la main qu'elle n'a pas le temps de refermer.

— Vous ne répondez jamais. Vous avez les yeux vert d'eau.

Puis elle arrive de plus en plus tôt, jusqu'à lui proposer de préparer son repas, jusqu'à ce que n'existe plus aucune rupture entre la promenade et son départ silencieux un peu avant minuit. Il semble l'accepter comme une sœur ou une compagne de pension qu'il aime bien, avec qui il ne se sent pas obligé de parler, comme si elle avait toujours été là et qu'il n'y a pas à s'en étonner, inévitable et agréable, comme la mer, le sable, le soleil.

Le soleil qui, durant ces dix jours, est d'une émouvante fidélité, semant à profusion un or qui fond dans la main, caressant, heure après heure, une grosse mer bleu sombre ou émeraude qui creuse les reins à perte de vue sous un ciel si doux, qui meurt mollement dans le sable, dans une mince frange d'écume, un étroit liseré flamboyant tendu entre les deux extrémités de l'arc pur de la plage. C'est la nouvelle lune, diaphane et très haut dans l'azur dès le début de l'après-midi, qui se gonfle et bascule de plus en plus vers l'horizon, pour émerger de plus en plus tard de la mer même, d'un seul coup. Ils jouent à prévoir l'instant précis où la frange du disque apparaîtra subitement à la ligne des flots, vers l'est, et ils rentrent plus tardivement dans la maison où le silence se fait musique.

Le jour de la pleine lune, ils mangent très tôt et se retrouvent sur la plage avant que ne meure, au large, le tendre lilas qui tombe par pans entiers dans la profondeur de l'eau sombre qui s'avance avec la nuit. Vénus étincelle seule d'abord au sud-ouest, sur fond de bleu léger, et son pâle reflet ondule dans la vague, tout près du rivage. Dans un mouvement inconscient sans doute, il appuie son bras sur ses

épaules, et elle n'ose respirer tant elle n'en sent pas le poids.
Immobiles et silencieux, ils contemplent la naissance de la nuit,
ponctuée en un temps très bref de mille feux très nets dans
l'air limpide et inanimé. Le flux progresse en houles très
hautes qui retombent sur le sable en un rideau sans faille
sur toute l'étendue de la plage, avec un silence plus long que
d'habitude, dans l'intervalle des chutes grondantes.

Il retire son bras, lui sourit de très près, au risque de la
noyer dans l'éclat faible de son regard, puis il se met en marche
d'un pas lent. Elle ressent vivement entre eux une vibration
qu'elle n'ose reconnaître, une onde physique qui vainc enfin
toutes les entraves, une chaleur qui incendie son sang sous
la peau glacée. Elle n'ose le regarder, s'effraie de s'entendre
respirer, de marcher avec tant de gêne, de ses mains qui
l'encombrent subitement.

— Il y a un homme sur cent mille, peut-être, qui cherche dans
la femme autre chose que la bête. Celui-là fait très mal,
Claire, quand on ne s'appartient plus. Celui-là... c'est
pas à moi, un homme, à te parler de ces choses. Il faut
savoir attendre. Voilà, c'est tout.

Rose venait de lui tordre le bras encore une fois et
lui avait hurlé en plein magasin les choses les plus obscènes.
Elle s'était enfuie en claquant la porte au nez d'un client. Le
grand Bruce l'avait rejointe, lui avait collé les épaules contre
le mur et, avant de la libérer, lui avait dit cela très doucement,
sans la regarder, le cuir de son visage allumé de sang tout à
coup. Ce fut la première et la dernière fois que le corsaire
se permit d'intervenir dans sa vie privée. Elle avait été un

peu étonnée, sans plus, qu'il puisse, lui, attacher tant de prix à certaines choses si évidemment exclues de son univers.

Elle n'a pas le loisir de s'interroger sur le sens de ce souvenir, car il y a maintenant une main tiède dans la sienne, légère et à peine vibrante d'abord, puis si présente, si pressée contre la sienne qu'elle en sent le pouls dans tout son corps. Elle retient son souffle dans les longs silences entre les chutes de la houle, s'oblige à un pas régulier, ce qui lui est très difficile parce que lui-même change constamment de rythme. Jusqu'à la maison gris ardoise il ne dit qu'une phrase qu'elle ne sait comment interpréter :

— Jamais je n'ai vu une telle nuit en octobre.

Parvenus à la pointe du promontoire, ils s'immobilisent pour fixer l'horizon. Leurs deux sangs se heurtent dans leurs mains et cette sensation lui est si pénible qu'elle voudrait qu'il s'éloigne un temps, le temps de s'apaiser, d'ouvrir les yeux, de respirer assez profondément pour échapper à la menace d'asphyxie. Puis l'énorme disque d'un jaune pâle émerge de la mer et s'élève lentement en semant jusqu'à leurs pieds des paillettes qui glissent sur le dos des vagues. Il ne dit mot, passe son autre main autour de sa taille, et il l'embrasse, lui effleurant à peine les lèvres. Sa voix n'est plus qu'un souffle.

— C'est la mer de tes cheveux. Allons au phare.

Des grains de lune luisent dans ses yeux ; elle découvre pour la première fois ce que leur bleu changeant possède d'étrange et de différent. Une couronne d'or infime, qui parfois

déborde, entoure la prunelle. D'un mouvement de tête, qu'il
ne voit peut-être pas tant elle le retient, elle acquiesce et
l'entraîne vers la voiture.

Ils parviennent à l'îlot au plus haut de la marée, et elle
jette l'ancre à quelques pas du phare, n'ignorant pas que le
reflux, dans quelques minutes, fera s'échouer le bateau immaculé de Bruce, et que l'eau ne le soulèvera pas avant douze
heures. Douze heures ! Avec David, qui l'étreint, la caresse
et l'embrasse avec un tel recueillement depuis le promontoire
qu'elle se sent plus précieuse que le sillage d'argent qui
rebondit sur les pierres anciennes dans un éclat blême, qu'aucune musique, aucune chaleur, aucune eau.

Et c'est le délirant, le blanc, le liquide ballet de leurs
deux bouches, de leurs souffles, leurs mains, leurs corps em-
mêlés, noyés l'un dans l'autre en une tendre et douce marée
qui ne les portera jamais assez haut, une poudreuse et tiède
clarté qui les irradie jusqu'à l'âme, la quête acharnée et
oppressante de l'autre, une neigeuse brûlure que leur désir
de se fondre avive, un torrent moelleux de lait qui les emporte,
les fait s'entrechoquer sous les vagues de velours, s'épancher
l'un dans l'autre dans une soif toujours plus vive, qui les
laisse pantelants au cœur d'une tempête pourpre et or qui
charrie dans leurs veines une rosée vermeille plus enivrante
qu'aucun soleil, qui les cloue l'un à l'autre en une flamboyante
crucifixion. Sa voix s'élève, se gonfle en une imploration
absolue dans la conque du phare, et il se tend en un jet de
lumière, à la hauteur de son chant, se creuse en elle, dans son
vertige implorant.

Si béants que soient leurs flancs, si asséchées leurs lèvres,
si liantes les lianes de leurs membres, ils doivent se détacher
sans parvenir à se consumer, et ce sont deux respirations
isolées qu'ils entendent, deux cœurs battant en des corps
étrangers, dans la chute en ralenti sous la clarté lunaire qui

tombe grain à grain de la haute lucarne.

Elle gémit sous le souffle en course qui s'apaise doucement au creux de son épaule, dans la blonde lueur de ses
cheveux. Elle l'entend à peine murmurer dans un rythme
fracturé :

— Je t'aime ... je t'aime ... toi seule ...

Elle lui répond en lui caressant le dos en gestes larges
et lents, incapable de parler parce qu'elle déborde d'une
joie qui l'enfonce en des régions inconnues d'elle-même, que
lui seul a pu illuminer d'une lumière qui la fait agoniser de
tendresse. Il l'embrasse dans le cou, à la tempe, lui touche
si légèrement les cheveux qu'elle ne sait si c'est sa main
ou son souffle.

— Tu vas prendre froid.

Il l'aide à passer son chandail. Comment pourrait-elle
avoir froid dans sa chaleur ? Elle se soulève à regret et
s'asseoit. Lui s'enroule dans le sac de couchage et repose sa
tête sur ses genoux. Elle passe lentement la main sur son
front pour l'apaiser et se tait tout le temps qu'il monologue
par bribes, d'une voix qui, encore une fois entre les pierres
arrondies du phare, résonne avec un timbre chaud et frémissant.

— Il a fallu tant de temps avant que je cesse de craindre de
te faire mal. J'ai su dès la première fois que je t'ai vue.
Je me suis tout de suite perdu dans la mer de tes yeux. Tu
étais si libre ... si libre, que j'ai voulu fuir le plus loin
possible ... Sandra, c'était un peu pour t'échapper ; je ne
devais pas la revoir avant un mois. J'ai presque souhaité
un accident, de ne plus jamais te revoir ... J'ai tenté de mettre
le plus de froid possible entre nous : Te voir tous les jours ...

Il se redresse soudain, l'embrasse avec le même recueillement, et il demande avec angoisse :

— Et toi ? Tu ne dis rien. Tu ... tu m'aimes ?

Elle l'oblige doucement à reposer la tête sur ses genoux.

— Détends-toi. Tu sais bien que je t'aime depuis toujours.
Moi aussi j'ai eu peur ... surtout quand l'enfant ...

Elle ne poursuit pas, parce qu'il est secoué par un frisson
et qu'elle revoit le regard triste de Sandra.

— Tu as froid. Je vais faire du feu.

Il l'aide à passer son pantalon et l'embrasse sur le
ventre avant de la libérer. Elle allume la lampe, qui révèle
la blancheur des pierres et fait naître de grandes ombres
au haut de la tour.

— C'est un très beau coffre, très ancien. Il doit venir de
Virginie. Je n'en ai jamais vu de semblables que chez nous.
Il est debout, habillé et se masse les bras en contemplant le
coffre. Pour la première fois, elle prend conscience du fait
que lui aussi n'a jamais porté de montre.

Il s'allonge sur le sac et passe son bras sous sa tête quand
elle le rejoint. Ils demeurent longtemps, immobiles et muets,
les yeux perdus dans le foyer aveugle du phare. Puis il
découvre l'étui de la guitare qui dépasse des pierres éboulées.

— Je ne sais pas d'où il vient. De la mer sûrement.

Elle se retourne et vient vers lui, la lampe à la main.

— Tu as une guitare ici. Les cordes doivent pleurer de
brouillard. Joue.

— Tu sais, elle ne vaut plus grand-chose, et je ne joue pas
très bien.

— Je veux entendre pleurer le brouillard.

Elle tente en vain d'accorder l'instrument. Chaque fois
qu'elle pince une corde la pierre réfléchit la vibration en la

déformant un peu et en l'amplifiant. Elle cherche à se rappeler un menuet qu'elle a appris dans le lointain Cambridge et, surprise, elle entend la mélodie naître de ses doigts. Les notes se heurtent aux murs puis s'évanouissent dans l'obscurité de la lanterne. Deux, trois guitares désaccordées emplissent l'espace d'un menuet qui tournoie dans un aquarium déformant, vibre sous la lumière lunaire qui ondule avec la houle, se bute à sa propre résonance. Elle doit s'interrompre, parce qu'elle ne se souvient plus.

— C'est une Espagne engloutie qui fait encore des bulles.

Il frissonne tellement que même sa voix grelotte.

— J'ai des couvertures ; je t'en apporte.

Mais il est déjà debout et se dirige vers le coffre.

Il caresse le chêne ancien, blanchi par l'air salin.

— Il a au moins trois siècles. Aussi poreux qu'un bois d'épave.

— C'était à peu près l'âge de mon corsaire de père.

Elle rit et l'écho de son rire lui donne une légèreté d'enfant qu'elle n'a jamais eue, qu'elle découvre avec ravissement. David est immobile, penché au-dessus du coffre.

— Tu as découvert le trésor ?

Quand il se tourne vers elle, enfin, une lame glacée pénètre entre ses épaules et lui déchire le sein. Son sang tout entier s'engouffre dans la plaie béante et fait éclater dans ses yeux un soleil couchant qui meurt dans une traînée sanglante. La joie qui respire encore dans toute sa peau est crucifiée par le regard chaviré de David, par sa propre démence qui lui a fait commettre l'impardonnable : détruire elle-même de ses mains nues le nouveau-né de la nuit qu'elle attendait si peu, qu'elle n'a pas été alertée par l'instinct le

plus élémentaire, qu'elle a oublié de tuer la bête qui va le
dévorer.

— Il y en a au moins une dizaine.

La voix blanche de David, le bleu de son regard qui a
tellement pâli qu'il ne pourra jamais plus voir. Il tient à
bout de bras, comme un gros insecte dont la piqûre ne peut
être que mortelle, une montre à large bracelet d'or. Il vient
vers elle, lentement, les jambes tremblantes, le regard vide.
Sa voix, qui enfonce la lame et la déchire de bas en haut avec
une tristesse glacée :

— J'avais reçu une lettre anonyme . . . une saleté ! Qui m'a
brûlé les mains, m'a fait tellement honte. Parce que je
l'avais lue. Claire . . . pourquoi ? pourquoi ?

Des larmes de givre coulent de ses yeux d'aveugle. La
voix extatique, qui lui parvient de si loin, si difficilement.

— Elle disait vrai. Les montres sont là, toutes décrites avec
précision. Et celle-ci ! Un homme de quarante-cinq ans.
Un inconnu de passage. Claire, pourquoi ?

C'est la première fois qu'elle voit pleurer un homme, et
ces larmes sur le beau visage aux yeux troués la tuent. Il y a
une telle distance entre eux tout à coup, une telle distance
entre lui et la vie. Elle dit tout doucement, dans l'impuissance
de l'enfant :

— Ne me regarde pas ainsi, David. Je t'en supplie, ferme les
yeux.

Son sanglot tombe comme une pierre énorme dans la
conque du phare. Elle pleure dans le silence béant de la
déchirure qu'il prolonge de son regard aveugle où tout le
bleu s'est dilué dans le blanc pour ne laisser qu'une prunelle
si rétrécie qu'elle ne peut qu'éclater.

— Tu avais vingt ans, vingt-deux ?

— Tu ne peux comprendre, David. Tu ne peux pas. Je t'aurais attendu, toute la vie, je te le jure. Crois-moi.

— Combien ? Un par montre ... comme dans la lettre !

La lame tranche dans tous les sens, la lacère dans la douleur glaciale qui ne la voit même plus.

— Oui. Oui ! Tu ne peux savoir. Tu es à part, un autre monde. Ce n'est pas seulement ...

Il lui lance la montre en plein visage et se dirige vers la porte qu'il ouvre. Ce n'est plus lui, mais une enveloppe vide accrochée aux brisants. Il s'est volatilisé d'un coup dans un ailleurs sans communication possible.

— Reconduis-moi tout de suite.

— Je n'ai jamais rien donné à personne, David, puisque tu es le premier pour qui je serais prête à faire quelque chose de si prodigieusement beau que ... ce serait irréparable ... comme de mourir !

Il ne se retourne même pas.

— On ne te demande que de venir me reconduire.

La lame a tout tranché et plus une seule goutte de sang ne peut perler aux lèvres des plaies. Elle hurle aux pierres, à la mer, à l'univers entier :

— Je t'aime David. Je n'ai jamais aimé que toi. Tu es le premier.

— Je n'ai jamais porté de montre. Tu ne veux quand même pas que je laisse mon cœur dans le coffre. C'est tout ce qui bat chez moi. Tu viens me reconduire ?

La lame continue à trancher dans le vide, dans le mépris qui ne mettra jamais une distance assez grande entre elle et lui.

— Je ne peux pas, David. Il faut attendre la nouvelle marée maintenant.

Il disparaît dans la nuit, sans un mot, sans un regard. Elle coule longtemps, aveugle elle aussi, dans ses propres larmes, frappant la pierre de ses poings nus, les mains si crispées sur le canari qu'il ne respire plus depuis longtemps et que Rose, au bras de l'inconnu, va lui lancer de sa voix qui lui tord le bras :

— You are a born spoiler. Tu tues tout ce que tu touches, as a cat.

Après un long temps qu'aucune des montres dans le coffre ne peut compter, le calme tombe en elle, et elle se lève pour aller le rejoindre, lui dire qu'elle comprend, qu'elle est coupable depuis toujours du mal qui vient de trouer ses yeux, qu'elle assassine depuis toujours, qu'elle est née comme cela, ainsi qu'on naît bossue ou laide ou idiote, qu'elle ne se pardonne pas de ne pas l'avoir averti, qu'elle est criminelle de ne pas tourner une crécelle comme les lépreux, qu'il n'a qu'à l'oublier et que le monde conserve encore assez de beauté pour en garder l'espérance, que n'importe quelle femme, surtout la sienne, mérite sa douceur et son respect, que le soleil se lèvera de nouveau dans quelques heures et prodiguera son or pur sur une mer plus émouvante qu'aucune femme, que la mer conserve sa virginité des premiers âges et qu'elle suffit au désir de vivre, et qu'elle accepte son mépris, et qu'elle souhaite qu'il connaisse enfin le bonheur et que s'efface à jamais cette invisible meurtrissure qu'elle a tout de suite pressentie et qu'elle vient de si lâchement souiller de sa joie, chose plus énorme que la découverte de l'Amérique.

L'ombre chinoise, grotesque, du bateau échoué, un peu incliné, barre la rivière de lamelles d'argent qui coule de la lune. Le flot martèle le rocher à demi dénudé, avec un long chuintement entre les houles lentes. Elle l'appelle à voix faible parce qu'elle ne voit son ombre nulle part. Puis elle s'approche de l'épave et lui parle à voix plus haute :

— Je te demande pardon. Je suis méprisable, mais je n'ai aimé et n'aimerai jamais que toi.

Elle attend, contemplant les lucioles du plancton qui allument de brèves lueurs vertes dans l'écume.

— Tu ne veux pas me répondre. Je comprends. Bonne nuit, David.

Elle regagne le phare mais, au moment de pousser la porte, une angoisse extravagante lui laboure les entrailles. Elle retourne au bateau, se hisse à bord à la force de ses poignets, et la vérité l'aveugle. Il a quitté l'îlot, à la nage. Aussi loin que son regard peut porter sur la rivière lunaire elle ne voit, entre les lamelles, que les taches noires du creux de la houle. Elle redescend d'un bond, se précipite à l'eau, et elle nage, nage, nage, sans penser, insensible au froid, au sel qui lui emplit la bouche, toute existence réduite aux mouvements de plus en plus appesantis de ses membres, roulant et roulant au fil de la lame d'acier. Elle avale plus d'eau que d'air et ses yeux se déchirent dans le sel, ses poumons sont si lourds qu'elle ne parvient plus à porter sur la vague. Elle doit interrompre sa course, s'allonger sur le dos, expulser toute cette eau pour respirer, retrouver la lune dans le ciel. A la crête d'une houle plus haute, elle jette un regard désespéré vers la côte obscure. Toute la longueur de la lame, qu'elle a à peine entamée, l'en sépare encore, et la tour blafarde du phare lui paraît si loin maintenant qu'elle ne pourra jamais y retourner à contre-vagues, écrasée sous le poids de l'absence de David.

Elle ferme les yeux, se remet à nager vers l'îlot, battant des pieds de brouillard, tirant des bras dans une eau de plus en plus opaque, respirant à pleine bouche entre chaque paquet de mer, se sentant impuissante contre ces poussées sans cesse renouvelées, de plus en plus persuadée qu'elle perd du terrain ou qu'elle fait tout au plus du sur place. Si le reflux a suffisamment progressé, il y a un plateau qui s'élève très loin du phare.

Elle se repose un temps, en nageant sur le dos, mais la houle la pousse à la verticale presque, et elle doit reprendre son crawl laineux. Elle n'a pas pensé au ressac qui l'a déportée et, avec étonnement, elle reprend pied sur le plateau, au nord du rocher. Elle regagne le phare en tombant à maintes reprises, aspirant l'air à s'en déchirer les poumons. Elle s'écrase au pied du bateau, avec la sensation de s'enfoncer dans la pierre, bercée doucement au rythme de deux images qui se chevauchent, le sourire navrant de David barbouillé de goémons écumeux et les pas sur le sable que l'eau lentement inonde.

Lorsqu'elle rentre dans la chambre, la mer a bu la voie lactée et la lune décline à l'ouest, au-dessus des terres. Tout de suite elle entend l'insecte monstrueux grignoter le silence. La montre automatique au large bracelet d'or s'est remise à battre. Elle la fait éclater sur le mur, au-dessus du coffre, et se laisse couler dans l'absence.

— God bless you ! Oh ten-hearted woman !

Trois notes de guitare que le vent emporte avant même qu'elle ait pu les entendre. Elle contemple, sans voir vraiment, la côte lointaine qui émerge avec netteté dans le soleil d'octobre. L'ombre d'un nuage y balaie la ligne blanche de la plage. L'eau est d'un bleu sombre, comme au cœur de l'été, mais le vent d'ouest soulève tout le long de la houle une haute voile blanche, cambrée, très mince.

Assise sur l'éboulis, à l'entrée du phare, elle attend que cette diaphane voilure la pousse au rivage.

Elle réussit à résister au reflux vers l'ombre, à la chute verticale vers un fond bruissant de bulles de silence. S'il n'y avait pas tant de soleil dans ses yeux pierreux...

A-t-il parlé ? Non, c'est la radio, dans l'autre pièce, qui se met tout à coup à avoir une voix fêlée qui se brise abruptement pour reprendre deux ou trois fois, puis se tait définitivement. La lumière éblouissante, réfractée par la neige, l'oblige à détourner son regard du paysage immobile, enfoncé dans le silence blanc. L'autre continue de respirer paisiblement sous la serviette turquoise. La vue du sang séché sur son visage et sur l'oreiller lui est intolérable. Elle se lève, retourne un oreiller et, en gestes craintifs, essaie de lui nettoyer la figure, mais la serviette est glacée. Il semble dormir, le teint presque coloré dans la clarté de la chambre, le menton bleu par la barbe, mais la grimace de la bouche persiste.

Elle le quitte pour aller mouiller la serviette dans la salle de bains. L'eau est chaude de nouveau. Elle la laisse couler longtemps sur ses mains, puis s'en inonde le visage. Dans le miroir, elle voit une jeune femme blonde au visage hagard, aux yeux d'un vert très pâle envahis par les prunelles dilatées, une douce démente habitée par un cauchemar familier.

Elle revient dans la chambre, parvient à surmonter sa répugnance et à laver ce sang qu'elle ne peut plus voir. Elle se demande s'il a bougé, car le drap découvre la sombre toison de la poitrine. Elle tire le drap en songeant, avec une colère qui éclate en elle avec violence, qu'il est nu sous la couverture. Au moment où elle dépose une nouvelle serviette froide sur le front, l'œil droit se rouvre, aussi inerte, flottant à la surface de la conscience.

— Que s'est-il passé ? Où sont-ils ?

Le ton véhément de sa voix la surprend, mais elle n'en peut plus de ce silence où il se mure, de cette présence inanimée qui la choque.

— Qui a tiré sur qui ?

L'œil bleu pâle continue de se perdre en un lointain sans frontières. Elle crie :

— Répondez. Qu'est-ce que vous avez fait tout le jour ? Pourquoi tant de sang ? Et l'avion ?

Si le jour est reparu, il n'a aucune raison de ne pas revenir lui aussi. La nuit et ses créatures, son cortège d'images irréelles qui tombent dans le noir aussitôt que nées, sa forêt happée par des gueules de loups au poil trempé de sang, échevelée par un vent blafard qui éventre le sol, est redevenue une vraie forêt, bien dessinée en dépit de la neige qui l'adoucit, y suspend des vagues blanches invraisemblables.

— Que s'est-il passé, et qui est Maria ?

La paupière retombe lentement, succombant au seul poids de l'air accumulé. Tant de colère n'a pas fait naître une seule ride dans l'eau nocturne où il baigne encore, n'a pas permis le moindre contact entre elle et ce lambeau d'obscurité que le jour n'a pas dissipé.

Mr Peabody, le pilote et l'Indien, quand ils reviendront dans le soleil, le trouveront ainsi, nu sous la couverture, prisonnier de la nuit, éclaboussé d'un sang inconnu, sans réponse possible aux questions précises qu'elle ne peut poser parce qu'elle ne sait pas, et elle devra, elle, raconter un film plein de noirs qu'elle ne peut comprendre parce que les bobines coupées n'ont projeté que des images inintelligibles, sans rapport aucun avec la trame sonore ininterrompue.

Elle le quitte pour retourner devant la cheminée où le jour blanchit le lit de cendres et, dans la vibration de ses nerfs, s'éveille soudain l'andante de David, un frémissement de silence aux cordes qui se tend sous le pur cristal des notes du piano éclatées dans la flamme en perles de frimas. Il y a longtemps qu'elle n'a plus entendu les plongeons, et la neige éponge un silence infini.

De très loin, il entend une voix d'enfant, blonde, verte et noire, qui s'irrite de ne pas pouvoir s'élever jusqu'à lui, qui exige une réponse qu'il ne peut donner parce que ses mots se rompent dans la blanche poudrerie qui éclate soudain en bourrasque dans le marécage, sous un soleil très pâle qui transparaît encore à travers les nuées grises en course folle. Le vent du nord-est, que rien ne freine sur la mer plate de la toundra, a allongé son élan vers le sud et fait explosion dans la tardive douceur d'octobre.

Sa chemise trempée de sueur se glace dans son dos, et le grésil crépite sur la toile de son sac. La main en visière, face au vent, il regarde les arbres onduler dans sa direction, à perte de vue, comme l'herbe d'un champ, et il comprend que cela va durer toute la nuit, que la température va baisser de vingt degrés en une heure, que la neige, au matin, aura enfoncé la forêt dans l'hiver.

Dans ce paysage tourmenté qui craque de toutes parts, il résiste mal à l'inquiétude sourde qui s'élève en lui, ainsi qu'une nappe souterraine, depuis qu'il poursuit la blessure au sang noir qui galope devant lui, invisible, inépuisable, emportant en croupe une part de son âme qu'il lui faut à tout prix récupérer. Il quitte le marécage pour remonter vers les collines et le large ruisseau qui relie les deux lacs. Il sait qu'il est tout près du grand lac Désert et du gué du ruisseau où son petit, âgé de dix-huit ans, a bu à plat ventre, comme une bête, à l'aube de cette nuit de juillet durant laquelle il lui a fait épouser la terre maternelle, avant de se rouler nu dans l'eau, comme une bête encore, pour apaiser la brûlure des insectes.

A dessein, il a parcouru, dans le marécage, un grand demi cercle pour que l'autre ne le sente plus sur ses talons et se couche à la première hauteur, en vue du grand lac. Dans ce fracas de tempête, il peut revenir vers lui sans crainte de l'alerter au travers du vent. Il connaît le petit plateau herbeux où il est allongé dans son mal, hors de portée des branches qui se fracturent, dominant tout un pan de paysage, les naseaux dans le vent, libéré des mouches enfin, détendu dans cet espace où il ne peut être surpris.

D'un pas plus lent, s'immobilisant de longues secondes pour scruter le terrain qui s'élève faiblement devant lui, il avance dans le froid criblé de sel. Une brève trouée dans les nuages laisse soudain tomber un faisceau de soleil qui, tel un projecteur, balaie la scène sous ses yeux pour s'évanouir dans l'eau sombre du ruisseau. En même temps il entend derrière, tout proche le meuglement plaintif d'une femelle. Il n'a pas le temps de s'en étonner parce qu'une image qu'il refoule avec acharnement depuis qu'il est revenu en forêt s'impose à lui avec une telle netteté qu'il secoue violemment la tête pour la chasser.

Hercule, tout lumineux dans la nuit de Montréal, dans les feux croisés des projecteurs et des phares, énorme, les bras collés au tronc en équerre, la chevelure presque toute blanche sous tant de lumière, grognant et blasphémant à tue-tête, qui charge en tous sens, de plus en plus enclos en un cercle étroit où il ne peut que pirouetter, aveugle et sourd, en nage et en rage, jusqu'à ce que les faisceaux l'emprisonnent de si près qu'ils le paralysent et le brisent. Hercule, ivre d'alcool, de honte et de révolte animale, Hercule qui ne peut opposer au vertige, à l'étrangeté du monde que son inutile force de bête humiliée. Hercule qui explose dans un tel jaillissement lumineux, parce qu'il s'est heurté à quelque chose de plus dur que la pierre, à quelque chose qui se moque de ses muscles, de sa ténacité, de son courage de bœuf sans emploi possible, de son orgueil d'un autre âge, de son instinct primitif de posséder et d'appartenir, et qui sombre dans la folie de n'être plus, vivant encore.

Antoine refuse de se laisser envahir par cette image, il la repousse de tout son être, parce qu'il n'a pu lui tendre la main, et qu'il n'a pas voulu qu'on lui dérobe la moindre parcelle de sa joie avec Maria, ni lire le signe aveuglant inscrit au cœur de la débâcle de son frère, qui s'ajoute à tous les autres : la petite fiche dans la main rose du jeune médecin, l'érable incendié en arrière-plan au verre de scotch de monsieur Potter, la voix menaçante de Blanche et le filet qu'elle a voulu jeter sur lui, l'étrange et incroyable créature venue d'un autre âge pour l'emporter dans la noire blessure qu'une femelle étrangère a creusée dans son ventre, et jusqu'à la discrète panique que l'Indien n'a pu dissimuler dans le sourire bridé de ses yeux. De sa grande main, Antoine efface tous ces signes d'une fêlure qui, depuis la ville, se creuse dans l'ossature du pays, ouvre une faille qui fait glisser le terrain sous les pieds, engouffre tous ceux qui refusent de se détacher, et jusqu'aux confins de la nature immuable, jusqu'au pays de l'Indien.

L'Indien était apparu vers midi sur la plaque rutilante du lac, la veille de l'arrivée des Américains. Le canot de toile sans couleur avait lentement doublé la pointe de la baie, tel un tronc d'arbre à la dérive. La tête dressée, solennel, l'Indien pagayait sans troubler l'eau, et l'embarcation avait glissé d'un mouvement ininterrompu dans le paysage accablé de solitude et de lumière dorée.

Seul et secret, comme les autres créatures de la forêt, il surgissait toujours ainsi, subitement, silencieusement. Antoine en avait éprouvé une grande joie, et du soulagement aussi. Comme la réapparition d'un astre dans le ciel, au jour et à l'endroit prévus. S'il arrivait ainsi, comme depuis vingt ans, la veille de l'ouverture de la saison de chasse, sans que personne l'eût prévenu, c'était qu'un certain ordre du monde n'avait pas changé et que rien ne le menaçait. Il avait abandonné femme et enfants quelque part à l'extrême nord de la concession, et il avait parcouru, seul et maigrement pourvu, quelque cent ou deux cents milles de forêt pour être présent au rendez-vous annuel. Octobre sans l'Indien, c'eût été octobre sans le passage des grandes oies dans leur migration vers le sud. Un signe bouleversant au cœur de l'automne.

Il avait tout de suite vu Antoine, assis au soleil devant le chalet, mais il ne lui avait adressé aucun salut. En gestes lents, sans le regarder, il avait hissé le canot sur la grève, l'avait renversé, puis il était venu vers lui et son sourire tout plissé n'avait illuminé sa figure couleur de sous-bois ensoleillé que lorsqu'Antoine s'était levé. Il lui avait longuement secoué les épaules en lâchant de petits rires brefs, puis il s'était assis à ses côtés, et tous deux avaient contemplé la tiède lumière qui allumait le lac, n'échangeant que de rares propos à de longs intervalles.

Antoine avait ainsi appris, au fil des heures, des choses bouleversantes que l'Indien avait annoncées avec une telle économie de mots qu'il n'avait pu savoir ce qu'il en pensait. Il avait acquis une motoneige. Sa femme l'avait obligé à habiter, tout l'été, une maison de blanc construite par le gouvernement près du poste de la Compagnie de la Baie d'Hudson. Il ne savait pas encore s'il pourrait l'en sortir pour passer l'hiver à trapper, à trois journées de la côte, dans le campement qu'il construirait de ses mains, avec un poêle « commandé à New York », soit un ancien baril d'huile avec, comme tuyau, des boîtes de conserve. Une de ses filles commençait un cours d'infirmière. Son fils aîné poursuivrait à l'université anglaise de Montréal ses études en électronique. Ce n'est qu'au crépuscule, quand un plongeon eut fait entendre un premier ricanement, que sa voix avait frémi légèrement de colère ou d'émotion, on ne pouvait savoir, pour révéler le déluge : les rivières disparaîtront, et il n'y aura donc plus de chemins. Les animaux seront noyés ou refoulés vers la mort lente de la toundra blanche. On construira des milliers de maisons qui, elles, seront habitées par des blancs, castors qui viendront du sud avec des machines, et le ciment des villes, pour barrer tous les cours d'eau et noyer la forêt entière sous une mer sans vie qui, d'année en année, s'étendra dans tous les sens, jusqu'à ce que plus rien n'existe entre les villes et des hommes comme eux qui ne trouveront jamais une montagne assez haute pour échapper au déluge et devront se perdre dans une nouvelle race beaucoup plus nombreuse qui n'aura jamais vu un barrage de castors, ou un orignal manger des nénuphars dans le silence d'un marais, ou entendu un couple de plongeons railler la solitude, ou un Indien lire la vie dans la mort apparente de la neige.

Antoine lui avait rudement secoué l'épaule et s'était levé pour rentrer dans le chalet.

— Des mauvais rêves, tout ça. La mer, il a fallu des millions d'années pour qu'elle se remplisse. Alors, eux et leurs petites machines et leurs sacs de sable . . .

L'Indien était retourné au canot et, quand il était entré dans la cuisine, il avait déposé un canard sur la table.

— Tu l'as attrapé au vol avec tes mains nues ; je n'ai rien entendu.

— Tu dors trop tard, white man. You are getting old.

Antoine lui avait alors parlé de l'apparition de l'extraordinaire créature. Il avait hésité jusqu'à la fin parce qu'il craignait, sans se l'avouer, que l'Indien, qui était le seul homme à qui il pouvait se confier, ne lui jette un regard si grave qu'il aurait aussitôt douté de ses sens et compris que le vent lui coulerait d'une oreille à l'autre un jour prochain. Mais l'Indien lui avait restitué toutes ses racines :

— J'attendais que tu en parles ; j'ai vu ses pistes au gué du ruisseau. Gosh ! Comme tu dis, il doit venir de l'Alaska !

Antoine n'avait parlé de rien d'autre. Ce secret qu'ils étaient seuls à connaître suffisait à sa joie. Cependant, au moment de se quitter pour la nuit, l'Indien l'avait un peu ébranlé en disant d'une voix absolument neutre :

— C'est un signe, Antoine.

Il n'avait rien répondu.

De nouveau et si proche cette fois qu'il ne comprend pas qu'il ne la voit pas en dépit du grésil, une femelle meugle plaintivement, et une autre lui répond, plus loin, au-dessus du plateau herbeux. Et en même temps presque, du fond de l'autre lac, lui parvient le vrombissement du moteur de l'avion.

Il s'immobilise, fait doucement glisser la carabine le long de son bras, l'arme, et l'étreint avec une telle vigueur que la main lui fait mal. Le sang bourdonne à ses oreilles et l'angoisse lui noue la gorge, une angoisse qui ne naît plus d'une accablante sensation de solitude, ni de la fatigue qui l'alourdit depuis le marécage, ni de l'agonie du jour qui lui crible la figure, mais de la certitude que l'irréparable va éclater d'un instant à l'autre, qu'il a le dos collé au mur et qu'il ne peut plus échapper à la fêlure où il tombe depuis le matin, au sang noir qui a tracé devant lui une route sans retour. Il craint surtout que les naseaux glacés, posés à plat dans l'herbe du coteau râpée par le vent, ne bondissent dans une dernière démence que les femelles en chaleur jettent sur lui comme un filet.

Maudites femelles, vous allez me le lâcher ! Torrieu, il y a assez de l'autre fendue qui lui a mis une balle de 308 semi-automatique dans le cul ! Depuis le temps qu'il galope avec cette saleté qui le pourrit vivant, il a bien mérité une mort d'homme. Il vous le faut jusqu'à l'agonie, jusqu'au dernier souffle, c'est sur vous qu'il doit plier les genoux, claquer comme un arbre qui s'ouvre de bas en haut. Tranquille, tranquille, vieux frère, ces femelles-là ne t'appellent que dans ta pauvre tête ! C'est le vent, le sel. Tu n'as plus rien à leur donner que ta douleur et tes reins brisés. N'ajoute pas le feu au feu. Le sang qui s'allume en toi est la première vague de la mort, pas un appel de vie. Et si elles allaient te rameuter tous les autres mâles que tu domptes et humilies depuis des années. Hein ? Tu te vois t'agenouiller devant un fils de garce de deux ans ? Bouge pas, bonhomme, j'arrive. Tu ne sentiras rien. N'auras même pas le temps de t'alarmer. Cela va se passer entre hommes, proprement. Fini le gâchis des femelles, le feu assassin qu'elles allument au moindre souffle tiède sans pouvoir l'éteindre jamais. Tu n'entends rien. Sourd comme un *buck* qui connaît le tabac, qui sait que ces grognements de faiblesse, cette musique de mendiante est le plus meurtrier des mensonges, comme le chant d'un ruisseau au cœur de l'hiver, comme ces racines de nénuphar que tu vois partout en mars et qui te font quitter le rivage pour t'enliser dans une matière molle et blanche où les loups peuvent te dépecer à leur aise, prisonnier que tu es de tant de tendresse qui tue. Tranquille, j'arrive. Regarde le grand lac sombre qui résiste comme une lame aux bourrasques blanches qui te brûlent les yeux. Ne me lâche pas pour une femelle, Christ ! Pas une autre, même une vraie !

Le Cessna déchire le chuintement ininterrompu de la forêt qui se couche comme une herbe dans le vent. Il doit voler très bas, en rasant la cime des arbres, car la vibration lui creuse le dos, de plus en plus sonore, obus qui le frappera de plein fouet parce qu'il a déjà été atteint par le signal invisible d'un radar. Les deux femelles gémissent ensemble de chaque côté du plateau herbeux. Celle qui était derrière lui l'a donc dépassé, à quelques pas, sans même le sentir. Puis c'est aussitôt le faible grognement du mâle, à deux reprises, voix inquiète qui ne trouve pas d'abord l'appui d'une respiration, puis qui s'accroche soudain à un souffle violent venu de la profondeur des entrailles, un reniflement puissant, martelé comme une ruade des sabots, qui affronte l'assaut du vent et l'obus invisible du Cessna qui perce en ligne droite la vague des épinettes.

Antoine traverse le ruisseau au pas de course, grimpe le raidillon qui débouche sur le plateau.

Son sang en tempête fait éclater à ses tempes un piétinement furibond, des pieds nus qui battent les planches, prisonniers d'un rythme haletant, ivre de sa propre accélération, qui ne les libérera jamais, qui les fera bondir et rebondir jusqu'à ce qu'ils se rompent.

Et le pâle visage de Maria qui tournoie dans le sombre remous de sa chevelure, noir condor frangé de blanc, qui bat des ailes au sol, à se briser le cou, incapable de prendre son envol vers les cimes neigeuses, captif des rets de la musique et de la respiration oppressée qui le ceint d'un haut mur de flammes.

A la crête de la vague rouge, née soudain dans un petit bureau de Scottville, dans la douceur dorée et étale de l'automne, et qui ne cesse, depuis, de l'emporter vers un horizon invisible au-delà duquel il basculera dans une nuit inconnue, il y a le bel oiseau de feu de Maria qui l'a inondé de soleil et d'azur, entre mer et ciel, dans une *fiesta* ruisselante d'une joie violente et trépidante, si brève et si imprévue que l'émerveillement le ressaisit aux entrailles dans ce crépuscule déchaîné, crépitant de sable blanc, où l'instinct de vie gronde dans un dernier arrachement à la mort que des femelles assoiffées implorent, dans la forêt trouée par l'obus du Cessna et où lui-même pourchasse depuis des heures la noire blessure qui lui appartient, qui s'est échappée de ses propres flancs dans une course démente.

¡ Buenas noches ! No eres un toro sino un gran cóndor negro... y tan azul como el mar...

Il s'est levé pour lui faire place, dominant de ses deux longs bras en croix la cohue des clients qui jouent des coudes entre les petites tables. Il ne comprend rien, mais il est si heureux de la voir arriver et s'asseoir le plus naturellement du monde à côté du taciturne Hercule, qui sombre dans la bière, qu'il l'accueille d'un large sourire et, pour communiquer, ne trouve que des mots anglais :

— I am sorry. Welcome, Firegirl . . .

Elle éclate de rire, lui tend la main et se met à parler en français qui est le gazouillis de ruisseau le plus joyeux qu'il ait jamais entendu, un roucoulement des seins à demi nus qu'il admire sans vergogne de toute sa hauteur, une musique qu'il met un certain temps à comprendre à cause des *u* en *ou,* des *é,* de l'absence des *j,* des *r* roulés et de l'accent qui est un pas martelé avant la dernière syllabe, et tout cela d'une voix profonde qui mouille les consonnes dans un bruit de lèvres goulues.

— Pas un taureau . . . un grand condor noir . . . et bleu comme la mer . . . Je te voyais mal, à cause de la lumière.

Il parvient enfin à se rasseoir, à glisser ses longues jambes sous la petite table, en repoussant Hercule qui somnole et en la contemplant dans un ravissement total. Ses yeux d'un gris très sombre pétillent sur la blancheur de la peau, et ses lèvres, couleur framboise, humectées par une rosée qui retient la lumière, le plongent dans une émotion profonde qui alanguit son grand corps. On pourrait le gifler qu'il n'aurait aucune réaction et continuerait de la regarder avec un sourire d'enfant émerveillé. Qu'elle parle et parle encore, il pourrait l'écouter toute la nuit, sans comprendre un mot, tant la sonorité et les inflexions de sa voix le fascinent !

— Un condor ? Pourquoi ?

— L'oiseau le plus grand du monde, avec des ailes de six pieds. De mon pays, le Pérou, et qui vole plus haut que les montagnes, plus haut que les avions, sans bouger, comme tes grands bras.

Et elle rit, glousse de ses seins tendres et ronds que le corsage largement décolleté emprisonne difficilement.

— Maria du Pérou, dit-il en essayant d'imiter son accent. Maria du Pérou, c'est beau comme un ruisseau de montagne.

— Tu m'offres à boire ? Un egg-nog. C'est bon quand tu as faim.

Elle pose entre ses seins, pour indiquer sa faim, la main la plus blanche et la plus fine du monde. Elle qui, sur scène, lui apparaissait toute en muscles et en énergie inépuisable, lui semble maintenant si mœlleuse, si douce, fragile presque. Il appelle un garçon. Tout ce qu'elle voudra, et toute la nuit !

Il faudrait réveiller Hercule et lui dire d'aller se faire border par Marie. Sa présence l'entrave. Il s'est endormi en plein spectacle, après lui avoir affirmé d'une voix déformée par l'alcool que c'était péché de fréquenter de tels endroits. Depuis leur arrivée à Montréal, il s'enivrait comme une pierre, tous les soirs, en quelques heures, de plus en plus coléreux et perdu dans son naufrage. Antoine n'en pouvait plus de le traîner de taverne en taverne, et de bar en bar, mauvaise bille qui s'achoppait à toutes les pierres, se coinçait à toutes les boucles de la rivière, s'arrêtait pile au milieu de la foule pour fulminer, barrant le trottoir de son large dos de bœuf, et rentrait parmi les siens complètement inconscient, patriarche déchu que Marie méprisait un peu plus de jour en jour.

— Un condor, c'est plus grand qu'un aigle ?

— Si, si ! Un aigle ne pourrait pas monter nos montagnes. Trop haut. Tu n'es pas un homme de la ville, toi ?

— Pourquoi je serais pas un homme de la ville ?

— Parce que tu as la peau de la couleur des hommes du Pérou. Mais beaucoup plus grand. Un condor !

On pose devant elle un grand verre de lait chaud qui va si bien à la tendresse de sa poitrine qu'Antoine résiste mal au désir de la toucher, de boire, de la bercer dans ses grands bras. Quand elle porte le verre à sa bouche framboise et qu'une clarté laiteuse baigne son beau regard gris sombre, il ne peut plus souffrir d'être emprisonné dans l'espace exigu de la petite table. Il se lève, secoue rudement l'épaule d'Hercule qui grogne sans s'éveiller, et s'excuse d'un haussement d'épaules :

— C'est mon grand frère. Il doit veiller sur moi. Je le mets dans un taxi, et je reviens. Vous m'attendez ? Promis ?

Elle répond sans retirer les lèvres de son verre, en lui jetant un regard amusé du coin de l'œil.

— Il a bu trop de lait, ton frère ! Promis . . . El cóndor aux yeux bleus.

Il doit s'y reprendre à trois fois avant de réussir à soulever la masse inerte qui a plutôt avalé des pierres. Il parvient enfin à faire faire quelques pas à Hercule, qui renverse tout sur son passage. Un garçon vient lui donner un coup de main jusqu'au taxi où il le pousse avec tant de violence qu'il s'affale sur la banquette, à demi couché. Le chauffeur exige trois fois le coût de la course et s'inquiète de la manière dont il va pouvoir le livrer à domicile. Antoine l'assure qu'il recevra toute l'assistance nécessaire, plus un généreux pourboire. Avant de rentrer, il respire profondément l'air de la nuit. Il éprouve vaguement le sentiment de se conduire mal envers le chef du clan au moment précis où tout se conjugue pour l'abattre, mais son sang bouillonne dans une blancheur nacrée, et toute la tendresse du Pérou l'attend.

Et c'est la fête, qui lui fait oublier jusqu'à l'heure et au jour, son frère et Blanche, les papillons épinglés vivants sur

les petites cartes perforées, la Compagnie, la forêt elle-même et
la majestueuse embarcation d'un autre âge qui s'est offerte à
lui dans la solitude pour un voyage à reculons dans le temps.
Il vit la nuit, dort le jour, apprend un français qui danse des
rythmes exotiques, une musique sémillante et fringante qui
est peut-être l'espagnol, des lèvres humides d'une rosée de
framboises écrasées, des yeux anthracite plus brûlants qu'un
volcan, une poitrine de lait qui jamais n'apaisera sa soif, un
corps fier et vigoureux qu'il ne maîtrise qu'à l'issue de jeux
épuisants pontués d'éclats de rire qui le fouettent, le font vibrer
des pieds à la tête dans une corrida où la muleta se dérobe au
dernier instant dans des gloussements et des regards de défi qui
donnent tout leur prix aux bras soudain noués dans son dos,
aux dents blanches qui le dévorent, et aux reins tendus dans
un roucoulement qui l'affole, qui lui réclame l'impossible dans
une chevauchée sauvage qui les fait voler bien plus haut que
les Andes, dans une région où l'air est si rare que la rosée
s'assèche sur la bouche de Maria et que l'oiseau de feu s'éteint
peu à peu dans une profondeur sous-marine où il a peine à
la distinguer. Mais elle ne se noie que quelques minutes pour
rebondir aussitôt, aussi pétillante, aussi fringante, abandonnée
au rire et à une joie si communicative qu'il n'a pas souvenir
d'avoir ignoré jamais le temps à ce point, dans le pur plaisir
d'être vivant en pleine lumière, le jour comme la nuit.

Il a parcouru Montréal en tous sens en sa compagnie,
l'après-midi, mais il ne se rappelle aucun lieu, aucune heure,
aucune figure, si ce n'est le gris profond des yeux, la bouche,
la peau éclatante de lumière, si ce n'est Maria elle-même, fusée
lancée en mille gerbes dans le bonheur de vivre.

Maria du Pérou sur le mont Royal qui s'extasie à tue-
tête sur la flamme des érables et le bronze des chênes qui
dévalent vers les hautes tours des buildings, dressées en flèche
contre l'indigo du fleuve, qui s'échancre en une large baie mari-

ne au-delà du chapelet des ponts, et, plus loin, dans un or
vaporeux, les collines bleuâtres semées dans la plaine ; Maria,
rue Sainte-Catherine ou Sherbrooke, qui déverse ses consonnes
mouillées, ses *r* roulés et ses voyelles sans *j* sur les vitrines,
les passants et les voitures qu'elle repousse de sa main blanche
et fine ; Maria au restaurant qui dévore tout de ses lèvres
goulues dans un gazouillis qui raconte le monde entier sans
qu'il puisse jamais se reconnaître ; la main de Maria dans la
sienne toujours, ferme, chaude, affichant sans pudeur sa possession, *leñador mío*, mon homme des bois, qui, dans la chambre,
entre l'ascension vertigineuse des Andes et la plongée brutale
dans l'eau noire du Pacifique aussi profonde que les montagnes
sont élevées, sous les coups de fouet de son rire, lui montre
d'étranges étoffes aux couleurs vives sur lesquelles ses blanches
mains glissent voluptueusement ; sort de son étui une grosse
flûte taillée dans une pépite d'or du Pérou, avec une embou-
chure d'un rouge sanglant qui vit prodigieusement sur la nacre
de ses seins nus, et lui fait entendre le vent grave qui souffle
entre les murailles de pierre de ses montagnes, à moitié chant
de la vibration chaude du bois et à moitié le sifflement en gerbes de sa respiration, et, surtout, un air gentil et vif qui lui
permet de jouer à cache-cache avec elle-même, et il doit la
poursuivre, nu, elle que sa royale chevelure voile jusqu'aux
reins : DONDE ESTA MARIA ? Où est Maria, chèvre des
hauts plateaux qui l'appelle de rocher en rocher en bondissant
du lit au sol, avec le même son mat que sur scène, sous les
projecteurs couleur d'ambre ou de pourpre ? Maria plus vive
que la vie elle-même, qui jamais ne s'immobilise, toujours
débordante d'une énergie consumée dans le pur plaisir de
brûler et qui, chaque nuit, joue à railler et dompter la marée
des désirs qu'elle allume, grisée de son propre pouvoir, cin-
glante, intouchable, et lui fiche entre les dents, pour terminer,
une fleur de papier d'un bleu de veine et de chair intime, « la

fleur de l'achantaray », fleur de l'amour et de la vie cueillie aussi haut que les pumas peuvent aller à la paupière de la forêt et du glacier.

Inépuisable Maria dont le sourire ne s'est voilé que quelques secondes, au bout d'une semaine, d'un instant ou de l'éternité, d'une intensité insensée, quand, dans la chambre, les valises bouclées, elle lui annonce soudain qu'elle le quitte, que son contrat est expiré et que d'autres l'attendent dans cent villes d'Amérique.

Elle l'embrasse longuement, lui mord les lèvres au sang et s'engouffre dans l'ascenseur. Ce n'est qu'une fois installée dans le taxi qu'elle lui glisse une enveloppe de la couleur de l'achantaray et une petite boîte enveloppée d'or. Il a cru à un nouveau jeu ; la vérité de l'instant le paralyse. Elle s'arrache à lui ainsi qu'on ampute un membre, dans un éclair de lame froide, sans jamais avoir laissé pressentir ce départ foudroyant. Pour la première fois, à l'aube, dressé sur un coude, il l'a regardée dormir, fasciné par cette enfant noire et blanche apparue à ses côtés, immobile enfin, respirant doucement dans un abandon plus émouvant qu'un sourire. Ils avaient été tellement absorbés l'un par l'autre dans la folle sarabande de bonheur où elle l'avait projeté qu'il avait cru qu'une telle vitalité ne pouvait jamais s'épuiser dans le sommeil.

Debout, tenant la portière d'une main, et dans l'autre les minuscules offrandes, il goûte son propre sang, contracte ses yeux sous la brûlure, et cherche désespérément à comprendre ce coup de foudre tombé des cimes bleues et blanches des Andes. Et ce sont des mots espagnols qui interrogent l'invraisemblable, le stupéfiant :

— Por qué ? Por qué ? Maria. Nous n'avons même pas eu le temps de nous parler. Tu peux attendre un jour ...

Elle tire elle-même la portière, lui saisit la main et l'oblige à se pencher.

— Je vais rater l'avion.

Lentement, de sa langue, elle essuie le sang sur sa lèvre, puis l'embrasse avec violence avant de s'appuyer au fond de la banquette.

— Chez nous il y a, dans la mer, des rochers pas plus grands que cette maison. Et des millions d'oiseaux dessus.

Il répète, comme si l'essentiel ne pouvait plus être dit que dans sa langue à elle :

— ¡ Por qué ?

— S'il y a tant d'oiseaux, c'est que les poissons se font manger. Alors, ils doivent nager plus loin, plus loin . . .

— Pas les condors, Maria.

— Les condors ne mangent que ce qui ne vit plus, pour l'apporter au ciel. Adios, Antonio ! Fais le condor, et je vais te regarder.

La voiture démarre et le blanc visage de Maria se tourne vers lui, dans la lunette arrière. Il élève ses longs bras, la lettre dans une main et la boîte dans l'autre, et il bat des ailes lentement, en sautillant, jusqu'à ce qu'un camion, chargé de soldats casqués et armés, la lui dissimule complètement. Il s'immobilise et laisse retomber ses bras par saccades, dans le monde étranger. Une larme coule sur sa joue. Il ne sait pas si elle appartient à Maria ou à lui.

A sa grande surprise, il se découvre nez à nez avec un soldat casqué, mitraillette au poing, au garde-à-vous, qui le regarde dans les yeux sans rien exprimer. Il n'a jamais vu un militaire de sa vie, ni une mitraillette, ni ce regard d'automate figé. Des images de cauchemar le poursuivent. Maria l'attend dans la chambre, prête à bondir à son cou. Il passe une main sur ses yeux, recule un peu, et voit trois autres soldats, en tenue de combat également, et le même air de Martiens tombés du

ciel à l'instant. Il est fasciné par le canon bref et troué des
armes légèrement inclinées vers le sol. Il s'approche du premier, qui le regarde venir sans qu'un trait de son visage bouge
sous le casque d'acier.

— La chasse est commencée en ville, quoi ! Ou il y a la
guerre ?

Une voix très jeune, neutre, lui répond :

— Don't look for trouble. Go your way, man.

Il regarde les passants qui ne paraissent pas autrement
étonnés du spectacle. Lui-même ne cherche plus à comprendre
et retourne dans la chambre au lit défait, dans la chambre
sans Maria qui a fait exploser octobre dans un jaillissement de
bonheur et de joie. Et il comprend qu'une eau si vive, inévita-
blement, quitte le lit qu'elle a creusé. Il s'allonge, tout étonné
de respirer sur sa main un parfum un peu poivré. Il avait
toujours cru que c'était l'odeur même de son corps.

Dans l'enveloppe, il n'y a qu'un feuillet, du même bleu
de veine et de chair intime, sur lequel sont tracés, en lettres
rouges, quelques mots qu'il ne comprend pas tous. Elle ne lui
a pas laissé le temps d'apprendre.

Mi querido Antonio,
     A tí te quiero... siempre serás mi gran pájaro del
norte !

Maria del Perú

Il entend de nouveau, plus qu'il ne les déchiffre, des mots
d'amour qu'elle roulait dans son incessant et profond gazouillis.
La petite boîte contient une médaille de cuivre, couleur de la
feuille de chêne en octobre, où un oiseau déploie ses ailes sur
fond de soleil flamboyant.

Il s'endort, en éprouvant la douceur du métal dans sa main, et en laissant retomber dans l'absence de Maria un long bras inutile.

— Ils ont pris nos terres, la forêt. Maintenant, ils prennent la ville, Antoine ! Avec l'armée, des mitrailleuses, des tanks. Qu'est-ce qu'on leur a fait, torrieu ! Réponds, Antoine.

Tout un soir encore, le dernier, il a traîné en laisse Hercule et sa colère. Le lendemain, il retourne en forêt, riche de deux minuscules trésors, et la tête bien refermée sur un oiseau de feu qui jamais ne s'en échappera, qui, l'hiver, allumera sur la neige un soleil bleu et vermeil, roucoulera des mots de feu : *Antonio mio, te quiero, siempre será* et ce tendre et fondant *norte*. Maria del Perú !

— Cette nuit, ce seront les avions, je te le dis. Comme au Viet-nam, qui vont faire péter des bombes et mettre le feu partout. Les femmes et les enfants aussi. Et personne ne fait rien, toi le premier. T'as pas honte, Antoine. Je vois le père d'ici leur faucher leurs mitrailleuses à grands claquements de fouet. Et vlan ! Et vlan ! tous des morveux de sous-hommes sous leur bataclan de soldats de plomb. Même les vietnamiens, qui sont plus petits que nos femmes, les mouchent depuis des années !

Hercule, aux muscles devenus inutiles, bille de bois qui flotte à la mauvaise saison, engagée sur la rivière à quelques semaines du gel, met une énergie désespérée à se battre avec des mots contre des puissances obscures et partout présentes qui moissonnent le pays à sa place. Antoine ne l'écoute plus, accomplit son dernier devoir qui est de l'accompagner encore une fois au plus noir de l'ivresse, de plus en plus détaché parce qu'il a hâte de se retrouver seul en forêt avec Maria et d'évoquer dans le calme, une à une, toutes les minutes éclatantes de lumière de son incroyable chemin de joie jusqu'au Pérou.

Mais chaque fois qu'il pense que son frère a enfin sombré dans la stupeur et qu'il songe à le ramener à Marie un nouveau jet de colère surgit, plus haut, plus violent que le précédent, et il commence à s'inquiéter, à se demander si la seule façon d'aider Hercule ne serait pas encore de l'assommer. Les tavernes ont maintenant fermé leurs portes, et ils sont quelque part rue Craig ou plus bas, il ne sait plus trop, et Hercule veut boire encore. Il est si absorbé dans son noir combat qu'il ne voit même pas les nombreuses voitures de police qui patrouillent le quartier, ralentissent en les doublant, non plus que les militaires qui montent la garde aux rues transversales, barrées par de grands chevalets de bois blanc.

— Tous les mensonges qu'ils racontent pour que les gens se tiennent tranquilles. Je le sais ; mes garçons me l'ont dit. Ils font eux-mêmes péter des bombes pour avoir l'air de nous protéger. Christ, le *chevreuil,* personne ne bouge ! Des brebis qui apportent elles-même leurs agneaux au loup pour continuer à respirer. C'est pas écœurant, Antoine !

Il cherche désespérément un taxi pour se libérer de cette hargne, alcool amer qu'il ne peut plus respirer. Mais la rue est déserte. Pourtant, devant eux, tout près maintenant, il y a un vaste espace tout illuminé comme pour une fête et, lui semble-t-il, une foule de gens. Une esplanade, plus haute que la rue, délimitée aux quatre coins par de puissants faisceaux de projecteurs.

— C'est les jeunes qui vont payer, Antoine. Le tien aussi ! Tout ce qu'on va leur laisser, c'est l'exil dans leur pays, maudit ! Es-tu un homme, le *chevreuil* ? Ton fils, les miens !

A chaque mot presque, Hercule lui tord la chemise et lui laboure les côtes de sa grosse patte. Il s'irrite à la fin et l'éloigne d'une bourrade.

— Tranquille, Hercule. Tu vois bien que tout est fermé. Il n'y a plus qu'à aller dormir.

Hercule, qui transpire à profusion et a le pas mal assuré, recule jusque dans la rue en le regardant avec une incrédulité d'enfant :

— Pas possible, maudit ! T'es de leur bord. Depuis le temps que tu travailles pour les Anglais !

Il voit soudain l'esplanade tout illuminée, fermée du côté de la rue par des véhicules militaires et des voitures de police et, surtout, un cordon de soldats immobiles, mitrailleuses sous le bras. Avant qu'il puisse intervenir, avec une agilité, une rapidité et une force dont il ne le croyait plus capable depuis longtemps, Antoine, paralysé par la stupeur, voit son frère qui gravit quatre à quatre les marches, enfonce le barrage tête baissée et disparaît dans le flot de lumière.

Un unique coup de feu éclate, immédiatement suivi de sifflets entrecoupés d'ordres brefs hurlés en anglais, du bruit de moteurs qui démarrent et d'un ballet de projecteurs qui s'entrecroisent au hasard, s'aveuglent les uns les autres, fouillent un espace trop haut. Antoine met quelque temps à revenir de sa surprise. C'est comme si Hercule avait, par accident, mis le pied sur un bouton qui a déclenché une énorme machine de guerre, beaucoup trop lourde et complexe pour stopper un homme seul dans ses filets. Lui aussi grimpe les marches au pas de course, mais il a à peine dépassé le cordon des véhicules que dix mains s'agrippent à son dos et lui tordent les bras.

— C'est mon frère, il est malade. Pas dangereux.

— Shut up and be quiet.

— My brother. Is sick.

— Stand still !

Il a encore le temps de hurler avant qu'une main gantée ne lui meurtrisse la bouche :

— Don't shoot ! Ne tirez pas !

Ligoté par tant de mains, dans le silence qui tombe tout à coup sur la scène, il assiste à un spectacle insensé. Hercule est seul comme un taureau au centre du vaste espace illuminé par les projecteurs et les phares des jeeps et des voitures de police qui s'avancent lentement vers lui des quatre coins. Ramassé sur lui-même, les deux bras collés au corps, la tête baissée et ruisselante d'argent sous tant de lumière, il charge au pas de course dans une direction jusqu'à ce qu'il atteigne un véhicule qu'il martèle des deux poings, puis il pirouette sur lui-même, en hurlant des mots incompréhensibles, et charge dans la direction opposée. Peu à peu le cercle se resserre et, Hercule, le front appuyé de toutes ses forces contre le moteur d'une jeep, recule lentement, impitoyablement refoulé. On n'entend plus que son souffle. Un voile d'écume blanchâtre coule de sa bouche. Les projecteurs allument le sang sur son front, sur ses mains et sur le pavé. Le dispositif, réglé comme un mécanisme d'horlogerie, réduit peu à peu le champ d'action d'Hercule qui, bientôt, se redresse, lève les mains au-dessus de sa tête, laissant pleuvoir le sang sur son visage, et trois jeeps suffisent à le coincer, à lui ligoter les jambes et le tronc dans les faisceaux croisés de leurs phares. Hercule se rompt soudain, et sa tête s'écrase sur le capot d'un véhicule. Aussitôt des militaires émergent de tous les sens et lui dissimulent la scène. Les mains qui l'entravent le libèrent enfin et on le conduit, en silence et sans violence, vers l'endroit où le taureau, aveuglé et fou d'impuissance, a plié les genoux dans l'écrasement concentré des blindés, transpercé de cent lames de lumière.

Les jeeps reculent pour dégager la scène. Un officier de police leur ouvre la voie dans la cohue des militaires, et, les entrailles fondantes, il se retrouve face à Hercule, soutenu par deux agents, inconscient, soufflant comme une bête atteinte sans pouvoir mourir, maculé de sang, ne reposant que sur une jambe, l'autre coulant comme de l'eau.

— Torrieu, pourquoi toute cette armée pour écraser un homme tout seul, les poings nus !

Personne ne lui répond. Deux soldats apportent un brancard et y étendent le puissant corps désarticulé et sanglant.

— Doucement, vous voyez bien que vous lui avez brisé une jambe. Faut le transporter à l'hôpital. Tout ça, parce qu'un pauvre homme a trop bu !

Les militaires s'éloignent et l'officier de police revient vers lui, un carnet et un stylo à la main. Des projecteurs s'éteignent, comme à la fin d'une représentation, les soldats et les véhicules refont un cordon impeccable en bordure de l'esplanade. On l'interroge d'une voix calme, très polie :

— C'est l'hôtel de ville. Ni le soir ni l'endroit pour faire un numéro d'ivrogne. Pour nous, ce pouvait aussi bien être une bombe humaine. Il a foncé comme s'il était bardé de dynamite. Nous ne pouvions savoir. Il y avait des vies à protéger. Encore heureux qu'un jeune ne lui ait pas tiré dessus par énervement. Son nom, adresse, et les vôtres ?

Antoine regarde, écoute, dans une incrédulité totale. Ce sont vraiment des étrangers. Il n'a lu que des mots anglais sur les tuniques. L'exposition universelle à l'envers ! Tous ces étrangers qui, par millions, trois ans plus tôt, avaient nagé dans le bonheur et la gentillesse, dans les îles créées de toute pièce au milieu du fleuve, revenaient casqués d'acier, avec armes et blindés, le visage impassible, rouages tous semblables et terriblement efficaces d'une chose énorme qui ne pouvait porter qu'un nom : *l'étranger,* ainsi que ne cessait de répéter Hercule.

— Tu as couché avec une étrangère toute la semaine ! Le *chevreuil,* tu veux que je te dise, tu es de nulle part et sans fierté. Maudit, c'est pire qu'un péché !

Tels avaient été les premiers mots de son frère au début de la soirée, et il avait dû retenir l'élan spontané de ses longs muscles pour ne pas lui flanquer la main dans la figure. Maria, une étrangère ! Moins que la femme de son fils qui parlait en étrangère, en Française, et moins que la sœur de celle-ci, qui avait dragué, avec son beau sourire gavé, toutes les plages à casinos de France et de Navarre pour s'offrir à n'importe quel maudit Français d'un soir, qui, comme par accident, n'était jamais qu'un salaud. Moins que son propre fils qui parlait et écrivait un jargon d'université qui coûtait si cher et ne donnait de travail à personne. Comment une femme qui vous aime et n'a rien d'autre à donner que plus de joie qu'il n'y a d'heures peut-elle être une étrangère ! Maria del Perú lui appartenait autant que la forêt et ses bêtes, autant que le solennel et blanc panache qui lui revenait de la nuit des temps. Et il avait étouffé dans Montréal l'instant qu'il avait cessé de voir les pierres précieuses de ses yeux.

— Hercule, si tu la touches encore de ta grosse patte, je m'en vais tout de suite.

Et son frère l'avait oubliée, de la même manière qu'il avait toujours soigneusement évité de regarder sa main gauche mutilée.

— Noms et adresses ? De toutes manières, faut nous suivre au poste pour vérification d'identité. L'autre sera probablement accusé d'assaut contre les forces de l'ordre.

La voix est aussi polie, mais elle monte d'un ton et se fait plus autoritaire.

— Contre les forces de l'ordre ! Avec ses poings contre de l'acier !

L'officier fait un signe, une voiture s'avance et on le conduit dans des bureaux tout proches où, après un interrogatoire de quelques minutes, on le relâche en lui conseillant de quitter la ville au plus tôt.

Il regagne à pied, abattu et en proie à un dégoût violent de lui-même, d'Hercule, des poubelles qui vomissent des ordures tout le long des trottoirs, de l'odeur de guenille brûlée qui flotte d'un mur à l'autre, du sommeil de tant d'hommes dans ce marécage de pierres et de ciment posés sur des égouts, la chambre d'où le bonheur s'est enfui en coup de foudre pour laisser toute la place à la folie. Il retrouve difficilement le sommeil, le poing refermé sur le métal doux, en essayant de prononcer dans sa tête les mots pourpre de la lettre d'un bleu plus léger que celui de la buée ténue qui s'élève du lac à l'aurore et de faire renaître entre ses bras une chaleur si vive qu'il parvient mal à se souvenir de sa forme. Un certain flou déjà dissout le contour de la blanche figure noyée dans une chevelure trop abondante.

Pour la première fois de sa vie, quelque chose lui étreint le cœur jusqu'à le lui meurtrir.

— Maudit !

En débouchant sur le plateau herbeux, dans la tempête blanche qui jaillit du lac dans toute sa brutalité, Antoine ne peut se retenir de jurer à haute voix tant le spectacle le stupéfie.

Il élève la carabine à la hauteur de ses yeux, crispe l'index sur la gâchette, mais il ne peut se résoudre à la presser, parce qu'il ne croit pas ses yeux qu'il braque avec une telle intensité que la neige se colore d'une buée rose.

Dressée sur ses deux pattes de devant, lui faisant face, la bête fouille frénétiquement les flancs de la femelle, s'y frotte le mufle dans une âpre caresse, reniflant comme un cheval, le dos arqué dans un élan impuissant pour s'arracher l'arrière-train du sol. Il voit la large blessure noire qui troue une partie de la cuisse, la robe engluée dans le sang, le sexe érigé. Une autre femelle s'est enfuie vers les hauteurs en l'entendant jurer.

Dans un mugissement soutenu par un ronflement de forge, le mâle réussit à se dresser sur ses quatre pattes, chancelle, tremble comme l'eau du lac dans le vent, retombe, se rétablit et se halant plus qu'il ne s'élève par la force de ses jambes, tous les muscles des flancs creusés à craquer, il parvient à chevaucher la femelle qui plie sous le poids et cherche à avancer, mais, les babines retroussées, il enfonce ses dents dans sa robe et se hisse par à-coups jusqu'à ce qu'il atteigne l'encolure où il plante ses dents une dernière fois pour ne plus les desserrer, et c'est la femelle, toute tremblante sur ses jambes elle aussi, qui le soulève en tentant de s'arracher à lui. La torpille du Cessna fend la vague des épinettes au-dessus d'eux. Le mâle brame et renifle dans la possession qui le creuse jusqu'aux os, l'immense voilure s'élevant et s'abaissant au rythme des secousses de la femelle qui n'arrive pas à se libérer de l'étau de ses mâchoires, totalement indifférent à l'avion qui brasse la tempête à moins de cinquante pieds au-dessus de lui.

La porte arrière a été enlevée, et, lorsque l'appareil vire sur l'aile et est déporté beaucoup trop loin par le vent, Antoine voit distinctement qu'il y a quelqu'un à genoux dans l'ouverture, qui pointe une carabine, et une autre silhouette debout, derrière.

— Ils vont pas me le tuer en avion, et sur la femelle !

Antoine lui-même sait qu'il ne pourra appuyer sur la gâchette aussi longtemps que le mâle n'aura pas lâché prise. Il le voudrait qu'il ne le pourrait pas, parce que le respect de cette agonie amoureuse s'impose avec la force d'un interdit sacré.

— Pas tirer du haut de l'avion ! C'est impossible. L'Indien ne permettra pas cela !

Le Cessna a fait un cercle complet et revient vers la scène, à contre-vent, beaucoup plus lentement, en s'accordant plus de large du côté du lac, plus bas si possible, l'hélice tondant la cime des arbres.

Une mousse rouge coule de la gueule et, sur la cuisse, le sang gèle en caillots soufflés. Antoine ressent au poignet une crampe insupportable. La mousse rouge coule de ses yeux et l'aveugle. Ses cheveux se dressent d'eux-mêmes sous l'ombre de l'avion qui lui souffle dans les oreilles un vent assourdissant.

L'échine du mâle se rompt dans un beuglement de fin du monde et, au moment précis où il relâche ses mâchoires, trois détonations pénètrent en lui et dans la femelle, et il n'y a plus, sur le sol blanc éclaboussé de sang, qu'un unique pelage sombre aux membres écartelés en croix, et le panache qui se casse net et tombe comme une branche de chêne sur la masse inanimée de la femelle.

C'est la 408 semi-automatique qui a craché à l'angle juste, avec précision, tous calculs faits par un ordinateur de fendue, une dizaine d'heures plus tôt, et le vice-président si léger, si onctueux, si inoffensif a coupé net, en rase-mottes, la plus ancienne forêt d'Amérique pour pétrifier, nue, à découvert et mortellement blessée, du haut d'une misérable tondeuse à pétrole, une vie plus ancienne que le glacier en retrait depuis des milliers d'années, et la sienne, à lui, Antoine,

Antonio, qui vient d'assister à l'irruption définitive d'un règne qui ne lui accorde aucune place. Et l'Indien, qui s'est toujours nourri et vêtu de l'orignal, l'Indien, qui a connu la mer qui a créé la vie dans tout cet immense pays, et craint de disparaître avec la nouvelle mer de sacs de sable et de machines dérisoires qui doit, en quelques années, s'élever peu à peu pour effacer toute trace vivante, l'Indien s'émerveillait de voyager en raquettes à pétrole, et n'a pas empêché cela !

Le Cessna a continué très loin au-dessus du lac, a viré de l'aile encore une fois, et est venu se poser tout doucement au pied du plateau herbeux, d'un jaune de soufre dans le blanc du vent. L'eau est si profonde à cet endroit que l'avion peut accoster au rivage aussi facilement qu'un canot.

Antoine s'approche de la masse sombre et rouge que la neige commence déjà à ensevelir. Il dépose son arme au sol, laisse tomber le sac qui lui scie les épaules, y prend la hachette fichée de travers sous les courroies, et entreprend, en mouvements lents, lourds, très las, à l'aveuglette presque, de trancher la tête qui, trois fois en trois mois, lui a adressé un signe qu'il a mal compris, lui a annoncé une rupture, et non pas la continuité ainsi qu'il l'a cru.

Il sait maintenant, et au plus profond de sa chair, que toute vie doit se tarir, que la beauté, comme la force, n'appartient jamais qu'à l'instant, que toute racine peut-être tranchée, et que la ville et ses femelles, si lointaines soient-elles, ont, depuis longtemps, conquis le monde, et que le Pérou, si inaccessible soit-il, et le condor, si haut, et le poisson et Maria, si vifs, n'échapperont jamais aux millions de becs avides qui réussissent à se gaver sans quitter de minuscules îlots rocheux et stériles, au niveau le plus bas, celui de la mer, et qui savent que l'abondance se découvre plus bas encore, dans une sombre profondeur sans liberté possible, où le soleil lui-même n'est plus qu'un miroitement inutile et glacé, l'illusion floue de quelque chose d'autre, d'un espace illimité et si pailleté d'argent qu'il n'offre que la résistance qu'il faut à l'envol d'une aile dans le vent.

Les veines, les artères et les os cèdent sous les coups de hache, dans un bruit spongieux de neige gorgée d'eau. Antoine, les poumons déchirés par un souffle bref qu'il s'arrache avec peine dans un grincement de râpe, ne fixe de ses yeux voilés que l'entaille sanglante qu'il creuse avec l'acharnement froid d'un bûcheron qui abat un arbre, et, dans sa tête où le sang se rue par saccades, flotte l'image fixe des cristaux vermeils du bois de pruche que la tronçonneuse entame. L'immense ramure au vol figé dans sa propre majesté se renverse lentement dans la neige souillée, découvrant deux yeux immenses, stupides, égarés au creux d'un désir éclaté dans la mort instantanée.

— Antoine, je n'ai pas voulu cela. Je ne pouvais quand même pas pousser l'Américain dehors.

La main de l'Indien qui se pose doucement sur son épaule, et sa voix qui naît tout naturellement dans le vent.

— Du haut d'un avion, Christ ! Et toi derrière lui, en touriste qui ne se salit pas les pattes.

Il s'arrête, passe une main dans ses cheveux et s'étonne de toute cette neige qui ruisselle sur sa paume. La tête est presque entièrement tranchée et est déjà renversée comme la coque d'un navire échoué.

— Je leur ai dit que c'était interdit et j'ai essayé de faire sauter la carabine quand j'ai vu le buck lâcher sa vie dans la femelle, mais ce petit homme a des nerfs de loup ; il n'a pas bronché. Je pense qu'il a l'habitude des avions et des armes. C'est un guerrier. Un Iroquois du sud.

— Un quoi ? Maudit *buck*, ça n'est qu'un petit Américain avec un gros fusil et un avion, et le goût de tuer. Et toi, une sorte d'esclave qui ne respecte plus les lois de la vie. Voilà, retourne avec tes Iroquois blancs.

Un dernier coup rompt la puissante amarre d'un muscle, et la barbe de bouc se dresse, agitée par le vent, au sommet de l'étrange pyramide des bois. De nouveau, l'Indien pose doucement sa main sur son épaule.

— Tu es en colère. Que la neige avale tes paroles.

Antoine repousse la main et s'assoit sur son sac pour reprendre souffle. La femelle a reçu une seule balle, en plein crâne. Elle ne saigne même pas.

— Tu avais dit : « C'est un signe ! », l'Indien. Un signe de malheur ; j'aurais dû comprendre.

— Je t'ai vu sous les arbres ; tu ne pouvais tirer.

— J'ai trotté derrière lui tout le jour et quand je l'ai enfin vu, il caressait déjà la maudite femelle, l'arrière-train tout cassé.

— Revenir de la mort pour couvrir une femelle. Tu as vu de grandes choses, Antoine. D'en haut, on ne voyait que lui, son galop sans toucher le sol, en route pour le paradis des guerriers.

— Tu n'avais qu'à lui sauter dessus, l'Indien. A cheval vers le paradis toi aussi. Ton Iroquois n'aurait pas tiré.

— Et tu m'aurais tranché la tête. Ce buck-là a couvert toutes les femelles du territoire, Antoine. T'en fais pas ; une nouvelle génération commence.

Il regarde longuement, en silence, les yeux tout plissés de l'Indien dans la bourrasque blanche et cette eau sombre

qu'une longue patience a rendue calme et douce l'apaise peu
à peu.

— Que font les autres ?

— Ils attendent que je les appelle. Ils m'ont demandé de
trancher la tête et de tailler la viande.

   Antoine bondit de colère.

— Quoi ! Tu ne vas pas . . .

— Je ne sais plus. C'est mon métier. Il y a longtemps que
nous avons accepté, toi et moi.

— Cette bête, c'est nous deux. Personne d'autre n'y tou-
chera !

— Non, Antoine, c'est un buck comme les autres, qui appartient à la forêt. Tu avais accepté puisque tu ne l'as pas
chassé avant, aussi loin que tu l'aurais pu, et que, ce matin,
tu m'as laissé l'appeler en imitant le cri de la femelle.

   Le moteur de l'avion ne tourne plus depuis un bon
moment et le vent, au-dessus de la femelle siffle comme une
voix, comme s'il pénétrait par la gueule et sortait en mugissant
par le trou dans le crâne. Antoine voit la grosse tache jaune
soufre qui bat des ailes sur le moutonnement des vagues. Son
sang lui voile les yeux d'une colère rouge. Il saisit sa carabine
au sol et s'agenouille au bord du plateau.

— Maudit, ils vont attendre longtemps !

   L'Indien se précipite sur lui et lui étreint violemment
les bras.

— Ne pars pas en guerre tout seul contre eux. Aucune forêt
ne pourra te cacher.

   Il pirouette entre les bras de l'Indien, plonge toute sa
colère dans son regard patient.

— Il n'y a personne dans l'avion ?

— Tu es devenu un *lone wolf*. Tu ne reconnais même plus les tiens. Tu fonces sur ton ombre, Antoine, mais il y a du sang dessus maintenant.

— Où sont-ils ?

    Il hurle en projetant l'Indien au sol. Celui-ci répond avec une tristesse impuissante :

— Au pied du rocher. L'avion est vide.

    Antoine s'agenouille de nouveau, met l'avion en joue et fait feu à cinq reprises, tirant et repoussant la culasse chaque fois pour éjecter la douille et réarmer.

— Il n'a plus qu'à saigner à mort. Voilà ! J'ai visé le réservoir. Il va assez pisser qu'il ne pourra plus s'arracher de là.

— Dans l'eau du lac ! Tu es fou, Antoine, et encore plus seul.

— Le trophée, le panache que le vieux va clouer dans son salon de millionnaire, à l'étranger, je vais le rapporter moi-même à la maudite femelle qui m'a tiré dessus. Aide-moi à le descendre au canot du ruisseau.

    La nuit est montée de terre tout à coup ainsi qu'une nappe d'ombre pâle qui a tout recouvert. Ils entendent dans le vent des cris hachés, inintelligibles, et les coups de feu n'en finissent pas de mourir au loin, de colline en colline.

— La femme est restée au chalet. Elle n'est pas avec eux.

— Eh bien, je le lui rapporterai jusque-là !

— Tu ne vas pas descendre le ruisseau de nuit, dans la neige, avec un pareil poids ? Tu ne passeras pas aux deux rapides.

— Aussi longtemps qu'il me restera un souffle, je vais le pousser

jusqu'à la femelle.   T'as compris, l'Indien.   Si tu veux pas
m'aider . . .

L'Indien lui secoue doucement les épaules dans les ténèbres blanches.

— Demain, il sera temps de retrouver ta colère.   Viens dormir.

Antoine commence à haler dans la neige l'énorme tête
décapitée qui glisse comme un traîneau.   L'Indien l'aide en
silence jusqu'au ruisseau.   A grand-peine, ils parviennent à
hisser dans le canot leur poids de mort.   Puis l'Indien lui
claque le dos en guise d'adieu.   Très loin, du fond de la
tempête qui souffle avec une nouvelle violence, un premier loup
fait entendre une longue plainte qui leur parvient en un miaulement faible.

— Quand ils seront sous le vent, ils ne te lâcheront plus.
Moi, je vais allumer un feu pour mon petit guerrier.

— Dis-lui que sa femme va souper d'une tête d'orignal.

— Une tête de roi !   Je suis tranquille, tu ne pourras pas
traverser le lac.

Antoine ne répond pas et commence à pagayer dans l'eau
noire qui serpente dans la forêt déjà blanche.   Le froid
l'apaise peu à peu et son sang coule doucement, par petits
jets réguliers, tout le long de son grand corps.

Le front contre la vitre froide, un pied sur l'appui de la fenêtre, elle pince au hasard, à de longs intervalles, les cordes de la guitare posée sur son genou. La vibration se prolonge longtemps dans l'immense pièce inondée de soleil. Elle a levé les yeux de la cheminée à un certain moment, et le jour était là, triomphant, plus lumineux que la veille, rendu intolérable par l'éclat de la neige qui s'affaisse déjà dans son eau, tombe des arbres par gros paquets de ouate fondante.

Elle a entendu le vrombissement d'un moteur, très loin dans le silence, et elle s'est précipitée à la fenêtre. L'avion, qui n'était pas le Cessna, a survolé le lac, lentement, pour continuer vers le nord.

L'eau est d'un bleu si clair, si brillant au centre de cette blancheur pétillante, qu'elle y enfonce son regard dans une sorte de volupté froide qui la rend légère et indifférente à tout. Et lorsqu'elle pince une corde, le son s'épand tout le long de ses nerfs. Elle n'aurait qu'à fermer les yeux et, de nouveau, elle s'évanouirait dans cette somnolence neigeuse et lisse de tout souvenir qu'elle connaissait presque tout de suite après l'injection. Pendant plus d'une semaine, tous les jours, et plusieurs fois par jour un médecin en blouse blanche, si blond que l'arc des sourcils paraissait nu, la piquait au bras, le même sourire béat en suspens à mi-chemin entre elle et lui.

Après lui avoir lancé une bouée, à l'îlot du phare, ce jour d'octobre si bleu, si blanc, si translucide et en même temps si opaque, si doux que le rocher lui-même oscillait dans la respiration régulière de la mer et la berçait dans un profond sommeil, les yeux grands ouverts sur la haute voile blanche et cambrée qui glissait sur tout le rivage de Suoco Pool, Mr Peabody l'avait ramenée dans la grande maison gris ardoise, lui avait longuement parlé de sa voix calme et onctueuse, sans qu'elle entende un seul mot, dans tant d'écume bruissante, sous tant d'eau pailletée d'argent coulant du frémissant sourire de David.   Puis elle avait vu pour la première fois ce médecin sans sourcils qui l'avait interrogée d'une voix agréable et blonde à laquelle elle n'avait répondu que par ce sourire léger qui tombait d'elle comme des larmes.   Il lui avait donné une première piqûre, et son sourire avait fondu dans cette somnolence sans aspérités, fluide, ouateuse, dans laquelle elle devenait lambeaux de brouillard, nourrisson endormi paisiblement sur un sein rond et tendre.

Le lendemain, elle s'était réveillée sous l'œil d'une étrangère qui lui apportait son petit déjeuner en lui annonçant que Mr Peabody lui avait demandé de s'occuper d'elle.   Elle avait mangé un peu, puis elle avait eu la nausée et avait demandé à l'étrangère de s'en aller.   Beaucoup plus tard, Mr Peabody était passé la voir et l'avait trouvée assise à croupetons, pleurant du même sourire, effaçant doucement des traces dans le sable, retirant d'une main faible les goémons écumeux qui barbouillaient un sourire.   Il lui avait encore longuement parlé avec les mots légers et rassurants qu'on emploie avec les enfants. Elle-même n'avait ouvert la bouche que pour lui demander avec entêtement, mais sans s'irriter, de chasser l'étrangère. Puis elle avait dormi jusqu'à l'aube, dans un fond vaseux sous la mer, ligotée par des varechs dentelés et brunâtres qui s'agitaient si mollement qu'elle avait mal au cœur.

Ce jour-là, un vent rugueux soufflait le sable sur la plage et elle s'était laissé cribler durant des heures entre sa maison et le cottage désert, au virage de la petite route. Elle était rentrée au crépuscule, frissonnante et plus sèche qu'une pierre. Mr Peabody avait allumé un feu dans la cheminée, et la table était mise. Il avait, encore une fois, parlé longuement de sa voix feutrée. Elle avait bu un peu de vin et avait dû aller se coucher parce qu'elle avait la nausée.

Quelques jours plus tard, une semaine peut-être, Mr Peabody lui avait demandé, après mille précautions, si David ne lui avait pas confié des textes tapés à la machine ou écrits à la main. Non. Il n'avait pas insisté. Puis il avait parlé, pour la première fois, de dépression. Il l'avait même gourmandée, menaçant de la faire entrer à l'hôpital si elle ne se nourrissait pas davantage. Elle avait sagement promis d'essayer.

Plus tard encore, Mr Peabody avait eu un mot malheureux qui avait fait un grand trou dans son sourire aquatique. Il avait parlé de *veuve*. Et il avait raconté en cherchant péniblement ses mots, attendant chaque fois de constater l'effet qu'ils faisaient sur son sourire, avant de continuer, qu'on avait retrouvé un certain cadavre de David, déporté fort loin, sur le sable d'une plage située beaucoup plus au nord, et que la veuve l'avait identifié, qu'elle s'était un peu étonnée, parce que David avait toujours été un excellent nageur. Puisqu'un certain sourire subsistait toujours, Mr Peabody avait doucement ajouté que David avait quitté cette femme et son enfant au plus creux d'une dépression nerveuse, qu'il avait auparavant occupé d'importantes fonctions, qu'il s'était mis à écrire ensuite et que tout s'était aggravé. C'était pour cette raison qu'il lui avait demandé s'il lui avait donné des textes, parce que des textes peut-être . . .

Là, Mr Peabody avait dû s'interrompre parce que Claire avait éclaté en sanglots. Et elle avait chassé Mr Peabody, et elle s'était mise à nager sans force aucune dans une voie lactée où des vagues à dos sombre la dressaient, verticale, battant des pieds de brouillard et tirant des bras sans os, si loin de la plage et si loin du phare, que le temps tombait sur elle en pierres d'argent. Elle s'était endormie dans cette rivière d'argent d'où émergeait, trop loin pour qu'elle puisse la saisir, au-delà de deux ou trois houles, la main longue et fine de David qui tenait très haut, pour éviter qu'elle soit trempée, une feuille blanche où elle lisait distinctement, tapés à la machine, les mots POURQUOI ? POURQUOI ? POURQUOI ?

De plus en plus souvent, les jours faisaient le dos rond sous le vent du nord-est qui soufflait depuis le Portugal et poussait contre les rochers des lames d'eau qui se fracassaient et venaient mourir en larmes contre les vitres de la maison gris ardoise. Claire n'en continuait pas moins sa course incessante jusqu'au cottage à l'autre extrémité de la plage, écoutait une voix faible, soutenue par un frémissement si léger qu'elle devait tendre l'oreille, comme on tend un bras, pour la capter et la mettre au chaud contre son sein, et regardait avec panique le si grave visage d'une enfant rousse qui se nichait au creux de l'épaule de David. La mer brassait en tous sens des ombres noires dans un tumulte de glaces entrechoquées qui ne laissait aucune fissure au silence. Claire était seule sur toute l'étendue de la plage, seule à hurler sans pouvoir s'entendre, dans le gémissement coléreux des

mouettes, aussi seule et impuissante que les galets roulés
dans un minuscule cliquetis par le flot.

Les pêcheurs n'allaient presque plus en mer, et l'horizon
se rapprochait de la côte, très loin du mât infime du
phare, qui avait à jamais basculé au-delà de la chute verticale de l'océan, vers le Portugal.

Mr Peabody, en réchauffant ses mains au-dessus du
feu de la cheminée, les roulant lentement l'une dans l'autre
comme s'il les savonnait, prononçait de plus en plus souvent
des mots graves et plus tristes qu'aucun brouillard glacé :
mélancolie, neurasthénie, choc nerveux. Pendant une semaine
presque, il avait sorti de sa manche pour l'y dissimuler
aussitôt l'idée d'un retour possible à Lesley College. Puis,
elle avait été saisie de vomissements qui la surprenaient à
toute heure du jour et de la nuit, même si elle ne mangeait
que des biscuits secs de temps en temps. Alors, le médecin
albinos était revenu la voir, l'avait interrogée sur des choses
si intimes qu'elle avait refusé de répondre. Sans qu'elle oppose
la moindre résistance, il lui avait encore une fois donné
l'injection de somnolence qui la dissipait dans une lumière
blafarde et l'avait conduite dans un petit hôpital, pas plus grand
que la maison à hautes colonnes blanches de Mr Peabody
où, en blouse blanche, un peu en retrait d'un sourire de
marbre en suspens entre eux, il avait renouvelé la piqûre
à heures fixes, tous les jours, durant une semaine, si bien
qu'elle avait pu, durant tout ce temps, contempler dans le
lointain une jeune femme blonde au regard vert d'eau flotter
mollement sur des vagues de ouate très lentes qui ne trem-
paient même pas ses cheveux, dont elle était complètement
détachée, et qui était Claire Smith, dans un film aux images
très floues se chevauchant l'une l'autre dans un univers
absolument dépourvu d'objets, nu comme l'eau, et, comme
elle, sans couleurs et sans limites. Elle avait appris à appri-

voiser cette jeune femme, et à n'en rien attendre, jusqu'à l'habiter, sans mémoire et sans volonté. Et désormais, elle tentait moins souvent d'effacer des pas dans le sable ou de porter une main très, très légère au fragile reflet d'un sourire tournoyant dans une écume verte. Elle s'était même remise à manger avec appétit sans ressentir la moindre nausée.

Beaucoup plus tard, après son retour à la maison gris ardoise, Mr Peabody lui avait remis une douzaine de boîtes roses et plates, assez jolies, qui renfermaient un calendrier lunaire où chaque jour était indiqué par une petite pilule blanche protégée par une coquille de plastique cédant facilement sous le doigt. De précieuses bonbonnières. Puis, de sa voix rassurante et paternelle, il avait glissé, mine de contempler les mouettes, quelques mots sur les avantages des cures de sommeil, et, sur un ton tout rose, la mâchoire un peu contractée, comme s'il avait une rage de dents qui rendait le langage difficile, il avait évoqué des fausses couches qui, parfois, ne se produisent pas. Et il était reparti très vite, sans la regarder, comme s'il craignait que ses mots n'explosent à retardement.

Presque tous les jours, des voiles blanches s'élevaient sur la mer, au nord-est, et venaient se déchirer dans un long sifflement contre les fenêtres de la maison. Claire ne sortait presque plus, attentive à son corps et recueillie sur l'enfant de David qu'elle n'avait pas eu. Elle mangeait beaucoup, à cause de lui, et regardait tomber la neige en cherchant dans l'obscurité blanche de la plage une silhouette nonchalante, marchant en prenant appui sur la pointe des pieds, la tête très inclinée dans le vent, et donnant la main à une enfant vêtue d'une robe blanche et d'un chandail vert ruisselant d'une buée rousse. David avait trente-cinq ans. Et il nageait aussi légèrement que la lumière de miel d'octobre sur l'émeraude de la mer.

— Pourquoi personne ne m'a interrogée ?

Mr Peabody avait à peine marqué le coup.

— Parce que je ne l'ai pas voulu. Et sa femme non plus.
Tu comprends, pour l'assurance, un suicide . . .

Il s'était tu abruptement, l'œil dilaté par l'inquiétude,
prêt à bondir dehors pour ne pas entendre la déflagration du
mot qu'il avait si soigneusement évité de prononcer durant
tant de semaines. Mais Claire ne lui avait opposé qu'un
sourire muet, à jamais congelé, et elle s'était lovée sous la
cendre qui tombe, monotone, froidement douce, un peu vis-
queuse, de l'indifférence irrémédiable du monde, depuis l'ombre du métro aérien de Boston, jusqu'aux mots un peu répu-
gnants qu'on avait lancés dans le coquillage nacré et vide
du triomphal soleil d'octobre et qui changeaient l'amour
en une sorte de maladie de l'âme, honteuse, inguérissable et
mortelle, qu'il fallait masquer avec une pudeur extrême,
dissimuler comme une plaie, à cause des compagnies d'assurances et de la gentillesse protectrice des gens.

Elle quitte la fenêtre où le froid lui brûle les yeux pour
revenir dans la chambre où la lumière est encore tamisée
d'un peu de nuit. Sous ses doigts, très faible et décomposé
par son jeu très lent, naît le menuet aux notes de brouillard
qui est le requiem des amours marines jamais revenues au
rivage, et que le grand Bruce, parti vers le large dans une
voiture emballée, aimait entendre dans un drôle de recueillement entre deux courses vers des îles au trésor.

Dans la petite fenêtre, elle ne voit que le haut mur des
épinettes chargées de vagues blanches. Elle ferme les yeux

et marche de long en large, la tête inclinée dans la musique qui vibre sous ses doigts, et franchit, sans s'en rendre compte, le passage oublié qui, auparavant, l'arrêtait toujours, et pense aux gros doigts de Bruce qui cherchaient à l'aider en tambourinant sur une table.   Toutes les phrases reviennent d'elles-mêmes maintenant que cette digue a sauté et, les jambes appuyées au lit, elle s'abandonne au temps retrouvé.

La guitare tombe sur le lit.   Elle lâche un petit cri parce qu'on vient de la brûler.   Une main a très lentement glissé sur la sienne, puis s'est écrasée lourdement sur les cordes qui ont gémi sous ce poids.   L'œil bleu a, enfin, troué la surface de la conscience. En même temps qu'elle le découvre et se sent vue, elle entend le moteur de l'avion qui éclate si proche que les murs de la chambre trépident. Il a dû reprendre conscience et remuer plus tôt, car la serviette turquoise a glissé sur le drap.   La bouche, encore déformée, se crispe en un effort désespéré pour s'arracher à l'immobilité, mais ancun son n'en sort.   Les doigts remuent faiblement entre les cordes.

Le regard tente de communiquer avec elle dans une telle impuissance qu'elle abandonne l'instrument sur le lit, se détache lentement à reculons, et se précipite dans le vrombissement de l'avion qu'elle découvre tout de suite à l'extrémité du quai.   C'est celui qu'elle a vu passer au-dessus du lac.

La berceuse de Blanche encore qui, par mille fils patiemment tissés, le ramène dans la nuit, pose une taie duveteuse et écrasante de légèreté sur le doux éclat de soleil qu'il vient d'entrevoir dans le jaillissement perlé d'une eau claire. Et, dans ce sommeil cotonneux où Blanche l'ensevelit, il n'a plus la force d'un seul mouvement, il ne peut articuler un seul mot. La berceuse s'effiloche en une respiration pourpre tout près de lui, dans une obscurité léchée par un éclat blafard. Et une note se tend à n'en plus finir dans tout son corps pour éclater en mille grains dans son sang.

Au premier rapide, le canot se coince tout de suite entre les roches, dans le bouillonnement noir de l'eau. Sur son dos, le froid a rendu sa chemise rigide comme une planche qui oppose une résistance à chacun de ses gestes. Il doit descendre, entrer dans l'eau jusqu'à mi-jambes et dégager l'embarcation pour la haler sur les cailloux qui roulent sous ses pas jusqu'à la fin de cette chute à l'envers.

Tout d'abord, il n'entend qu'une course haletante, trop loin sous les arbres pour qu'il puisse voir, puis c'est le bond d'une longue silhouette sombre dans le fond du canot qui oscille sous le choc, un souffle rauque, une sorte de lapement sauvage, un arrachement de chair spongieuse, et le poids bondit de l'autre côté. Il a le temps de voir distinctement les flancs creusés, la fourrure hérissée en touffes mouillées. Puis, un peu plus loin derrière lui, deux autres formes, la queue ramenée sous le ventre, sautent d'une rive à l'autre. A cause de la neige qui tombe dru, il ne les aperçoit que le temps du bond, à la dernière minute, mais il peut, à leur halètement, suivre leur course en cercle.

Il continue de tirer le canot à grands coups, parce qu'il sait qu'il sera bientôt dans le courant de nouveau. Deux corps lourds heurtent en même temps l'embarcation qui verse de côté et le *panache* chancelle dangereusement. Il voit les yeux luire dans la neige et, encore une fois, c'est la brève et spongieuse gloutonnerie, et la fuite sur l'autre rive.

La course sous les arbres se mue soudain en un combat de souffles sifflants, une mêlée dans l'ombre qui éclate aussitôt au plus aigu du hurlement, qui s'élève au-dessus de lui-même, de vague en vague, pour s'écrouler d'un seul coup.

Il a redressé le canot, atteint la fin du rapide en longues enjambées, et saisi sa carabine. L'eau du torrent s'engouffre dans ses bottes, mais il ne sent pas le froid, braquant toute son attention à la curée qui se déchire elle-même dans le voile blanc de la nuit. Le halètement en cercle reprend. Les pieds écartés pour s'assurer un meilleur appui, le canot bloqué par son corps, il attend. Un premier tour de bonds au-dessus du ruisseau, trop loin. Il sait qu'il y en aura un second, plus près, avant l'assaut sur l'embarcation. Il fait feu une première fois, et un corps hurlant tombe lourdement dans l'eau. Les autres poursuivent leur troisième cercle, mais les bonds se font un peu devant le canot, et il abat une seconde bête à bout portant. Le reste de la meute s'éloigne dans la tempête.

Il se remet à pagayer, un peu essoufflé, le cœur battant un peu plus fort, et conscient des petits jets de sang au passage étroit de ses tempes. Les loups ont dû courir un bon mille dans le vent, car les hurlements lui parviennent de loin, et plus haut que lui. Au second rapide, il peut naviguer une certaine distance entre les roches avant d'être obligé de haler le canot. Il n'y a pas de course sous les arbres, mais au moment où il s'engage de nouveau dans le courant, les hurlements déchirent la nuit beaucoup plus près, au-dessus des deux cadavres sans doute.

Il n'a plus à pagayer ; le courant est si vif, en pente jusqu'au lac, qu'il n'a qu'à guider l'embarcation. Il passe une main sur ses yeux pour chasser la neige, et des caillots sombres, à demi-gelés, tombent au fond du canot. Il a dû pousser en appuyant des deux mains sur la tête en partie dévorée.

L'hiver qui vient, une armée de sportifs blancs doivent organiser une vaste battue en motoneiges pour tuer le plus de loups possible. C'est l'Indien qui lui a raconté, Cris devenu Sioux depuis que la Compagnie de la Baie d'Hudson lui offre le cinéma. Il parle de ses batailles dans l'ouest américain, de ses techniques militaires. Car les blancs vont leur voler jusqu'à leur façon de tourner, tourner et tourner à toute allure autour de l'ennemi, en resserrant de plus en plus le cercle, jusqu'à ce qu'ils n'aient plus qu'à faucher les cous parqués au centre. C'est ainsi que Sitting Bull a humilié l'orgueilleux Custer et son régiment de cavalerie. Et ce Cris, le plus pacifique des hommes, a la fierté de tous les Sioux réunis. Il sait bien que les loups ont inventé cette technique bien avant eux, et la chasse à relais en plus. Et c'est pour cela qu'il se moque bien de l'armée de motoneiges qui prétend enfermer les loups dans un pareil piège. Des bêtes qui peuvent courir cinquante milles par jour, et à cent à l'heure, sur n'importe quel terrain, et qui ont un système de communications si poussé qu'aucun radar ne peut les clouer sur un écran. Et si les loups existent, c'est que mère nature leur a donné un rôle à jouer. Qu'arrivera-t-il si on les extermine ?

— You are a lone wolf. Tu fonces sur ton ombre, Antoine, mais il y a du sang dessus maintenant.

Dans quelle partie de l'Amérique danse Maria, cette nuit, et à qui donne-t-elle sa fleur du glacier ? Il touche au fond de sa poche le cuivre doux où lui, El Cóndor, couvre tout le soleil de son ombre. Quelle tempête peut l'atteindre ? Comment pourrait-il souffrir de vertige, lui qui vole plus haut que la plus haute montagne ? Comment pourrait-il se briser comme Hercule, lui qui n'a jamais été l'esclave d'une terre ou d'un homme, qui ne possède rien parce qu'il est libre ? Et c'est pour cela, pour enseigner à l'orgueilleuse Américaine qu'on ne tire pas sur la liberté, qu'il franchit la forêt, la tempête et les loups pour lui apporter à manger une tête de mort, et la voilure la plus somptueuse du monde.

Au-dessus du bourdonnement de ses oreilles, de la respiration de son cœur, il entend de nouveau la course haletante
sous les arbres, des deux côtés du ruisseau. Il ne s'inquiète
pas, parce que le lac est maintenant tout proche, et qu'il file
aussi rapidement qu'eux sur cette veine de la forêt où il n'a
qu'à se laisser emporter. Les bonds reprennent d'une rive
à l'autre, mais il passe au travers aussi facilement que l'orignal
ouvre sa foulée dans le fourré le plus dense. Il s'émerveille
même de la beauté de ces bonds gris et écumants dans la
poudrerie rageuse. S'il n'était pas si pressé, s'il n'avait pas
si froid, il ralentirait pour la seule beauté du spectacle. Mais
il a rendez-vous avec une femelle qui regarde la télévision,
seule au cœur de la forêt, et à qui il doit rapporter la mort
qu'elle a semée le matin, en lui tirant dans le dos une balle
de 408 semi-automatique.

Un premier choc sur le canot le fait sursauter. Au
même moment, une fourrure tout agglutinée par la neige et
une haleine aigre lui frôlent le dos. Il saisit son arme, tire
dans le vide d'abord pour élargir le cercle, puis, à deux
reprises, sur des ressorts tendus entre ciel et terre, dans une
lueur blanchâtre où les arbres et les loups se confondent. Et
c'est toute la forêt qui hurle, des pierres à la cime des arbres,
et le bouillonnement du lac qui s'offre tout grand devant le
canot dans une chute de vent verticale qui le projette à
folle allure sur l'écume noire, toute la forêt qui s'ouvre dans
un déchirement de fin du monde, dans un feulement qui lui
laboure les tripes.

The lone wolf est engagé dans une sacrée course à la
mer, et la tempête pousse de toute sa démence la solennelle
voilure rigide qui vole au-dessus des flots noirs. La proue
danse une folle sarabande sur le lac cahoteux et le canot de
toile craque de toutes parts et se penche à babord et à tribord
dans l'ivresse de la course, lapant l'eau de partout dans ce

tourbillon de fête. Maria pirouette et pirouette si haut et si vite que jamais ses pieds nus ne retrouveront le sol, que la vague des désirs va la clouer là-haut à jamais ! Et tous les projecteurs ont été éteints d'un coup et personne ne saura jamais ce qu'est devenu l'oiseau de feu dans la nuit où il a pris son vol dans un bond imprévu, la noire chevelure déployée dans un vent vertigineux qui l'aspire bien plus haut que la dernière cime bleue des Andes, bien plus haut que l'azur qui se réfracte sur le glacier.

Il tend tout son grand corps, toute l'énergie qu'il peut expulser comme une dernière respiration, à barrer de l'aviron, à ramener au plus près de la rive et, peu à peu, les grandes voiles se gonflent dans le travers du vent, et le canot d'enfer pénètre dans l'ombre des collines et se cabre moins. Il ne quitte plus des yeux, rétrécis en lame de couteau dans la neige, la rive toute proche et n'a pas trop de toutes ses forces à gouverner, et, dans la clameur du vent, il entend encore la course haletante sous les arbres, mais il sait que les loups ne bondiront pas dans l'eau du lac, et un calme glacé, plus lourd qu'une pierre, force son chemin tout le long de son grand corps.

Le canot heurte le quai de plein fouet et il lève les jambes, à en tomber à l'eau, sous le choc. Il pousse l'embarcation sur la grève en se halant des bras sur le quai.

Il descend dans l'eau, saisit l'énorme tête déchirée en lambeaux, et qui lui paraît si légère tout à coup. Il la dépose au sol, prend son sac qu'il passe dans son dos, la carabine qu'il dépose sur le quai et tire l'embarcation qu'il renverse. Aveugle et sourd, agité par une marée intérieure qui s'élève en lui jusqu'à lui distendre les côtes. Il ramasse son arme et, lorsqu'il se relève enfin pour chercher des yeux son trophée, il entend et voit en même temps trois ombres grises livrées à la même curée spongieuse et écœurante. Très lentement, il

lève ses bras de pierre et fait feu à trois reprises. Une seule
ombre se rompt en deux à quelques pas ; les deux autres
se fondent dans la nuit.

Il met l'arme en bandoulière, se penche et transporte
jusqu'au chalet obscur le plus beau *panache* d'Amérique.

Il pousse la porte, du pied, s'immobilise un temps devant
ce trou de silence, portant à bout de bras son vaste oiseau
captif, aussi léger qu'un aigle empaillé. La pièce frémit sous
son regard voilé de mousse rose, tout ondule sans contour,
si ce n'est une flamme vive et brûlante. Dans la maison
même, un loup escalade longtemps un vent râpeux qui lui
déchire les entrailles, prisonnier de son hurlement qui le
précipite de si haut. Il n'a qu'un désir, l'apaiser, le persuader
de se coucher, qu'il n'y a rien à craindre, de se reposer en
contemplant cette chaude lueur rouge, étrangère au vent, à
la neige, au froid.

— C'est moi . . . lui . . . nous deux.

Il projette ses dernières énergies dans ce qui se veut un
sourire rassurant, laisse tomber dans la neige le vent écarlate
emprisonné dans les ailes immenses, fait quelques pas, se
souvient de refermer la porte et recule, puis, sur ses jambes
de glace qui ne sont plus articulées aux genoux, toutes raides
dans les bottes d'où gicle l'eau, il s'avance jusqu'à un meuble
où il se brise. Il a le temps d'apercevoir, le temps d'un
éclair, une enfant blonde écroulée au sol. Il s'efforce de lui
sourire, mais il sombre, les yeux grands ouverts, dans un
lac sans fond où des poissons velus hurlent à la mort dans
une eau noire qui avale tous les sons.

Quand il refait surface, un voile doré et ténu palpite
au-dessus de lui, et une main fragile, légère, à peine un peu
de tiédeur, celle d'une poitrine d'oiseau, lui ouvre la chemise

et le débarrasse délicatement des écheveaux moussus de laine blanche et pourpre qui gênent sa respiration. Il saisit cette main et l'étreint ainsi qu'un noyé respire sa première gorgée d'air, et la main s'abandonne, consent à lui restituer un souffle. Sous la mince voile d'or, deux perles d'un vert de mer chatoient sous une légère vague de terreur. Il relâche la main qui reprend son délicat ballet sur sa peau, dans toute cette ouate qui obstrue ses poumons. Sous le mince voile d'or, son regard se braque sur de légers moutons d'écume, doux et ondulants comme feuilles de printemps sous la brise. Sa main s'allonge lentement dans cette mer verte et chaude, glisse sur une surface vivante et lisse qui ranime la course de son sang, qui, dans sa résistance moins ressentie qu'un consentement, le replonge dans le corps enivrant de Maria. Il se dresse, s'empare à deux mains de cette poitrine d'oiseau qui s'ébroue dans son eau glacée et colorée, emprisonne contre son long corps exsangue la taille mince qui s'ébranle en vain pour se libérer. Il l'entraîne vers un lit. Maria l'a quitté depuis si longtemps qu'elle n'a plus aucune fougue, aucun goût du jeu, l'accompagne dans une docilité passive d'enfant qui ne comprend pas ou a trop peur pour crier et fuir. Lui-même frémit trop de joie pour parler ou simuler le vol plané du condor.

Un instant, il croit que le visage éploré de l'Américaine veut lui ravir les sombres perles pétillantes dans la blanche figure de Maria, et la rosée framboise de ses lèvres goulues. Il la chasse d'une gifle qui glisse sur des larmes, et des petits rires brefs qui se cassent comme verre. En gestes assoiffés, il découvre le corps blanc qui se contracte, joue à se refuser, fuit dans la profondeur du drap, secoué des mêmes rires brefs en chapelet qui le couvrent d'un voile d'or si fin et inconnu. Il plie les genoux, mais ne lâche pas prise. Il s'enfonce vertigineusement dans cette douceur blonde, dans

ces petits cris puérils qui se muent soudain en un chant
implorant, avide, qu'il tente d'apaiser de tout son sang, et
qui le rompt, au faîte d'un geyser d'où il s'écroule en lambeaux,
dans un tourbillon si violent qu'il ne parvient plus à respirer,
que son cœur bat à des pieds de sa poitrine sans qu'il puisse
le ramener, que son sang s'épanche par mille fissures, et que
ses muscles se nouent en un faisceau si ramassé sur lui-même
que la détente ne peut que le faire exploser.

De nouveau, c'est le visage de l'Américaine, enfant pâle
inondée d'une eau salée qui ne cesse de couler de la mer de
ses yeux.

— No estás . . . como Maria . . .

Elle n'est pas THE FIRE GIRL sous tant de tristesse,
ou celle-ci s'amuse à le berner, et c'est pour montrer qu'il
n'est pas dupe qu'il trouve des mots espagnols maladroits.
Mais l'Américaine, toute fondante de douceur tout à coup,
lui répond en espagnol, puis, toute morgue retrouvée, en
anglais, avec des mots durs et humiliants qu'il ne comprend
pas, et en français enfin, en français importé dans des bouteilles de parfum ou de champagne, pour lui annoncer, avec
la même assurance cruelle qui lui a fait faire feu sur le jour
naissant et l'incroyable image de sa liberté, que Maria est
morte, tuée par l'amour.

Le mâle qui emplit la femelle de son agonie et se rompt
sous le feu de l'avion éclate dans une éruption volcanique qui
coule en lave de feu dans son corps, et l'explosion détend
ses muscles qui claquent en tous sens, le déchire en tronçons
plus morts que pierres, et le renverse comme la tête tranchée
aux ailes déployées dans la mort, le précipite de la plus haute
cime bleue et blanche au plus sombre de l'eau sans fond.

Elle cligne des yeux dans l'éclat du soleil sur la neige et attend que l'Indien lui livre passage. Son large dos incliné, la tête d'un noir extraordinairement vivant dans la rutilance du jour, il caresse lentement le poulpe velu aux tentacules fossilisés, déchiqueté par la tempête, recouvert d'une neige floconneuse qui s'affaisse dans une eau rose. Il se redresse enfin, plante dans les siens des yeux allumés d'une sombre colère :

— He was a king. Made to be free and beautiful. For ten years, he lived, without knowing it, at the end of your gun. There will never be another one like him.

Sa voix maîtrise sa colère. Il tire une leçon grave, avec une autorité qui ne saurait souffrir une réplique. Puis il lui étreint durement le bras et l'entraîne à la lisière des arbres où, de son pied, il découvre sous la neige une forme au poil hirsute, brisée dans son bond, et toute raide.

— That's a wolf. This night, Antoine was running death

in front of a pack of them.   Because of you.   This is not
your land.   Go away, bad woman.

Il la libère et regarde venir vers eux Mr Peabody, aussi
détendu et impeccable que s'il avait passé la nuit au chalet,
deux pilotes et un agent en uniforme.   Puis il s'éloigne à
reculons en lui demandant :

— Where is he ?

— In my bed.

Elle lui dit la vérité, tout simplement, sur le ton d'un
enfant pris en faute, parce qu'il la domine de toute son
autorité.

Mr Peabody pose un pied léger sur la dépouille du
loup.

— Il n'a pas eu le temps de s'enfuir, j'espère.

— Non, il est couché dans mon lit.   Il a eu une crise car-
diaque, ou quelque chose d'aussi grave.

C'est au tour de Mr Peabody de la contempler avec une
colère qu'il retient difficilement.

— L'agent est venu le cueillir.   Il a tiré sur l'avion, comme
un fou.   Heureusement que le pilote a pu établir le contact
avec Scottville, ce matin.

Les autres s'approchent de la dépouille.   Elle aussi saisit
durement Mr Peabody par le bras et l'entraîne plus loin pour
lui affirmer d'une voix blanche, exténuée :

— Si l'agent touche cet homme, je me tue devant tous.   Nous
ne sommes pas chez nous, Mr Peabody.   Partons tout de
suite.

— C'est le territoire de la Compagnie, Claire.   Je ne comprends pas.   Il aurait pu nous tuer.   Ne fais pas l'enfant.

Avec patience, avec calme, sans élever la voix, comme au temps où elle pleurait d'un éternel sourire figé, il lui raconte tout ce qu'elle ne sait pas et explique que, à titre de vice-président de la United States Pulp and Paper Company, il ne peut absolument pas fermer les yeux sur un tel acte. Têtue, la voix lointaine, le regard fixe, elle répète simplement :

— Je me tue, Mr Peabody. Et tant pis pour les assurances.

Il se dirige lentement vers la tête immolée dans la neige, un peu voûtée par la fatigue tout à coup et dissimulant mal son inquiétude.

— Je le voudrais, que je ne le pourrais plus. Une plainte officielle a été déposée. Quelle explication je pourrais donner ?

La réplique vole drue et nette :

— Que vous étiez saouls. Cela suffira. Et vous l'étiez, d'une certaine manière.

Il s'arrête pile, se tourne vers elle, lui étreint doucement l'épaule et l'implore :

— Claire, sois raisonnable.

Une longue pause, durant laquelle il regarde venir vers eux les deux pilotes et l'agent, puis, d'une voix un peu honteuse :

— Tu n'as . . . tu n'as pas ?

Pour toute réponse il reçoit une gifle sèche comme un coup de fouet. Il sourit aux trois hommes. Elle retourne au chalet.

Tout de suite, elle voit Antoine allongé sur le divan, près de la cheminée, le visage très pâle, les yeux clos, reposant en chapelle ardente. L'Indien l'a habillé, a fermé la porte de la chambre, et veille en sentinelle à ses pieds. Elle voit aussi sa guitare empalée dans le long canon de la carabine. L'Indien, sans bouger, lui dit doucement :

— Go away, woman.

Elle va s'asseoir sur le quai, les jambes pendantes, et contemple le clapotis du lac. Elle pense au médecin albinos et à ses injections de somnolence qui lui permettaient de se voir de si loin, entièrement étrangère à elle-même, à la mer qui lui paraît avoir sombré définitivement sous tant de terres qu'elle ne reverra jamais le chandail à col roulé, étendu les manches en croix, et qui est tout ce qu'elle possède de chaud et de vivant. Un peu de laine rugueuse qu'elle a cachée au plus secret de la maison gris ardoise durant des mois avant de s'accorder la permission d'y rouler ses doigts glacés. « J'ai tenté de mettre le plus de froid possible entre nous . . . »

Elle pense que tout se détache et tout se défait dans une eau qui entraîne tout dans une indifférence, sans horizons, et qu'il faut être Rose Greenwood ou Bruce Smith pour ne jamais perdre le désir de la possession, et qu'elle n'est pas leur fille, et qu'il y a eu tant de froid dans sa vie que la chaleur ne peut y passer que le temps de lui faire mal, qu'elle n'est pas « a bad woman », qu'elle ne tue rien, mais que tout vient mourir dans ses mains, et qu'il suffirait peut-être que la vie soit moins abondante pour qu'on reconnaisse tout de suite ce qui est précieux, et éviter ainsi de se diluer dans des histoires qui sont toujours les mêmes et ne parviennent pas à éteindre une petite flamme prête à jaillir jusqu'au ciel à la moindre promesse de beauté, et qui subsiste au cœur des rêves les plus noirs, et elle pense que le grand Bruce, qui avait si peu choisi et avait tant écumé les terres d'autrui, connaissait une grande vérité pudique : qu'il fallait ou consentir à avoir froid ou se brûler. Et que Rose Greenwood était une femme respectable, parce qu'elle avait si peu gagné à tant payer. Elle pense qu'il n'y aura peut-être plus jamais de

nuits dans sa vie, mais seulement une interminable journée
de brouillard durant laquelle elle entendra la mer sans jamais
la voir, marchera et marchera sur la plage sans être vue et
sans pouvoir rien étreindre. « La mer a vomi !» Une enveloppe vide, identifiée par une femme belle et inconnue sur une
plage étrangère. « Il a fallu tant de temps avant que je cesse
de craindre de te faire mal. » Et le chemin de lune, la marée
d'équinoxe qui a redonné au rivage sa virginité première,
et le sourire si triste entre deux eaux, qu'elle n'arrive plus à
revoir parce que sa tête est tout obscurcie par l'encre noire
projetée par un poulpe velu aux tentacules rigides, échoué
à des centaines de milles de la mer, né de la nuit éventrée par
une meute de loups vomissant leurs entrailles. Elle est en
proie, de nouveau, à une nausée qui, cette fois, ne cèdera pas
à une cure de sommeil.

   Sur l'herbe du jardin nocturne, Maria, pénétrée par la
mort, offre un visage d'une tendresse de marbre, parce qu'elle
se referme sur une vie encore vivante, que le comte peut
encore cueillir. Elle offre en même temps à l'impuissance
sa mort et un fruit. Et, elle, Claire, ne s'est pas réfugiée
en Maria, n'est pas morte au plus profond de l'image sur
l'écran de la télévision puisque la nuit l'a atteinte et lui a
fait assassiner le souvenir de David et noyer à jamais son
douloureux sourire.

   Elle a hurlé, elle aussi, dans la déchirure de la nuit, louve
qui a dévoré l'enfant de David dans son sommeil, hurlé devant
l'apparition vengeresse, blanche et pourpre, qui s'est brisée
devant elle et dont elle a fini par s'approcher pour éprouver
sa réalité en lui retirant ses lambeaux de brouillard et d'écume,
et elle a touché sa chair, et ses mains ont caressé les siennes,
et, lorsqu'elle a senti la brûlure de son sexe, elle s'est ouverte
sans la moindre résistance, pour expier, pour se donner à
la mort, et c'est la vie qui a respiré et a chanté en elle. Au

jour de l'anniversaire, elle s'est noyée à son tour, et c'est son sourire de pleurs qui tournoie lentement, et pour toujours, sous une lourde et verte écume de goémons, sous le poids léger d'une nouvelle semence de vie dont elle ne parviendra pas à s'expulser.

— Viens, nous partons. C'est arrangé. Nous ne porterons pas plainte.

La voix parcimonieuse de Mr Peabody lui parvient déformée par la forêt d'algues qui s'agitent mollement.

Elle se lève sans mot dire, pénètre dans le chalet, s'approche du corps en chapelle ardente, repousse l'Indien, plonge tout le vert de ses yeux dans le bleu limpide et froid de l'œil droit, se penche et l'embrasse légèrement sur la bouche. Une main de laine serre péniblement la sienne. Elle s'en arrache sans bruit et sort à reculons en adressant à l'Indien un vague sourire. Puis elle se dirige vers l'avion.

— Nous avons dû enlever la porte arrière, mais nous avons des couvertures.

C'est le pilote gentil et correct du Cessna qui lui annonce qu'il fait froid à cette profondeur.

— Dans cinq minutes, je mettrai le canot à l'eau et nous partirons vers l'étoile du nord.

L'Indien masse son bras droit en gestes longs et fermes. L'œil bleu le regarde intensément, dans l'angoisse ou un sourire.

— Les rivières continuent toujours de couler sous la glace, tu verras.

Il s'interrompt, parce qu'on lui parle dans la radio derrière le bar. On lui a demandé de ne pas éteindre avant
deux heures, parce qu'on pourrait avoir besoin de communiquer avec lui. On lui a indiqué où parler. Il s'approche
avec timidité de cette voix sans corps qui s'énerve, monte le
ton, l'appelle d'un point invisible dans le ciel. Il finit par
articuler, un peu honteux, comme s'il parlait tout seul dans
le vide.

— Here I am. Speak.

— Call Scottville in a hurry and tell them there is an accident.

— Yes, an accident...

— The girl has jumped in the lake by the rear door. First,
she has pushed out de moosehead, and then... She was
kind of sick. Call Scottville.

— I can't.

— Why ?

— You didn't tell me how.

— Damn it ! Over !

Un temps, il écoute religieusement le léger crachotement
de l'appareil puis il presse le bouton qu'on lui a indiqué. Il
revient vers Antoine, continue de lui masser le bras en silence
et, après une longue réflexion, il dit :

— She was not a bad woman. She was a child. A very sad
white child.

L'œil bleu a une très légère contraction pour interroger.

— Je te dirai un autre jour, quand tu seras redevenu assez
fort pour m'assommer.

Il rit silencieusement, de son regard tout plissé, puis il
tourne Antoine doucement sur le ventre, se penche, le dos

tourné lui aussi, le saisit aux aisselles et se redresse lentement
en entraînant le grand corps dont les pieds traînent au sol.
Il le transporte ainsi jusqu'au quai, met le canot à l'eau et
y glisse Antoine de côté, sans pouvoir éviter une légère chute.
Enfin, il le couche sur le dos au fond de l'embarcation, jette
une couverture sur son corps et lui met un mouchoir sur le
visage pour le protéger de l'éblouissante lumière, et il se met
à pagayer sans troubler l'eau.

— Tu vois, ça fond partout déjà. Ça n'a été qu'une mauvaise
nuit. Un tout jeune hiver qui a aboyé trop tôt. Encore un
peu de soleil, et le sang de la forêt va se remettre à couler
avec plus de force qu'avant. Si tu n'étais pas un pauvre
blanc rendu tout mou par la saleté des villes, tu te redresserais
et tu avironnerais à l'avant. Mais ça ne fait rien, je vais
encore faire ton esclave. Parce que tu as les bras trop longs
et que tu grattes toujours le fond, et on peut rien te dire,
parce que tu es orgueilleux comme le général Custer. Mais
bientôt tu seras un Cris, et tu seras l'esclave de nos femmes,
maudit blanc incapable de voir une hermine sur la neige ! Et
nos rivières seront tes chemins. Tu sais, leur mer de ciment,
c'est une histoire à faire rire tous les castors de l'Ungava.
Des centaines de rivières, tu te rends compte, barrage qui
saute après barrage, à toutes les grandes eaux du printemps.
Mais les blancs sont ainsi. Ils pensent qu'ils ont inventé
l'Amérique.

Il se tait, et Antoine éprouve la chaleur du soleil sur ses
mains, et sur son visage, à travers le mouchoir. Il flotte les
lacs à l'horizontale, comme les billes de bois. Si Maria le
voyait, elle glousserait dans mille éclats d'ivoire. Il voudrait
demander à l'Indien de lui mettre dans la main la médaille
de cuivre où un oiseau vermeil couvre le soleil entier de ses
ailes, mais il faudrait qu'on coupe le filet qui l'empêche de
prendre son vol. Quelques coups d'ailes et le filet sautera

bientôt et il ira l'incendier près du soleil.   Adieu la compagnie,
il s'en va parmi les Cris !

L'Indien chantonne en pagayant, d'une voix qui surgit
du fond de sa large poitrine, propre à ébranler tous les bar-
rages du monde :

London Bridge is falling down, down My Fairlady
Built it up with iron bars My Fairlady.

L'Indien a passé quelques mois à l'école anglaise du gouvernement, au poste de la Compagnie de la Baie d'Hudson.
Il a appris des tas de choses.   Autant que son garçon à lui,
qui n'a pas craint, un jour, de lui enseigner que l'orignal, en
réalité, s'appelait l'élan d'Amérique. L'élan d'Amérique !
Antoine sent les muscles de sa bouche qui se relâchent.   Et
il rit sous le mouchoir de l'Indien.   Le bond de Maria dans
l'or pâle, au plus profond d'un regard couleur de mer, l'arrache au vertige de la nuit.

*Achevé d'imprimer
par les travailleurs de l'imprimerie
Les Editions Marquis Ltée de Montmagny,
le douze janvier mil neuf cent soixante-dix-huit
pour Le Cercle du Livre de France.*

Dépôt légal : 3ème trimestre de 1972
Bibliothèque nationale du Québec